Percy Jackson

La Mer des Monstres

Rick Riordan

Percy Jackson
La Mer des Monstres

Traduit de l'anglais (américain)
par Mona de Pracontal

wiz
Albin Michel

Du même auteur chez Albin Michel Wiz

PERCY JACKSON

Le Voleur de foudre
La Mer des Monstres
La Bataille du Labyrinthe

Titre original :
PERCY JACKSON AND THE OLYMPIANS BOOK TWO
THE SEA OF MONSTERS
(Première publication : Hyperion Books for Children, New York, 2006)
© 2006, Rick Riordan
Tous droits réservés, y compris droits de reproduction totale
ou partielle, sous toutes ses formes.

Pour la traduction française :
© Éditions Albin Michel, 2007, 2008 pour la présente édition

À Patrick John Riordan,
le meilleur conteur de la famille.

1 MON MEILLEUR AMI ESSAIE DES ROBES DE MARIÉE

Mon cauchemar commençait de la façon suivante :
J'étais au milieu d'une rue déserte, dans une petite station balnéaire. C'était la nuit. Une violente tempête faisait rage. Le vent et la pluie lacéraient les palmiers qui bordaient la promenade. Dans la rue, les immeubles de stuc roses et jaunes avaient tous leurs fenêtres condamnées par des planches. À peine un pâté de maisons plus loin, juste derrière un massif d'hibiscus, se déchaînait l'océan.

La Floride, ai-je pensé. Je ne savais pas d'où je tirais une telle certitude, d'ailleurs, car je n'ai jamais mis les pieds en Floride.

J'ai alors entendu des sabots claquer sur la chaussée. Je me suis retourné et j'ai vu mon ami Grover, qui courait à perdre haleine.

Oui, oui, j'ai bien dit *sabots*.

Grover est un satyre. Au-dessus de la taille, il a tout de l'ado dégingandé, y compris l'acné et la petite barbichette de duvet. Il a une drôle de façon de boiter quand il marche, mais, à moins de le surprendre sans son pantalon (ce que je vous déconseille), vous ne soupçonneriez jamais qu'il y ait quoi que ce soit d'inhumain chez ce garçon. Il dissimule son arrière-train couvert de poils de chèvre et ses sabots fendus sous des jeans larges et des chaussures.

Grover était mon meilleur ami en sixième. L'été dernier, lui, une fille du nom d'Annabeth et moi-même, nous avions combattu ensemble pour sauver le monde, mais je ne l'avais plus revu depuis le mois de juillet, où il s'était embarqué tout seul dans une mission dangereuse – une quête dont aucun satyre n'est encore revenu vivant à ce jour.

Toujours est-il que, dans mon rêve, Grover cavalait en mode chèvre, tenant ses chaussures à la main comme il le fait quand il a besoin d'être vraiment rapide. Il longeait les boutiques à touristes et les centres de location de planches de surf. Le vent couchait les palmiers.

Grover était terrifié par une chose qui se trouvait derrière lui. Il arrivait certainement de la plage car il avait du sable collé à son pelage. Il s'était enfui de quelque part. Il essayait d'échapper à... quelque chose.

Un grondement effroyable a retenti, couvrant le vacarme de la tempête. Derrière Grover, à l'autre bout du pâté de maisons, a surgi une créature sombre. D'un geste désinvolte, elle a écrasé un lampadaire qui a volé en une pluie d'éclats de verre.

Grover a titubé, gémissant de peur. Il a marmonné dans sa barbe : *Faut que je me sauve. Faut que je les prévienne !*

J'avais du mal à distinguer la créature qui lui donnait la chasse, mais je l'entendais jurer et grogner. Elle s'est rapprochée et le sol s'est mis à trembler sous ses pas. Grover a tourné en courant au coin d'une rue puis il a hésité. Il s'était engagé dans une galerie marchande en impasse. Trop tard pour faire demi-tour. Une rafale avait ouvert la porte du magasin le plus proche. Au-dessus de la vitrine obscure, l'enseigne annonçait : LA BOUTIQUE DU MARIAGE.

Grover a foncé tête baissée et plongé derrière un portant de robes de mariée.

L'ombre du monstre est passée devant la boutique. J'ai senti l'odeur de la créature : une combinaison écœurante de relents de laine mouillée, de viande pourrie et de transpiration aigre, comme seuls les monstres peuvent dégager, un peu comme l'odeur d'un putois qui se nourrirait exclusivement dans des fast-foods.

Grover était tapi derrière les robes de mariée, terrifié. L'ombre a continué son chemin.

Le silence était total, hormis la pluie. Grover a repris son souffle. La créature était peut-être partie ?

Soudain, un éclair a zébré le ciel. La vitrine a explosé d'un coup, tandis qu'une voix monstrueuse tonnait : « MA PUPUCE !! »

Je me suis redressé brutalement dans mon lit, tout tremblant.

Il n'y avait pas de tempête. Pas de monstre.

Le soleil matinal pénétrait dans ma chambre par la fenêtre. J'ai cru voir une ombre s'agiter derrière la vitre, une forme humaine. Mais à ce moment-là on a frappé à la porte, maman a lancé : « Percy, tu vas être en retard », et l'ombre à la fenêtre a disparu.

Mon imagination avait dû me jouer un tour. Une fenêtre du quatrième étage, desservie par un vieil escalier de secours... Impossible qu'il y ait quelqu'un dehors.

11

– Allez, mon chéri, dépêche-toi, a repris maman. C'est le dernier jour d'école, tu devrais être excité ! Tu touches au but !

– J'arrive, suis-je parvenu à articuler.

J'ai passé la main sous mon oreiller. Mes doigts se sont refermés sur le stylo-bille avec lequel je dormais toujours – son contact m'a rassuré. Je l'ai sorti et j'ai examiné l'inscription en grec ancien gravé sur le côté : *Anaklusmos*. Turbulence.

J'ai pensé à retirer le capuchon, mais quelque chose m'a retenu. Cela faisait si longtemps que je n'avais pas manié Turbulence...

En plus, maman m'avait fait promettre de ne plus utiliser d'armes à l'intérieur de l'appartement le jour où j'avais fait tournoyer un javelot dans la mauvaise direction, infligeant un sort funeste à son vaisselier. J'ai posé Anaklusmos sur ma table de chevet et je me suis extirpé de mon lit.

Je me suis habillé le plus vite possible. J'essayais de ne pas penser à mon cauchemar, ni à des monstres, ni à l'ombre à ma fenêtre.

Faut que je me sauve ! Faut que je les prévienne !

Que voulait dire Grover ?

J'ai porté trois doigts de la main droite contre mon cœur puis les ai poussés vers l'extérieur : c'était un geste que Grover m'avait enseigné pour chasser le mauvais œil.

Mon cauchemar ne pouvait pas être réel.

Dernier jour d'école. Maman avait raison, j'aurais dû être excité. Pour la première fois de ma vie, j'arrivais à la fin d'une année scolaire sans m'être fait renvoyer. Aucun accident étrange. Pas de bagarres en classe. Pas de professeurs qui se transforment en monstres ou tentent de me tuer en me don-

12

nant des plats empoisonnés à la cafèt' ou en faisant exploser mes devoirs. Demain, je partirais pour mon endroit préféré au monde : la Colonie des Sang-Mêlé.

Plus qu'une journée à tenir. À ce stade, même moi, je pouvais difficilement foirer.

Comme d'habitude, j'étais loin de soupçonner l'étendue de mon erreur.

Maman m'avait préparé des gaufres bleues et des œufs au plat bleus pour le petit déjeuner. C'était une habitude marrante qu'elle avait, elle fêtait les grandes occasions avec de la nourriture bleue. Je crois que c'était sa façon à elle de dire que tout était possible. Percy pouvait passer en cinquième. Les gaufres pouvaient être bleues. Ce genre de petits miracles.

J'ai mangé à la table de la cuisine pendant que maman faisait la vaisselle. Elle avait mis son uniforme de travail, une jupe bleue étoilée assortie d'un chemisier rayé rouge et blanc, qu'elle portait pour vendre des bonbons aux Douceurs d'Amérique. Ses longs cheveux châtains étaient attachés en queue-de-cheval.

Les gaufres étaient délicieuses, mais sans doute ne les dévorais-je pas avec mon appétit habituel. Maman a tourné la tête, sourcils froncés.

– Ça va, Percy ?

– Ouais... super.

Mais quand quelque chose me tracassait, maman le sentait toujours. Elle s'est essuyé les mains et s'est assise en face de moi.

– C'est l'école, ou...

Inutile de finir · j'avais compris sa question.

– Je crois que Grover a des ennuis.

Là-dessus, je lui ai raconté mon rêve.

Elle a pincé les lèvres. Nous ne parlions pas beaucoup de *l'autre* partie de ma vie. Nous nous efforcions de vivre le plus normalement possible mais ma mère savait, pour Grover.

– À ta place, je ne m'inquiéterais pas trop, mon chéri, a-t-elle dit. Grover est un grand satyre, maintenant. S'il y avait un problème, je suis sûre qu'on nous aurait avertis, que quelqu'un de la colonie...

Ses épaules se sont crispées quand elle a prononcé le mot « colonie ».

– Qu'est-ce qu'il y a ? ai-je demandé.

– Rien. Écoute. Cet après-midi, nous allons fêter la fin de l'école. Je vais vous emmener, Tyson et toi, au Rockefeller Center. On ira à ce magasin de skate-boards que tu aimes bien.

Waouh, c'était trop tentant ! À la maison, on courait toujours après l'argent. Entre les cours du soir de ma mère et les frais de scolarité de mon collège privé, il ne nous restait jamais de quoi nous offrir des extras comme un skate-board. Pourtant, quelque chose dans la voix de ma mère m'a mis la puce à l'oreille.

– Une seconde. Je croyais que ce soir on faisait mes valises pour la colo ?

Elle a essoré sa lavette.

– Ah... chéri, pour la colo... J'ai reçu un message de Chiron hier soir.

Mon cœur s'est serré. Chiron était le directeur des activités à la Colonie des Sang-Mêlé. Il ne nous aurait jamais contactés s'il ne se passait pas quelque chose de grave.

– Qu'est-ce qu'il a dit ?

– Il pense que... ce ne serait peut-être pas très sûr pour toi d'aller à la colonie tout de suite. Il va peut-être falloir repousser ton départ.

– *Repousser* ? Maman, mais pourquoi ce ne serait pas sûr ? Je suis un sang-mêlé ! C'est le seul endroit sûr pour moi sur cette planète !

– En temps normal, mon chéri. Mais vu les problèmes qu'ils ont en ce...

– Quels problèmes ?

– Percy... je suis vraiment désolée, je t'assure. J'espérais pouvoir t'en parler cet après-midi. Je ne peux pas tout t'expliquer maintenant, et je ne suis même pas sûre que Chiron puisse. Tout s'est passé de façon très soudaine.

Mon esprit s'emballait. Comment pouvais-je *ne pas* aller à la colonie ? Mille questions me montaient aux lèvres mais, à ce moment, la pendule de la cuisine a sonné la demie.

Maman a eu l'air presque soulagée.

– Sept heures et demie, chéri. Il faut que tu y ailles. Tyson va t'attendre.

– Mais...

– Percy, nous en parlerons cet après-midi. Maintenant, va à l'école.

C'était bien la dernière chose que j'avais envie de faire, mais ma mère avait une ombre de vulnérabilité dans le regard – comme un avertissement que, si j'insistais trop, elle se mettrait à pleurer. En plus elle avait raison pour mon ami Tyson. Il fallait que je le retrouve au métro à l'heure, sinon il paniquerait. Il avait peur de prendre le métro tout seul.

J'ai rassemblé mes affaires mais je me suis arrêté sur le pas de la porte.

15

– M'man, ce problème à la colonie. Tu crois que... que ça pourrait être lié à mon rêve sur Grover ?

Elle a évité mon regard.

– On en parlera cet après-midi, mon chéri. Je t'expliquerai... ce que j'ai pu comprendre.

À contrecœur, je lui ai dit au revoir. Puis j'ai dévalé l'escalier quatre à quatre pour aller prendre la ligne 2.

Je l'ignorais à ce moment-là, mais maman et moi n'allions pas avoir l'occasion de discuter, cet après-midi-là.

En fait, je n'allais pas revoir ma maison de sitôt.

En sortant dans la rue, j'ai jeté un coup d'œil à l'immeuble d'en face. Une brève seconde, j'ai aperçu une forme sombre dans la lumière du soleil matinal – une silhouette humaine qui se dessinait contre le mur de brique, une ombre qui n'appartenait à personne.

Puis, en ondoyant, elle s'est évanouie.

2 JE JOUE AU BALLON AVEC DES CANNIBALES

L a journée a commencé de façon normale. Du moins, dans la mesure où les choses peuvent être normales au collège Meriwether.

Meriwether, qui se trouve au sud de Manhattan, est une école de la mouvance « éducation nouvelle », ce qui veut dire qu'on s'assied sur des fauteuils poire et non derrière des bureaux, qu'on n'est pas notés et que les profs viennent travailler en jeans et tee-shirts de concerts de rock.

Moi, ça me va bien. Vous comprenez, comme la plupart des sang-mêlé, je suis dyslexique et je souffre d'un syndrome d'hyperactivité avec déficit de l'attention. Vous pouvez donc imaginer que je n'étais pas très brillant dans les écoles normales, avant même d'en arriver au moment inévitable où je me faisais renvoyer. L'unique reproche que je ferais à Meriwether, c'est que les profs regardaient toujours les choses du bon côté, alors que les élèves n'avaient pas toujours que des bons côtés...

Prenez par exemple mon premier cours de la journée : anglais. Toutes les classes avaient lu un livre qui s'appelle *Sa Majesté des mouches*, dans lequel une bande de gamins se

17

retrouvent abandonnés sur une île déserte et pètent les plombs. Alors, pour l'examen de fin d'année, nos profs nous ont tous envoyés dans la cour de récré passer une heure seuls, sans surveillance, pour voir ce qui se passerait. Ce qui s'est passé, c'est un concours géant de frites sur les fesses entre les cinquième et les quatrième, deux bagarres de gravier et une partie de basket-ball sauvage. Matt Sloan, la brute de l'école, dirigeait la plupart de ces activités.

Sloan n'était ni grand ni fort ; il se comportait juste comme s'il l'était. Il avait des yeux de pit-bull, une tignasse brune en bataille et il portait toujours des vêtements chers mais débraillés, comme s'il tenait à bien faire passer le message qu'il se moquait éperdument de l'argent de sa famille. Une de ses dents de devant était cassée, souvenir du jour où il avait « emprunté » la Porsche de son père pour une virée et percuté un panneau « Ralentir – Zone scolaire ».

Bref, Sloan distribuait joyeusement des frites à la ronde, jusqu'au moment où il a eu la mauvaise idée de s'en prendre à mon ami Tyson.

Tyson était le seul jeune du collège Meriwether à vivre à la rue. D'après ce que maman et moi avions compris, ses parents l'avaient abandonné quand il était encore tout petit parce qu'il était tellement... différent. Il mesurait un mètre quatre-vingt-dix et il était bâti comme l'Abominable Homme des neiges, mais il pleurait pour un rien et pratiquement tout lui faisait peur, à commencer par son propre reflet. Son visage avait quelque chose de vaguement difforme et animal. Je n'aurais pas su dire la couleur de ses yeux car je n'arrivais jamais à lever le regard plus haut que ses dents de travers. Il avait une voix grave mais parlait d'une drôle de façon, comme un môme bien plus jeune. Je crois que c'était parce qu'il n'était jamais allé à l'école avant d'entrer à Meriwether. Il portait des jeans déchirés, des baskets crasseuses taille cinquante-quatre et une chemise de lainage écossaise pleine de trous. Il dégageait l'odeur d'une ruelle de New York, parce que c'était là qu'il vivait : à l'intérieur d'un carton à réfrigérateur, dans une ruelle qui donnait sur la 72ᵉ Rue.

Le collège l'avait adopté dans le cadre de l'aide sociale de proximité, pour que tous les élèves puissent se donner bonne conscience. Malheureusement, pour la grande majorité d'entre eux, ils ne supportaient pas Tyson. Alors, après avoir découvert que, sous ses dehors effrayants de grosse brute baraquée, Tyson était une bonne pâte, ils s'amusaient à le persécuter. En gros, j'étais son seul ami, ce qui voulait dire aussi qu'il était mon seul ami.

Maman estimait que l'école n'en faisait pas assez pour lui et elle s'en était plainte auprès de la direction un million de fois. Elle avait aussi appelé les services sociaux à maintes reprises, sans aucun résultat. Les travailleurs sociaux affirmaient que Tyson n'existait pas. Ils juraient qu'ils s'étaient rendus dans la ruelle que nous leur avions décrite et qu'ils ne l'avaient pas trouvé, bien qu'on se demande comment il est possible de rater un gosse géant qui bivouaque dans un carton à frigo.

Matt Sloan, donc, est arrivé furtivement derrière Tyson et a tenté de lui faire une frite, ce qui a paniqué Tyson : il a réagi par un revers de main un peu trop brutal. Sloan a voltigé quatre bons mètres plus loin et s'est planté dans la balançoire en pneus des petits.

– Espèce d'abruti ! a-t-il hurlé. Retourne dans ton carton !

Tyson a éclaté en sanglots. Il s'est écroulé sur la cage aux écureuils, si lourdement que les barreaux se sont tordus, et a enfoui la tête dans ses mains.

– Retire ça, Sloan ! ai-je crié.

Sloan m'a toisé en ricanant.

– Pourquoi tu t'embêtes, Jackson ? Tu aurais peut-être des amis, si tu ne prenais pas tout le temps la défense de cet abruti !

J'ai serré les poings. Je sentais mon visage me cuire et j'espérais que je n'étais pas en train de virer au rouge tomate.

– C'est pas un abruti. Il est juste...

Je cherchais le mot exact, mais Sloan n'écoutait pas. Il était trop occupé à rire avec ses horribles potes, tous plus baraqués les uns que les autres. Était-ce mon imagination, ou Sloan avait-il plus de sbires que d'habitude ? D'ordinaire je le voyais affublé de deux ou trois acolytes mais, ce jour-là, il en avait une bonne demi-douzaine en plus, que j'étais presque certain de n'avoir jamais vus.

– Attends le cours de gym, Jackson, m'a lancé Sloan. T'es mort, mon pote, t'es trop mort.

À la fin de la première heure de cours, notre prof d'anglais, M. de Milo, est sorti inspecter le carnage. Il a déclaré que nous avions parfaitement compris *Sa Majesté des mouches*. Aucun d'entre nous n'était recalé à son cours et, tous, nous devrions veiller, en grandissant, à ne jamais devenir des individus violents. Matt Sloan a hoché gravement la tête, avant de me décocher un sourire à demi édenté.

J'ai dû promettre à Tyson de lui acheter un sandwich de

beurre de cacahuètes supplémentaire à midi pour qu'il arrête de pleurer.

– Est-ce que... est-ce que je suis un abruti ?

– Non, lui ai-je assuré en serrant les dents. C'est Matt Sloan, l'abruti.

– T'es un bon copain, a dit Tyson en reniflant. Tu vas me manquer l'année prochaine si... si je ne peux pas...

Sa voix tremblait. J'ai compris qu'il ignorait s'il serait invité à revenir au collège l'année prochaine dans le cadre du projet d'aide sociale de proximité. Je me suis demandé si le directeur s'était donné la peine de lui en parler.

– T'inquiète pas, grand lascar, suis-je parvenu à dire. Tout se passera bien.

Tyson m'a regardé avec tant de reconnaissance que je me suis fait l'effet d'un mentor patenté. Comment pouvais-je promettre à un garçon comme lui que *quoi que ce soit* se passerait bien ?

Notre examen suivant était en chimie. Mme Tesla nous a expliqué que nous devions mélanger des produits chimiques pour parvenir à produire une explosion. Tyson était mon partenaire de labo. Il avait des mains beaucoup trop grandes pour les minuscules fioles que nous étions censés manipuler. Sans le vouloir, il a fait tomber un plateau de produits chimiques de la paillasse et déclenché un nuage de fumée orange dans la corbeille à papier.

Après avoir évacué le laboratoire et appelé l'équipe d'enlèvement des substances toxiques, Mme Tesla nous a félicités, Tyson et moi, pour nos dons naturels de chimistes. Nous étions les premiers élèves à réussir son examen haut la main en moins de trente secondes.

J'étais content que la matinée s'écoule aussi vite car ça m'empêchait de trop réfléchir. Je ne supportais pas l'idée qu'il puisse y avoir un problème à la colonie. Pire encore, je n'arrivais pas à chasser mon cauchemar de mon esprit. J'avais l'horrible impression que Grover était en danger.

En géographie, pendant que nous dessinions des cartes selon le quadrillage latitude/longitude, j'ai ouvert mon classeur et regardé la photo que je gardais à l'intérieur : mon amie Annabeth, en vacances à Washington. Ses longs cheveux blonds étaient retenus en arrière par un bandana. Elle était debout devant le Lincoln Memorial, les bras croisés et l'air extrêmement satisfaite, comme si c'était elle qui avait dessiné les plans de l'édifice. Vous comprenez, Annabeth rêve d'être architecte plus tard, alors elle passe son temps à visiter les monuments célèbres. C'est son truc. Elle m'a envoyé la photo par e-mail après les vacances de printemps et j'aime bien y jeter un coup d'œil pour me rappeler qu'elle existe pour de vrai et que la Colonie des Sang-Mêlé n'est pas le fruit de mon imagination.

J'aurais bien aimé qu'Annabeth soit là. Elle aurait su interpréter mon rêve. Je ne l'aurais jamais admis devant elle, mais elle était plus intelligente que moi, aussi agaçant que cela puisse être parfois.

Au moment où j'allais refermer mon classeur, Matt Sloan a tendu le bras et arraché la photo.

– Hé ! ai-je protesté.

Sloan a regardé la photo en écarquillant les yeux.

– J'y crois pas, Jackson. Qui c'est ? Ça peut pas être ta..

22

– Rends-moi ça !

Je sentais mes oreilles me cuire.

Sloan a tendu la photo à ses horribles copains qui se sont mis à ricaner, avant de la déchirer en petits morceaux et d'en faire des boulettes. C'étaient des nouveaux et ils étaient sans doute seulement de passage parce qu'ils portaient tous ces badges ridicules que distribue le secrétariat : SALUT ! JE M'AP-PELLE... Ils devaient avoir un sens de l'humour assez spécial, aussi, parce qu'ils avaient écrit des noms bizarres, du genre : SUCEUR DEMOELLE, CROQUEUR DECRÂNE, JOE BOB. Aucun être humain n'a ce genre de nom.

– Ces gars vont venir à l'école l'année prochaine ! a lancé Sloan d'un ton fanfaron, comme si ça devait me terrifier. Je parie qu'ils peuvent payer leurs frais de scolarité, eux, pas comme ton copain le taré.

– Il n'a rien de taré.

Je devais vraiment me faire violence pour ne pas lui envoyer mon poing dans la figure.

– T'es un vrai loser, Jackson. Heureusement pour toi, je vais mettre fin à tes souffrances au prochain cours.

Ses énormes copains mastiquaient ma photo. Je mourais d'envie de les réduire en bouillie mais j'avais reçu des ordres très stricts de Chiron : ne jamais passer ma colère sur des mortels ordinaires, aussi odieux soient-ils. Je devais réserver mes forces pour me battre avec des monstres.

Il n'empêche, je ne pouvais pas m'empêcher de me dire, dans un coin de ma tête : si seulement Sloan savait qui je suis...

La sonnerie a retenti. Au moment où Tyson et moi sortions de la salle, une voix de fille a murmuré : « Percy ! »

J'ai regardé du côté des casiers, mais personne ne m'accordait la moindre attention. Comme si une fille de Meriwether allait prendre le risque qu'on l'entende m'adresser la parole !

Avant que j'aie le temps de me demander si oui ou non j'entendais des voix, une bande d'enfants s'est ruée en courant vers le gymnase, nous entraînant, Sloan et moi, dans la mêlée. C'était l'heure du cours de gym. Notre prof nous avait promis une partie de ballon prisonnier et Matt Sloan avait promis de me tuer.

À Meriwether, la tenue de sport se composait d'un short bleu ciel et d'un tee-shirt en *tie-dye*. Heureusement que presque toutes nos activités sportives se faisaient en intérieur, ça nous dispensait de parcourir les rues du quartier attifés comme une bande d'enfants de hippies en camp d'entraînement.

Je me suis changé le plus vite possible dans les vestiaires parce que je n'avais pas envie de me coltiner Sloan. J'allais sortir quand Tyson m'a lancé :

– Percy ?

Il ne s'était pas encore changé. Il était debout devant la salle des poids, serrant sa tenue de gym contre lui.

– Est-ce que... euh...

– Ah. Ouais. (J'ai essayé de ne pas paraître contrarié.) Oui, bien sûr, mec.

Tyson a disparu dans la salle des poids. J'ai monté la garde devant la porte pendant qu'il se changeait. Ça me faisait un peu bizarre, mais il me le demandait presque tous les jours. Je crois que c'est parce qu'il a le corps complètement velu et qu'il a de drôles de cicatrices sur le dos – je n'ai jamais eu le courage de lui poser la question.

De toute façon, je savais pour l'avoir vu de mes yeux que, si des gens se moquaient de Tyson quand il se déshabillait, il se fâchait et se mettait à arracher les portes des casiers.

Quand nous sommes entrés dans le gymnase, M. Nunley, assis à son bureau, lisait *Le Magazine du sport*. Nunley devait avoir un million d'années, il portait des lunettes à double foyer, il n'avait pas de dents, et ses cheveux étaient gris, gras et vaguement ondulés. Il me rappelait l'Oracle de la Colonie des Sang-Mêlé – lequel était une vieille momie ratatinée –, à cette différence près que M. Nunley bougeait beaucoup moins et qu'il ne dégageait jamais de fumée verte. Du moins à ma connaissance.

– Monsieur Nunley, a demandé Matt Sloan, je peux être chef d'équipe ?

– Hein ? (Nunley a levé le nez de sa revue.) Ouais. Hm hm.

Sloan a souri et s'est mis à choisir ses joueurs. Il m'a nommé chef de l'autre équipe, mais peu importait qui je choisissais puisque tous les gars sportifs et populaires se mettaient du côté de Sloan. Les nouveaux venus en ont fait autant.

De mon côté, j'avais Tyson, Corey Bailer (le fêlé d'informatique), Raj Mandali (le génie de l'arithmétique), et une demi-douzaine de garçons qui se faisaient toujours tyranniser par Sloan et sa bande. Normalement, Tyson m'aurait suffi comme renfort, à lui seul il valait une équipe entière, mais les nouveaux venus qui s'étaient placés dans l'équipe de Sloan étaient presque aussi grands et baraqués que Tyson et ils étaient six.

Matt Sloan a vidé un casier plein de ballons au milieu du gymnase.

– J'ai peur, a grommelé Tyson. Je sens une odeur bizarre.

Intrigué, je l'ai regardé :

– Qu'est-ce qui sent bizarre ?

– Eux. (Tyson a montré du doigt les nouveaux amis de Sloan.) Ils sentent bizarre.

Les nouveaux venus faisaient craquer leurs doigts en nous reluquant comme si c'était l'heure de la mise à mort. Je n'ai pas pu m'empêcher de me demander d'où ils sortaient. D'un endroit où on nourrit les enfants de viande crue et où on les bat avec des badines.

Sloan a soufflé dans le sifflet du professeur et la partie a commencé. Son équipe a couru vers la ligne du milieu. Dans la mienne, Raj Mandali a crié quelque chose en ourdou, sans doute : « Il faut que j'aille aux WC ! » et il s'est précipité vers la sortie. Corey Bailer a essayé de se cacher derrière les panneaux de mousse qui tapissaient le mur. Les autres joueurs de mon équipe se sont efforcés de se faire tout petits et de ne pas ressembler à des cibles.

– Tyson, ai-je dit. Allons...

Un ballon m'a percuté en plein ventre. Je suis tombé brutalement par terre, provoquant l'hilarité générale dans l'équipe adverse.

Ma vue s'est troublée. J'avais l'impression qu'un gorille venait de me faire un Heimlich. J'avais du mal à croire que quelqu'un puisse lancer un ballon si fort.

– Percy, baisse-toi ! a hurlé Tyson.

J'ai roulé sur le côté et un autre ballon m'est passé au ras

26

de l'oreille à la vitesse du son. Il s'est écrasé contre le panneau de mousse et Corey Bailer a poussé un glapissement.

– Hé ! ai-je crié à l'équipe de Sloan. Vous pourriez tuer quelqu'un !

Le dénommé Joe Bob m'a décoché un sourire mauvais. Curieusement, il semblait beaucoup plus grand, d'un coup... encore plus grand que Tyson. Ses biceps bombaient sous son tee-shirt.

– J'espère bien, Persée Jackson ! J'espère bien !

J'ai frissonné en l'entendant dire mon vrai nom. Personne ne m'appelle Persée, en dehors des gens qui connaissent ma véritable identité. Les amis... et les ennemis.

Qu'avait dit Tyson ? *Ils sentent bizarre.*

Des monstres.

Tout autour de Matt Sloan, les nouveaux venus grossissaient à vue d'œil. Ce n'étaient plus des enfants, à présent, mais des géants de deux mètres cinquante aux yeux sauvages, aux dents pointues, aux bras poilus et tatoués de serpents, de vahinés et de cœurs transpercés.

Matt Sloan a lâché son ballon.

– La vache ! Mais vous n'êtes pas de Detroit ! Qui...

Les autres garçons de son équipe ont hurlé et sont partis en courant vers la porte, mais le géant du nom de Suceur Demoelle a lancé un ballon avec une précision redoutable. À l'instant même où Raj Mandali allait sortir, le ballon lui est passé sous le nez et s'est écrasé sur la porte en la refermant hermétiquement, comme par magie. Raj et quelques autres se sont mis à taper dessus avec désespoir, mais la porte ne bougeait pas d'un pouce.

– Laissez-les partir ! ai-je crié.

Le dénommé Joe Bob m'a toisé en grognant. Il avait un tatouage sur le biceps qui disait : *JB aime Chouchou*.

– Pour perdre nos morceaux de choix ? Non, fils du dieu de la mer. Nous autres Lestrygons, nous ne jouons pas cette partie seulement pour te voir mourir. Nous voulons casser la croûte !

D'un geste de la main, il a fait apparaître une nouvelle série de ballons sur la ligne du centre – mais ces ballons n'étaient pas en caoutchouc rouge. Ils étaient en bronze, gros comme des boulets de canon, perforés comme des balles de bowling, et crachaient du feu par les trous. Ils devaient être brûlants, pourtant les géants les attrapaient à mains nues.

– Monsieur Nunley ! me suis-je écrié.

Nunley a levé la tête, l'air endormi, mais s'il a remarqué quoi que ce soit d'étrange dans notre partie de ballon prisonnier il ne l'a pas montré. C'est le problème, avec les mortels. Une force obscure qu'on appelle la Brume dissimule les monstres et les dieux à leurs yeux, de sorte qu'ils ont tendance à ne voir que ce qu'ils sont à même de comprendre. Si ça se trouve, notre prof de gym n'a vu que quelques quatrièmes collant une raclée à des élèves plus jeunes, comme d'habitude. Si ça se trouve, les autres garçons voyaient les sbires de Matt Sloan se préparer à lancer des cocktails Molotov à la ronde – ce qui n'aurait pas été une première. En tout cas, j'étais sûr que personne ne se rendait compte que nous avions affaire à de véritables monstres mangeurs d'hommes.

– Ouais, hm hm, a grommelé M. Nunley. Jouez bien.

Sur ces mots, il a replongé le nez dans son magazine.

Le géant nommé Croqueur Decrâne a lancé son ballon. J'ai

piqué de côté tandis que la comète de bronze enflammée fendait l'air à la hauteur de mon épaule.

– Corey ! ai-je hurlé.

Tyson l'a extirpé de derrière le panneau de mousse à l'instant même où le ballon de feu s'y écrasait, le réduisant en lambeaux fumants.

– Sauvez-vous ! ai-je crié à mes joueurs. Par l'autre sortie !

Ils se sont rués vers les vestiaires mais, obéissant à un autre geste de Joe Bob, cette porte a claqué elle aussi.

– Personne ne sort avant d'être éliminé ! a rugi Joe Bob. Et personne n'est éliminé avant d'être mangé !

À son tour, il a projeté sa boule de feu. Mes joueurs se sont éparpillés quand elle a explosé au sol en creusant un cratère.

J'ai voulu attraper Turbulence, que je garde toujours dans ma poche, mais je me suis soudain rappelé que j'étais en short de gym. Pas de poche. Turbulence était dans la poche de mon jean, à l'intérieur de mon casier. Et la porte des vestiaires était barrée. J'étais totalement sans défense.

Une autre boule de feu a fusé dans ma direction. Tyson m'a poussé hors de sa trajectoire, mais le souffle de l'explosion m'a quand même envoyé cul par-dessus tête. Je me suis retrouvé les quatre fers en l'air, étourdi par la fumée, mon tee-shirt moucheté de trous fumants. De l'autre côté de la ligne centrale, deux géants affamés me dévoraient du regard.

– De la chair ! ont-ils tonné. De la chair de héros pour le déjeuner !

Là-dessus, ils ont visé tous les deux.

– Percy a besoin d'aide ! a hurlé Tyson en se jetant devant moi au moment où ils lançaient leurs projectiles.

– Tyson ! ai-je crié – trop tard.

Les deux balles l'ont percuté de plein fouet... non, pourtant... c'est lui qui les avait attrapées. Tyson, qui était si maladroit qu'il renversait le matériel de labo et cassait régulièrement les structures de jeu de la cour, était arrivé à saisir deux boules de métal embrasées qui fonçaient sur lui à un milliard de kilomètres à l'heure ! Et il les a renvoyées à leurs propriétaires sidérés, qui n'ont eu que le temps de hurler « MAUVAIS, ÇA ! ! ! » quand les globes de bronze ont explosé contre leurs poitrines.

Les géants se sont désintégrés en deux colonnes de flammes – preuve qu'ils étaient bel et bien des monstres. Les monstres ne meurent pas. Ils se dissipent juste en fumée et en poussière, ce qui épargne aux héros de devoir faire le ménage après un combat.

– Mes frères ! a gémi Joe Bob le Cannibale. (Il a contracté ses muscles et son tatouage *Chouchou* s'est bombé.) Tu vas payer pour leur destruction !

– Tyson ! me suis-je exclamé. Attention !

Une nouvelle comète déboulait dans notre direction. Tyson a eu juste le temps de l'écarter d'un revers de paluche. Elle est partie droit au-dessus de la tête de Nunley et s'est écrasée dans les gradins avec un *BOUM !* retentissant.

Il y avait des enfants qui couraient dans tous les sens en hurlant, essayant d'éviter les cratères fumants qui trouaient le sol. D'autres qui tambourinaient sur la porte en appelant au secours. Quant à Sloan, il était debout au milieu du terrain, pétrifié, et regardait avec incrédulité les balles de feu qui sifflaient autour de lui.

M. Nunley n'avait toujours rien remarqué. Il tapotait son

sonotone comme si les explosions lui provoquaient des interférences, mais gardait le nez dans son magazine.

Le reste de l'école ne pouvait qu'entendre le vacarme, pourtant ! Le directeur, la police, quelqu'un, allait certainement venir à notre secours, non ?

– La victoire nous appartient ! a rugi Joe Bob le Cannibale. Nous nous délecterons de vos os !

J'avais envie de lui dire qu'il prenait cette partie de ballon prisonnier beaucoup trop au sérieux mais, avant que j'aie pu prononcer un mot, il a soulevé un énième projectile. Les autres géants ont suivi son exemple.

J'ai compris que nous étions fichus. Tyson ne pouvait pas repousser tous ces ballons à la fois. Ses mains devaient être gravement brûlées par la première volée. Sans mon épée...

Une idée de dingue m'est venue.

Je suis parti en courant vers les vestiaires.

– Poussez-vous ! ai-je crié à mes coéquipiers. Écartez-vous de la porte !

Des explosions retentissaient dans mon dos. Tyson avait réexpédié deux des ballons vers leurs propriétaires, les réduisant en cendres.

Ce qui laissait encore deux géants.

Un troisième ballon a fusé droit sur moi. Je me suis forcé à attendre – une seconde, deux secondes – puis j'ai plongé de côté tandis que le globe de feu démolissait la porte des vestiaires.

Je supposais que la quantité de gaz accumulée dans la plupart des casiers des garçons était suffisante pour provoquer une explosion ; je n'ai donc pas été étonné de voir le ballon déclencher un raz-de-marée de flammes... *TSCHOUU ! ! !*

31

Le mur a volé en éclats. Des portes de casier, des chaussettes, des photos de sportifs et divers autres effets personnels plus ou moins ragoûtants se sont répandus dans tout le gymnase.

Je me suis retourné juste à temps pour voir Tyson asséner un coup de poing dans la figure de Croqueur Decrâne. Le géant s'est effondré. Mais le dernier cannibale, Joe Bob, avait eu la sagesse de garder son ballon pour l'occasion la plus propice. Au moment où Tyson s'est tourné vers lui, il l'a lancé.

– Non ! ai-je hurlé.

Le ballon a touché Tyson en pleine poitrine. Emporté par l'élan, il a glissé sur toute la longueur du court et s'est écrasé contre le mur du fond, qui s'est fissuré et en partie écroulé sur lui. Une brèche s'est ouverte, donnant directement sur la rue. Je n'arrivais pas à imaginer comment Tyson pouvait être encore vivant, pourtant il avait seulement l'air sonné par le choc. Le globe de bronze fumait à ses pieds. Tyson a essayé de le ramasser mais il est retombé, tout étourdi, sur un tas de parpaings.

– Eh ben ! a jubilé Joe Bob. Je suis le dernier debout. Je vais avoir assez de viande pour rapporter un doggy-bag à Chouchou !

Ramassant un autre ballon, il a visé Tyson.

– Arrête ! ai-je crié. C'est moi que tu veux !

Le géant a souri.

– Tu veux mourir le premier, jeune héros ?

Il fallait que je fasse quelque chose. Turbulence devait être dans les parages.

C'est alors que j'ai repéré mon jean dans une pile de vêtements fumants, juste au pied du géant. Si seulement je pouvais y accéder... Je savais que c'était désespéré, mais je me suis élancé.

– Voilà mon déjeuner, a ri le géant en levant le bras pour son lancer.

Je me suis préparé à mourir.

Soudain, le géant s'est raidi. Son expression est passée de la jubilation à la surprise. À l'emplacement exact de son nombril, si tant est qu'il en avait un, son tee-shirt s'est déchiré en laissant percer une espèce de corne – non, pas une corne : la pointe luisante d'une lame.

Le monstre a lâché le ballon. Il regardait, sidéré, le couteau qui venait de le transpercer par-derrière.

– Oh ! a-t-il grommelé avant d'exploser en nuage de flammes vertes – ce qui allait sans doute beaucoup chagriner Chouchou.

Debout dans la fumée se tenait mon amie Annabeth. Sa figure était toute sale et égratignée. Elle avait un sac à dos déchiré jeté sur l'épaule, sa casquette de base-ball fourrée dans sa poche, un poignard de bronze à la main et un regard fou dans ses yeux gris d'orage, comme si elle venait d'échapper à des fantômes qui l'auraient pourchassée sur des milliers de kilomètres.

Matt Sloan, qui était resté planté là tout du long, complètement hébété, s'est enfin ressaisi. Il a dévisagé Annabeth en clignant des yeux, comme s'il la reconnaissait vaguement de la photo dans mon classeur.

– C'est la fille... c'est la fille...

Annabeth lui a asséné un coup de poing sur le nez qui l'a envoyé dans les pommes.

– Et toi, lui a-t-elle dit, tu laisses mon pote tranquille.

Le gymnase était en feu. Les enfants couraient toujours dans tous les sens, poussant des cris de panique. J'ai entendu le hurlement des sirènes, puis une voix brouillée par l'Interphone. Alors, à travers les panneaux vitrés des portes de sortie, j'ai aperçu le directeur, M. Bonsai, qui se bagarrait avec la serrure. Une foule de profs se pressait derrière lui.

– Annabeth... ai-je bafouillé. Comment as-tu... ça fait combien de temps que...

– Pratiquement toute la matinée. (Elle a glissé son couteau de bronze dans son fourreau.) J'essayais de trouver un bon moment pour te parler, mais tu n'étais jamais seul.

– Cette ombre que j'ai vue ce matin, c'était... (Je me suis senti rougir.) Par les dieux, tu regardais par la fenêtre de ma chambre ?

– J'ai pas le temps de t'expliquer ! a-t-elle répliqué d'un ton sec, même si ses joues s'empourpraient aussi. Je ne voulais pas...

– Ça y est ! a crié une femme.

Les doubles portes ont cédé et les adultes ont déferlé dans le gymnase.

– Retrouve-moi dehors, m'a glissé Annabeth. Et lui aussi. (Elle a montré du doigt Tyson, qui était toujours KO contre le mur. Elle lui a décoché un regard haineux que je n'ai pas bien compris.) Tu ferais mieux de l'amener.

– *Quoi ?*

– Pas le temps ! Dépêche-toi !

Elle a remis sa casquette de base-ball, qui était un cadeau magique de sa mère, et a disparu instantanément.

Et je me suis retrouvé seul au milieu du gymnase en flammes

quand le directeur a déboulé avec la moitié des profs du collège et deux agents de police.

– Percy Jackson ? a fait M. Bonsai. Qu'est-ce que... comment...

Au fond, au pied du mur démoli, Tyson s'est relevé du tas de parpaings en gémissant :

– Tête fait mal.

Matt Sloan reprenait ses esprits, lui aussi. Il a dardé sur moi un regard terrifié, puis s'est écrié :

– C'est Percy, monsieur Bonsai ! Percy a mis le feu à l'immeuble. M. Nunley pourra vous le dire, il a tout vu !

M. Nunley n'avait pas cessé, tout du long, de lire son magazine consciencieusement. Mais, pour ma malchance, il a choisi juste le moment où Sloan prononçait son nom pour relever le nez.

– Hein ? Ouais. Hm hm.

Les autres adultes se sont tournés vers moi. Je savais que même si je pouvais leur dire la vérité, ils ne me croiraient jamais.

J'ai récupéré Turbulence dans la poche de mon jean en lambeaux, crié à Tyson « Viens avec moi ! » et sauté par la brèche du mur éventré.

3 NOUS HÉLONS LE TAXI DU TOURMENT ÉTERNEL

Annabeth nous attendait dans une ruelle adjacente. Elle nous a tirés par le bras, Tyson et moi, au moment où le camion des pompiers déboulait dans la rue, toutes sirènes hurlantes, en fonçant vers Meriwether.

– Où tu l'as trouvé, celui-là ? m'a-t-elle demandé en montrant Tyson du doigt.

Je dois vous dire qu'en n'importe quelles autres circonstances, j'aurais été hyper heureux de la voir. Nous avions fait la paix l'été dernier, surmontant le fait que sa mère, Athéna, ne s'entendait pas bien avec mon père, Poséidon. Annabeth m'avait sans doute plus manqué que je ne voulais bien l'admettre.

Seulement là, je venais de me faire attaquer par des géants cannibales, Tyson m'avait sauvé la vie trois ou quatre fois et tout ce qu'elle trouvait à faire, c'était de le reluquer d'un œil mauvais comme si la source de tous nos problèmes, c'était lui.

– C'est mon ami, ai-je répondu.

– Est-ce qu'il est sans abri ?

– Quel rapport ? Il t'entend, tu sais, il n'est pas sourd. Tu peux lui poser la question directement.

36

– Il sait parler ? a-t-elle fait d'un ton surpris.

– Je parle, a alors déclaré Tyson. Tu es jolie.

– Oh, quelle horreur !

Annabeth s'est écartée. Sa grossièreté me sidérait. J'ai regardé les mains de Tyson, que je m'attendais à trouver gravement brûlées par les ballons enflammés, mais elles semblaient en bon état – sales et couvertes de cicatrices, des ongles en deuil gros comme des chips, mais ça, c'était leur aspect habituel. Je n'en revenais pas.

– Tyson, me suis-je exclamé, tes mains ne sont même pas brûlées !

– Bien sûr que non, a bougonné Annabeth. Je suis même étonnée que les Lestrygons aient eu l'audace de t'attaquer devant lui.

Tyson avait l'air fasciné par les cheveux blonds d'Annabeth. Il a levé la main pour les toucher, mais elle lui a donné une tape.

– Annabeth, ai-je dit, qu'est-ce que tu racontes ? Les Lestiquoi ?

– Les Lestrygons. Les monstres du gymnase. C'est une race de géants cannibales qui vivent dans le Grand Nord. Ulysse les a rencontrés une fois, mais je n'en avais encore jamais vu aussi au sud que New York.

– Lesti... Lestri... je n'arrive même pas à le dire. Comment tu les appellerais, en anglais normal ?

Elle a réfléchi quelques instants à la question.

– Des Canadiens, a-t-elle fini par trancher. Allez viens, il faut qu'on file d'ici.

– Je vais avoir la police aux trousses.

– C'est bien le cadet de nos soucis ! Est-ce que tu fais les rêves en ce moment ?

– Quels rêves ? Sur Grover ?

Annabeth a blêmi.

– Grover ? Non, tu as des nouvelles de Grover ?

Je lui ai raconté mon rêve.

– Pourquoi ? ai-je ajouté. De quoi tu as rêvé, toi ?

Le gris de ses yeux était orageux, comme si son cerveau carburait à un million de kilomètres à l'heure.

– De la colonie, a-t-elle enfin répondu. De graves problèmes à la colonie.

– Maman m'a dit la même chose ! Mais quel genre de problèmes ?

– Je ne sais pas au juste. Il y a quelque chose qui cloche. Nous devons y aller au plus vite. Des monstres m'ont poursuivie sur tout le trajet depuis la Virginie pour essayer de m'arrêter. Tu t'es fait attaquer souvent ?

J'ai secoué négativement la tête.

– Pas une seule fois de toute l'année. Jusqu'à aujourd'hui.

– Aucune fois ? Mais comment... (Ses yeux se sont alors posés sur Tyson.) Ah.

– Quoi : Ah ?

Tyson a levé la main comme s'il était encore à l'école.

– Les Canadiens du gymnase ont appelé Percy quelque chose... fils du dieu de la mer ?

Annabeth et moi avons échangé un regard.

Je ne savais pas comment expliquer les choses, mais je trouvais que Tyson avait droit à la vérité, après avoir failli se faire tuer.

– Dis-moi un truc, Tyson. Tu n'as jamais entendu parler de

toutes ces vieilles histoires sur les dieux grecs ? Zeus, Poséidon, Athéna et ainsi de suite ?

– Oui.

– Eh bien... ces dieux sont toujours vivants. Ils suivent la civilisation occidentale, si tu veux, en s'installant à chaque époque dans les pays occidentaux les plus dynamiques. En ce moment, par exemple, ils sont aux États-Unis. Et il arrive quelquefois qu'ils aient des enfants avec des mortels. On appelle ces enfants des sang-mêlé.

– Oui, a répété Tyson, comme s'il attendait que j'en vienne au vif du sujet.

– Euh, ben, Annabeth et moi, nous sommes des sang-mêlé. Nous sommes... des héros en cours d'apprentissage, si tu veux. Et quand des monstres sentent notre piste, ils nous attaquent. Ces géants au gymnase, c'étaient des monstres.

– Oui.

Je l'ai dévisagé. Il n'avait l'air ni surpris ni dérouté par ce que je venais de lui dire, ce qui m'a plongé, moi, dans une grande perplexité.

– Donc... tu me crois ? ai-je repris.

Tyson a hoché la tête.

– Mais, a-t-il demandé, tu es le... fils du dieu de la mer ?

– Ouais, ai-je avoué. Mon paternel, c'est Poséidon.

Tyson a froncé les sourcils. Il avait l'air dérouté, à présent.

– Mais alors...

Sirène hurlante, une voiture de police est passée en trombe devant la ruelle où nous nous étions réfugiés.

– On n'a pas de temps à perdre, a annoncé Annabeth. On parlera dans le taxi.

– Tu veux aller à la colonie en taxi ? Tu as idée de combien... ?

– Fais-moi confiance.

– Et Tyson ? ai-je demandé d'une voix hésitante.

Je me suis vu avec mon géant de copain à la Colonie des Sang-Mêlé. S'il paniquait déjà dans une cour de récré normale avec des brutes normales, qu'est-ce que ça donnerait dans un camp d'entraînement pour demi-dieux ? D'un autre côté, la police n'allait pas tarder à se lancer à notre recherche.

– Nous ne pouvons pas le laisser, ai-je tranché. Il risque d'avoir des ennuis, lui aussi.

– Ouais, a rétorqué Annabeth, la mine sévère. Nous sommes obligés de le prendre avec nous. Allez, venez.

Je n'ai pas aimé la façon dont elle a dit ça, comme si Tyson était un pestiféré qu'il fallait emmener à l'hôpital, mais je l'ai suivie vers le fond de la ruelle. Tous les trois, nous nous sommes frayé un chemin par les petites rues du sud de Manhattan. Derrière nous, une immense colonne de fumée montait du gymnase de mon école et dessinait des volutes noires dans le ciel.

– Voilà. (Annabeth, qui venait de s'arrêter à un coin de rue, s'est mise à farfouiller dans son sac à dos.) J'espère qu'il m'en reste une.

Elle était encore plus mal en point que je ne l'avais vu au premier regard. Elle avait le menton écorché. Sa queue-de-cheval était pleine d'herbe et de brindilles, comme si elle avait passé plusieurs nuits à la belle étoile. Quant aux entailles qui lacéraient le bas de son jean, elles ressemblaient terriblement à des marques faites par des coups de griffe.

– Qu'est-ce que tu cherches ? lui ai-je demandé.

Tout autour de nous, les sirènes hululaient. Il n'allait pas falloir longtemps, me suis-je dit, pour que déboulent d'autres voitures de police à la recherche des jeunes délinquants qui avaient fait sauter le gymnase. Matt Sloan avait certainement fait sa déposition, à présent, et je pouvais compter sur lui pour retourner l'histoire : dans sa version, c'étaient sans doute Tyson et moi, les cannibales sanguinaires.

– J'ai trouvé. Loués soient les dieux.

Annabeth a sorti une pièce d'or que j'ai tout de suite reconnue : une drachme, la monnaie du mont Olympe. Elle portait l'effigie de Zeus sur une face et l'Empire State Building sur l'autre.

– Annabeth, les chauffeurs de taxi new-yorkais ne prennent pas les drachmes.

– *Stêthi*, a-t-elle crié en grec ancien. *O harma diabolês* !

Et, comme chaque fois qu'elle s'exprimait dans la langue de l'Olympe, j'ai compris. Elle avait dit : « Arrête-toi, chariot de la damnation ! »

Ce qui n'a pas éveillé chez moi un enthousiasme démesuré pour le plan qu'elle avait en tête.

Annabeth a lancé la pièce de monnaie dans la rue mais, au lieu de ricocher en tintant, celle-ci a disparu en s'enfonçant dans l'asphalte.

Il ne s'est rien passé dans un premier temps.

Puis, à l'endroit même où la drachme était tombée, l'asphalte est devenu d'un noir encore plus foncé. Pour fondre alors en un espace rectangulaire grand comme une place de stationnement, où bouillonnait un liquide rouge sang. Soudain, une voiture a jailli de ce magma.

C'était un taxi, indéniablement, mais à la différence de

tous les taxis de la ville de New York, il n'était pas jaune. Il était gris fumée. Je veux dire par là qu'on l'aurait vraiment cru fait de fumée, comme si on pouvait marcher au travers. Il y avait une inscription sur la portière – un truc du genre SUEORS GIRSES mais à cause de ma dyslexie je ne suis pas arrivé à la déchiffrer.

La vitre passager s'est abaissée et une vieille femme a sorti la tête. Une épaisse tignasse grise lui tombait sur les yeux. Elle parlait en bafouillant bizarrement, comme si elle était shootée à la novocaïne.

– C'est pour où ? C'est pour où ?

– Trois passagers pour la Colonie des Sang-Mêlé, a répondu Annabeth, qui a ouvert la portière arrière du taxi et m'a fait signe de monter comme si tout cela était parfaitement normal.

– Ach ! a grincé la vieille femme en pointant un doigt osseux vers Tyson. Pas lui ! Nous ne les prenons pas, ceux-là !

Qu'avaient-ils tous ? C'était la journée « Haro sur les gros garçons moches », ou quoi ?

– On vous donnera un supplément, a promis Annabeth. Trois drachmes de plus à l'arrivée.

– Ça marche ! a crié la femme.

À contrecœur, je suis monté en voiture. Tyson s'est coincé au milieu et Annabeth est entrée la dernière.

L'intérieur était gris fumée également, mais donnait l'impression rassurante d'être en dur. Quant à la banquette, elle était craquelée et cabossée, ce qui ne changeait pas de la majorité des taxis. En revanche il n'y avait pas de cloison de Plexiglas nous séparant de la vieille dame au volant... Une seconde. Il n'y avait pas qu'une seule vieille dame. Elles étaient trois, serrées à l'avant, toutes dotées de mains osseuses et de crinières qui leur couvraient les yeux, toutes affublées de robes en toile anthracite.

– Long Island ! s'est exclamée celle qui conduisait. Tarif C ! Ha ! Ha ! Ha !

Elle a écrasé le champignon et ma tête est allée buter brusquement contre le dossier. Un message enregistré est sorti du haut-parleur : « *Bonjour, ici Ganymède, échanson de Zeus. Quand je pars acheter du vin pour le Seigneur des Cieux, j'attache toujours ma ceinture de sécurité !* »

Baissant les yeux, j'ai aperçu une grosse chaîne noire qui faisait office de ceinture de sécurité. J'ai estimé que je n'en étais pas encore réduit à ça... pour le moment.

Le taxi a pris West Broadway sur les chapeaux de roue et la dame grise du milieu a crié d'une voix stridente :

– Attention ! Va sur ta gauche !

– Oui, ben si tu me passais l'œil, Tempête, j'y verrais quelque chose ! a rouspété celle qui conduisait.

Une seconde. *Lui passer l'œil ?*

Je n'ai pas eu le temps de poser de questions car la conductrice a donné un coup de volant pour éviter un camion de livraison qui arrivait en face, grimpé sur le trottoir avec une secousse brutale et déboulé dans la rue suivante.

– Guêpe ! a lancé la troisième dame à la conductrice. File-moi la pièce de la gamine ! J'ai envie de la mordre.

– C'est toi qui l'as mordue la dernière fois, Colère ! a rétorqué la conductrice, qui devait donc s'appeler Guêpe. C'est mon tour !

– Nan ! a protesté la dénommée Colère.

Quant à celle du milieu, Tempête, elle a hurlé :

– Feu rouge !

43

– Freine ! a crié Colère.

Au lieu de quoi, Guêpe a accéléré de plus belle, grimpé sur le trottoir à nouveau, tourné au coin de la rue dans un crissement de pneus et fauché une poubelle. Mon estomac est remonté dans ma gorge et y est resté coincé.

– Excusez-moi, ai-je demandé. Mais... vous ne voyez pas ?

– Non ! a glapi Guêpe, au volant.

– Non ! a renchéri Tempête, à la place du milieu.

– Bien sûr que non ! s'est exclamée Colère, assise à la fenêtre passager.

J'ai regardé Annabeth, sidéré :

– Elles sont aveugles ?

– Pas complètement. Elles ont un œil.

– Un œil ?

– Ouais.

– Chacune ?

– Non. Un œil au total.

Tyson, à côté de moi, a agrippé la banquette en gémissant.

– Me sens pas trop bien...

– Oh, misère, ai-je murmuré, car j'avais fait la triste expérience des malaises de Tyson en autocar lors de sorties scolaires, et, croyez-moi, ce n'est pas agréable. Accroche-toi, grand lascar. Personne a un sac-poubelle ?

Les trois Sœurs Grises étaient trop occupées à se chamailler pour m'accorder la moindre attention. J'ai tourné la tête vers Annabeth, qui s'accrochait comme elle le pouvait, et je lui ai lancé un regard qui disait : *Mais pourquoi m'as-tu entraîné dans cette galère ?*

– Écoute, a-t-elle dit, le taxi des Sœurs Grises est le moyen le plus rapide pour aller à la colonie.

– Alors pourquoi ne l'as-tu pas pris depuis la Virginie ?

– Ce n'est pas dans leur zone, a-t-elle répondu comme si ça allait de soi. Elles ne desservent que New York et ses environs.

– Nous avons eu des passagers illustres dans ce taxi ! s'est exclamée Colère. Vous vous souvenez de Jason ?

– Ne m'en parle pas ! a geint Guêpe. Et nous n'avions pas de taxi à cette époque, vieille chouette. C'était il y a trois mille ans !

– Donne-moi la dent !

Colère a tenté de fourrer la main dans la bouche de Guêpe, qui lui a mis une tape.

– Seulement si Tempête me donne l'œil !

– Non ! a grincé Tempête. Tu l'as eu hier !

– Mais je conduis, vieille bourrique !

– Désolée ! Tourne ! C'était là que tu devais tourner !

Guêpe s'est engagée dans Delancey Street avec une embardée qui m'a écrabouillé entre Tyson et la portière. Elle a accéléré et nous avons pris le pont de Williamsburg à cent à l'heure.

Les trois sœurs se battaient pour de bon, maintenant, et les claques volaient allégrement tandis que Colère essayait d'empoigner la figure de Guêpe qui se jetait sur celle de Tempête. Elles hurlaient, hirsutes, ouvrant grand la bouche, et j'ai vu qu'elles étaient toutes édentées, à part Guêpe qui avait une incisive jaune couverte de crasse. En guise d'yeux, elles avaient seulement des paupières, closes et enfoncées, à l'exception de Colère qui avait un œil vert injecté de sang, lequel regardait avidement en tous sens comme s'il ne pouvait se repaître de ce qu'il voyait.

Pour finir, Colère, qui avait sur ses sœurs l'avantage de la vue, est parvenue à arracher la dent de la bouche de Guêpe. Ce qui a mis cette dernière dans une telle rage qu'elle a fait une embardée vers le bord du pont en braillant :

– 'onne-la-moi ! 'onne-la-moi !

Tyson s'est attrapé le ventre à deux mains.

– Euh, si ça intéresse quelqu'un, ai-je dit, nous allons mourir !

– Ne t'inquiète pas, a fait Annabeth d'une voix pourtant assez inquiète. Les Sœurs Grises savent ce qu'elles font. Elles sont d'une grande sagesse, en fait.

Cette déclaration avait beau émaner de la fille d'Athéna, je ne peux pas dire que je me sois senti rassuré pour autant. Nous foncions le long d'un pont, quarante mètres au-dessus des eaux de l'East River.

– Oui, d'une grande sagesse ! a répété Colère en souriant dans le rétroviseur, fière d'arborer sa quenotte toute neuve. Nous connaissons des choses !

– Toutes les rues de Manhattan ! a renchéri Guêpe, qui frappait toujours sa sœur. La capitale du Népal !

– Le lieu que tu recherches ! a ajouté Tempête.

Aussitôt, ses deux sœurs l'ont rouée de coups, chacune d'un côté, en hurlant :

– Tais-toi ! Tais-toi ! Il n'a encore rien demandé !

– Quoi ? Quel lieu ? Je ne cherche aucun...

– Rien ! s'est écriée Tempête. Tu as raison, mon garçon. Ce n'est rien !

– Expliquez-moi.

– Non ! ont-elles rugi.

– La dernière fois où nous avons expliqué, ça a causé un désastre ! a dit Tempête.

– L'œil jeté dans un lac ! a renchéri Colère.

– Des années pour le retrouver ! a gémi Guêpe. D'ailleurs, en parlant de l'œil, rends-le-moi !

– Non ! a clamé Colère.

– L'œil ! a crié Guêpe. Donne-le-moi !

Sur ces mots, elle a asséné une violente bourrade à sa sœur. Avec un bruit de succion écœurant, l'œil a fusé du visage de Colère. Elle a essayé de le récupérer, à tâtons, mais n'est parvenue qu'à le frapper du revers de la main. Le globe vert et visqueux a voltigé par-dessus son épaule et atterri à l'arrière de la voiture, pile sur mes genoux.

J'ai fait un bond si brusque que je me suis cogné la tête au plafond et que l'œil a roulé par terre.

– J'y vois rien ! ont pesté les trois sœurs à la fois.

– Donne-moi l'œil ! a gémi Guêpe.

– Donne-lui l'œil ! m'a ordonné Annabeth.

– Je ne l'ai pas ! ai-je rétorqué.

– Là, à côté de ton pied, a dit Annabeth. Ne l'écrase pas ! Ramasse-le !

– Je refuse de ramasser cette chose !

Le taxi a percuté la glissière de sécurité et dérapé avec un horrible grincement. La voiture tout entière tremblait, crachant des nuages de fumée noire comme si elle menaçait de se disloquer.

– Je vais vomir ! a averti Tyson.

– Annabeth ! ai-je hurlé, donne ton sac à dos à Tyson !

– T'es fou ? Ramasse l'œil !

Guêpe a attrapé le volant et le taxi s'est écarté de la glissière avec une nouvelle embardée. Nous avons repris la traversée du pont, fonçant vers Brooklyn plus vite qu'aucun taxi humain. Les Sœurs Grises continuaient de se bourrer de coups les unes les autres, en réclamant l'œil à grands cris.

J'ai fini par prendre mon courage à deux mains. J'ai arraché

47

un bout de mon tee-shirt en *tie-dye*, qui tombait déjà en lambeaux de toute façon, à cause des nombreuses brûlures, et je m'en suis servi pour ramasser le globe oculaire.

– Bon garçon ! s'est écriée Colère comme si elle avait deviné, je ne sais comment, que j'avais sa boule de loto manquante. Rends-le-moi !

– Pas avant que vous m'ayez expliqué, ai-je rétorqué. Qu'est-ce que vous entendiez par « le lieu que je recherche » ?

– Pas le temps ! a annoncé Tempête. On accélère !

J'ai regardé par la fenêtre. Incontestablement, les arbres, les voitures et même des quartiers entiers défilaient maintenant dans un gris brouillé par la vitesse. Nous avions déjà quitté Brooklyn et traversions le centre de Long Island à toute berzingue.

– Percy, m'a averti Annabeth, elles ne pourront pas trouver notre destination sans l'œil. Tout ce qui va arriver, c'est qu'on va continuer d'accélérer jusqu'au moment où on volera en mille morceaux !

– Il faut d'abord qu'elles me répondent. Sinon j'ouvre la fenêtre et je jette l'œil dans le flot des voitures.

– Non ! ont gémi les trois Sœurs Grises. Trop dangereux !

– Je baisse la vitre.

– Attends ! ont-elles hurlé. 30, 31, 75, 12 !

Elles ont crié cela avec l'énergie d'un entraîneur de foot lançant des ordres.

– Qu'est-ce que vous voulez dire ? ai-je demandé. Ça n'a aucun sens !

– 30, 31, 75, 12 ! a mugi Colère. C'est tout ce qu'on peut dire. Maintenant donne-nous l'œil ! On est presque à la colonie !

Nous avions quitté l'autoroute, à présent, et nous nous enfoncions dans la campagne du nord de Long Island. J'apercevais la colline des Sang-Mêlé devant nous, coiffée à son sommet d'un pin géant – l'arbre de Thalia, qui renfermait la force vitale d'une héroïne tombée au combat.

– Percy ! m'a supplié Annabeth. Donne-leur l'œil tout de suite !

J'ai décidé de ne pas discuter et j'ai lancé l'œil sur les genoux de Guêpe.

La vieille dame l'a attrapé, l'a glissé dans son orbite avec l'aisance de quelqu'un qui met une lentille de contact, et a battu de la paupière.

– Super !

Elle a freiné à mort. Le taxi a fait quatre ou cinq tours sur lui-même en soulevant des nuages de fumée avant de s'arrêter dans un concert de grincements au beau milieu du chemin de terre qui se trouve au pied de la colline des Sang-Mêlé.

Tyson a émis un rot retentissant et déclaré :

– Me sens mieux maintenant.

– Bon, ai-je dit aux Sœurs Grises. Maintenant expliquez-moi ce que signifient ces nombres.

– Pas le temps ! (Annabeth ouvrait déjà sa portière.) Il faut qu'on sorte tout de suite !

J'allais lui demander pourquoi quand j'ai levé les yeux et compris.

En haut de la colline des Sang-Mêlé, il y avait un petit groupe de pensionnaires de la colonie. Et ils étaient attaqués.

4 TYSON JOUE
AVEC LE FEU

Mythologiquement parlant, s'il y a un type de créatures que je déteste plus que les trios de vieilles dames, ce sont les taureaux. L'été précédent, j'avais affronté le Minotaure au sommet de la colline des Sang-Mêlé. Cette fois-ci, ce que je découvrais était encore pire : deux taureaux. Et ce n'étaient pas des taureaux ordinaires ; ils étaient en bronze et grands comme des éléphants. En plus, au cas où ce ne serait pas suffisant, ils soufflaient du feu par les naseaux, bien sûr.

À peine sommes-nous sortis du taxi que les Sœurs Grises ont décampé vers New York, où la vie est tellement plus tranquille. Elles n'ont même pas attendu leur supplément de trois drachmes : elles nous ont plantés là, au bord de la route, Annabeth avec son sac à dos et son couteau, Tyson et moi dans nos tenues de gym à moitié brûlées.

– Oh, bon sang ! s'est exclamée Annabeth en regardant la bataille qui faisait rage en haut de la colline.

Ce qui m'inquiétait le plus, ce n'étaient pas les taureaux en eux-mêmes. Ni les dix héros en armures de guerre qui se faisaient bousiller leurs bottines plaquées bronze. Non, ce qui m'inquiétait vraiment, c'était de voir les taureaux galoper sur tout le sommet de la colline, même derrière le pin de Thalia. Normalement, cela n'aurait pas dû être possible. Les limites magiques de la colonie empêchaient les monstres de dépasser le pin de Thalia. Pourtant, là, les taureaux magiques traversaient allégrement.

– Patrouille frontalière, à moi ! a crié un des héros.

C'était une voix de fille, familière et bourrue.

Patrouille frontalière ? ai-je pensé. *Mais la colonie n'a pas de patrouille frontalière...*

– C'est Clarisse, a dit Annabeth. Viens, il faut qu'on aille à sa rescousse.

En temps ordinaire, courir porter secours à Clarisse n'aurait pas figuré en tête de mes priorités. C'était une des pensionnaires les plus brutales de la colonie. À notre première rencontre, elle avait essayé de me plonger la tête dans une cuvette de WC. De plus, c'était la fille d'Arès et j'avais eu un différend très grave avec son père l'été dernier ; résultat, le dieu de la guerre ainsi que tous ses enfants me vouaient à présent une haine indéfectible.

Il n'empêche qu'elle était en mauvaise posture. Ses guerriers se dispersaient dans la plus grande panique sous les assauts des taureaux. Autour du pin, l'herbe brûlait par larges plaques. Un héros a hurlé et s'est mis à agiter les bras et à courir en décrivant des cercles, le panache de crin de son casque flambant comme une crête iroquoise de feu. Quant à Clarisse, son armure était carbonisée. Elle se battait avec une hampe de lance cassée, l'autre moitié étant inutilement plantée dans l'articulation métallique de l'épaule d'un des taureaux.

J'ai retiré le capuchon de mon stylo. Il a scintillé et s'est mis à s'allonger et s'alourdir, jusqu'à ce que pour finir je tienne dans ma main l'épée de bronze Anaklusmos.

– Tyson, ai-je déclaré. Reste là. Je ne veux plus que tu prennes de risques.

– Non ! Nous avons besoin de lui ! s'est écriée Annabeth

Je l'ai dévisagée avec stupéfaction :

– Il est mortel. Il a eu de la chance avec les ballons, mais...

– Percy, tu sais ce que c'est, ces créatures, là-haut ? Les taureaux de Colchide, forgés par Héphaïstos en personne. Nous ne pouvons pas les affronter sans l'écran solaire indice 50 000 de Médée. Nous serions grillés comme des merguez.

– L'écran quoi ?

Annabeth, qui farfouillait dans son sac à dos, a pesté.

– J'avais un pot de lotion coco sur ma table de chevet à la maison. Pourquoi ne l'ai-je pas apporté ?

J'avais appris depuis longtemps à ne pas me poser trop de questions sur Annabeth, cela ne servait en général qu'à m'embrouiller.

– Écoute, ai-je dit, je ne sais pas ce que tu racontes, mais je n'ai pas l'intention de laisser Tyson se faire frire.

– Percy...

– Tyson, tu ne bouges pas. (J'ai brandi mon épée.) J'y vais.

Tyson a tenté de protester mais je grimpais déjà au flanc de la colline en courant pour porter renfort à Clarisse, qui hurlait des ordres à ses guerriers, essayant de les regrouper en phalange. C'était une bonne idée. Ceux qui l'avaient écoutée se sont rangés épaule contre épaule, plaçant leurs boucliers bord à bord pour former un mur de cuir de bœuf et de

52

bronze, hérissant leurs lances sur le dessus comme les piquants d'un porc-épic.

Malheureusement, Clarisse n'avait pu rassembler que six pensionnaires. Les quatre autres couraient toujours en rond, le casque en flammes. Annabeth s'est élancée vers eux pour les aider. Elle a détourné l'attention d'un taureau, qui a foncé sur elle, et à ce moment-là elle est devenue invisible, plongeant le monstre dans la plus grande confusion. L'autre taureau a chargé la formation de Clarisse.

J'étais parvenu à mi-hauteur de la colline seulement, trop loin pour intervenir. Clarisse ne m'avait même pas vu, encore.

Le taureau chargeait à une vitesse redoutable, pour une créature aussi massive. Ses yeux étaient des rubis gros comme des poings, ses cornes en argent poli. Quand il ouvrait sa gueule articulée, un geyser de flammes en jaillissait.

– Serrez le rang ! a ordonné Clarisse à ses guerriers.

On pouvait dire ce qu'on voulait de Clarisse, mais elle était courageuse. C'était une grande fille baraquée, aux yeux cruels comme ceux de son père. Elle avait beau être bâtie pour porter une armure grecque, je ne voyais pas comment elle pourrait résister à la charge de ce taureau.

Par malchance, à ce moment-là, l'autre taureau s'est lassé de chercher Annabeth. Il a fait volte-face et s'est retrouvé derrière Clarisse, sur son côté non protégé.

– Attention ! ai-je hurlé. Derrière toi !

J'aurais mieux fait de me taire, car je ne suis arrivé qu'à l'effrayer. Taureau Numéro Un a percuté son bouclier et la phalange s'est disloquée. Clarisse a voltigé cul par-dessus tête et s'est écrasée sur un carré d'herbe rougeoyante. Le taureau a continué de charger tout droit, la manquant de peu mais non sans arroser au passage les autres guerriers de son haleine de feu. Immédiatement, leurs boucliers ont fondu. Lâchant leurs armes, ils ont pris leurs jambes à leur cou tandis que Taureau Numéro Deux fonçait vers Clarisse pour la réduire en bouillie.

Dans un bond, j'ai saisi Clarisse par les sangles de son armure. Je l'ai tirée hors de la trajectoire de Taureau Numéro Deux à l'instant même où celui-ci déboulait tel un train de marchandises. J'ai alors asséné Turbulence avec force, entaillant profondément le flanc du monstre, mais il a poursuivi sur sa lancée en poussant à peine quelques grincements.

Il ne m'avait pas touché mais je sentais la chaleur de sa peau de métal. Sa température corporelle aurait pu cuire à point une pizza surgelée.

– Lâche-moi ! (Clarisse me bourrait la main de coups de poing.) Va au Styx, Percy !

Je l'ai laissée s'écrouler au pied du pin et j'ai fait volte-face pour affronter les taureaux. Nous étions arrivés, à présent, sur le versant de la colline qui surplombait la vallée de la Colonie des Sang-Mêlé : les bungalows, les salles d'entraînement, la Grande Maison, tout cela était menacé de destruction si ces taureaux parvenaient à franchir notre barrage.

Annabeth a crié aux autres héros de se déployer et de détourner l'attention des taureaux.

Taureau Numéro Un a amorcé un grand arc au galop pour revenir vers moi. Parvenu au milieu de la colline, là où la frontière invisible aurait dû le stopper, il a ralenti un peu, comme s'il luttait contre une forte rafale de vent ; très vite, cependant, il a percé la résistance et continué à foncer. Taureau Numéro Deux s'est tourné face à moi, crachant le feu par l'entaille que je lui avais ouverte au flanc. J'ignorais s'il éprouvait de la douleur, mais à en juger par la lueur mauvaise de ses yeux de rubis, entre lui et moi, c'était devenu une affaire personnelle.

Impossible de combattre les deux taureaux à la fois. Je devais éliminer Taureau Numéro Deux en le décapitant avant que ne déboule Taureau Numéro Un. J'avais déjà les bras fatigués. Cela faisait très longtemps que je n'avais pas manié Turbulence et, comme je m'en rendais cruellement compte, je manquais d'entraînement.

Je me suis élancé mais Taureau Numéro Deux a craché un flot de flammes dans ma direction. J'ai roulé sur le côté tandis que l'air devenait pure chaleur. Mes poumons se sont vidés de leur oxygène. Mon pied s'est pris dans quelque chose – une racine d'arbre, peut-être –, et j'ai senti une douleur fulgurante me transpercer la cheville. Malgré tout, je suis parvenu à asséner quelques coups d'épée et à trancher un bout du museau du monstre. Il est reparti au galop, furieux et désorienté. Mais, avant que je puisse me féliciter de ce round, j'ai tenté de me relever et ma jambe s'est dérobée. J'avais la cheville foulée, peut-être même cassée.

Taureau Numéro Un fonçait maintenant sur moi. Jamais je n'aurais le temps de ramper hors de sa trajectoire.

– Tyson, a hurlé Annabeth, va l'aider !

Pas loin de moi, près de la crête de la colline, Tyson a gémi :

– Peux... pas... passer !

– Moi, Annabeth Chase, je t'autorise à pénétrer dans l'enceinte de la colonie !

Un grondement de tonnerre a ébranlé la colline. Et soudain j'ai vu Tyson qui accourait à fond de train en criant :

– Percy a besoin d'aide !

Je n'ai pas eu le temps de dire un mot que Tyson plongeait déjà entre moi et le taureau – lequel a décoché un jet de feu nucléaire.

– TYSON !!

La rafale enflammée l'a enveloppé comme une tornade rouge. Je ne voyais plus que la silhouette noire de son corps. Et j'ai alors eu l'horrible certitude que mon ami venait d'être réduit en cendres.

Pourtant, quand le feu est retombé, Tyson était toujours debout au même endroit, pas le moins du monde brûlé. Même ses oripeaux étaient intacts. Le taureau a dû être aussi surpris que moi car, sans le laisser lancer une deuxième rafale, Tyson a serré les poings et l'a frappé en pleine gueule en hurlant :

– VILAINE VACHE !

Ses poings ont creusé un cratère à l'endroit où le taureau avait jadis un museau. Deux petites colonnes de flammes lui sont sorties par les oreilles. Tyson l'a frappé de nouveau et le bronze s'est ratatiné sous ses poings comme du papier d'aluminium. La gueule du taureau ressemblait maintenant à une marionnette en tissu retournée sur l'envers.

– Couché ! a crié Tyson.

Le taureau a titubé avant de tomber à la renverse, les quatre fers en l'air. Il agitait mollement les pattes et sa tête défoncée laissait échapper de la vapeur par des trous qu'il n'aurait pas dû avoir.

Annabeth s'est précipitée vers moi.

Ma cheville me piquait comme si elle était gorgée d'acide, mais Annabeth m'a fait boire un peu de nectar olympien de sa gourde et je me suis immédiatement senti mieux. Il flottait dans l'air une odeur de roussi qui, je l'apprendrais plus tard, provenait de moi : les poils de mes bras avaient entièrement brûlé.

– L'autre taureau ? ai-je demandé.

Annabeth a pointé du doigt vers le pied de la colline. Clarisse avait réglé son compte à Vilaine Vache Numéro Deux. Elle l'avait empalée d'une lance en bronze céleste dans la patte arrière. À présent, il essayait, la moitié du museau en moins et le flanc profondément entaillé, de courir au ralenti, décrivant des cercles comme un animal de manège.

Clarisse a retiré son casque et grimpé au pas de charge à notre rencontre. Une mèche de ses cheveux brun filasse avait pris feu, mais elle n'avait pas l'air de s'en apercevoir.

– Tu... gâches... tout ! a-t-elle hurlé. Je maîtrisais la situation !

J'étais trop stupéfait pour répondre. Quant à Annabeth, elle a grommelé :

– Contente de te voir, Clarisse.

– Argh ! a grondé Clarisse. N'essayez plus jamais, JAMAIS, de me sauver !

– Clarisse, a signalé Annabeth, tu as des pensionnaires blessés.

Ça l'a calmée. Même Clarisse se sentait responsable des soldats placés sous ses ordres.

– Je reviens, a-t-elle grogné, avant de partir évaluer les dégâts.

– Tu n'es pas mort, ai-je alors dit à Tyson en le dévisageant.

Tyson a baissé la tête comme s'il était embarrassé.

– Excuse. Je suis venu t'aider. Désobéi.

– C'est ma faute, est intervenue Annabeth. Je n'avais pas le choix. Je devais laisser Tyson franchir la limite pour te sauver. Autrement tu serais mort.

– Le *laisser* franchir la limite ? Mais... ?

– Percy, as-tu jamais regardé Tyson de près ? Je veux dire... dans les yeux. Ignore la Brume et regarde-le *vraiment*.

La Brume ne permet aux humains de voir que ce que leurs cerveaux sont à même de comprendre. Je savais qu'elle pouvait tromper les demi-dieux également, mais...

J'ai regardé Tyson bien en face. Ce n'était pas facile. J'avais toujours eu du mal à le regarder en face mais je me disais que c'était juste parce qu'il avait toujours du beurre de cacahuètes dans ses dents de travers. Je me suis forcé à m'attarder sur son gros nez mou, puis à remonter un peu, vers ses yeux.

Non, pas ses *yeux*.

Son *œil*. Un grand œil brun comme un œil de veau, planté au beau milieu de son front, bordé de longs cils, et d'où coulaient de grosses larmes sur ses deux joues.

– Tyson, ai-je bafouillé. Tu es un...

– Cyclope, a achevé Annabeth. Un bébé, à en juger par sa dégaine. C'est sans doute pour ça qu'il ne pouvait pas franchir la limite aussi facilement que les taureaux. Tyson fait partie des orphelins de la rue.

– Les quoi ?

– Il y en a dans presque toutes les grandes villes, a poursuivi Annabeth, l'air dégoûté. Ce sont des... *erreurs*, Percy. Des enfants d'esprits de la nature et de dieux... enfin, d'un dieu en particulier, le plus souvent... et ils ne sont pas toujours réussis. Personne ne veut d'eux. On les abandonne. Ils grandissent à la sauvage dans les rues. Je ne sais pas comment celui-là t'a trouvé mais, visiblement, il t'a à la bonne. Il faut qu'on l'amène à Chiron, qu'il décide quoi faire de lui.

– Mais le feu... Comment...

– C'est un Cyclope. (Annabeth s'est tue un instant, comme si elle repensait à un souvenir désagréable.) Ils travaillent dans les forges des dieux ; ils sont résistants au feu *par nécessité*. C'est ce que j'essayais de te dire.

J'étais complètement sous le choc. Comment avais-je fait pour ne jamais me rendre compte de la véritable nature de Tyson ?

Mais là, je n'avais guère le temps d'y réfléchir. Tout le flanc de la colline brûlait. Il fallait s'occuper des héros blessés. Et il fallait faire quelque chose des deux taureaux de bronze défoncés, qui, à mon avis, ne tiendraient pas dans nos poubelles de recyclage.

Clarisse est revenue vers nous, essuyant la suie de son front.

– Jackson, lève-toi si tu peux. Il faut que nous portions les blessés à la Grande Maison et que nous prévenions Tantale.

– Tantale ?

– Le directeur des activités, a dit Clarisse d'un ton impatient.

– Mais c'est Chiron, le directeur des activités. Et où est Argus ? C'est le chef de la sécurité. Il devrait être là.

Clarisse a fait la grimace :

– Argus s'est fait virer. Vous vous êtes absentés trop longtemps, tous les deux. Il y a du changement.

– Mais Chiron... Ça fait trois mille ans qu'il entraîne des

jeunes à combattre les monstres. Il ne peut pas être parti comme ça ! Qu'est-ce qui s'est passé ?

– Ça, a lancé Clarisse d'un ton cassant. Voilà ce qui s'est passé !

Bras tendu, elle désignait l'arbre de Thalia.

Tous les pensionnaires de la colonie connaissent l'histoire de l'arbre. Six ans plus tôt, Grover, Annabeth et deux autres demi-dieux nommés Luke et Thalia étaient arrivés à la Colonie des Sang-Mêlé, pourchassés par une armée de monstres. Quand ces derniers les avaient acculés au sommet de cette colline, Thalia, fille de Zeus, avait livré son ultime combat pour donner le temps à ses compagnons de rejoindre le sanctuaire de la colonie. Alors qu'elle agonisait, son père, Zeus, avait eu pitié d'elle et l'avait changée en pin. Depuis lors, son esprit renforçait la limite magique qui protège la colonie des monstres, et le pin se dressait au sommet de la colline, sain et vigoureux.

Mais, maintenant, ses aiguilles étaient jaunes. Le pied de l'arbre en était jonché. Au milieu du tronc, à environ un mètre du sol, on voyait un trou gros comme une marque de balle, d'où s'écoulait un filet de sève verte.

J'ai senti comme un coup de poignard glacé me transpercer la poitrine. Je comprenais, à présent, pourquoi la colonie était en danger. La limite magique perdait son pouvoir parce que l'arbre de Thalia se mourait.

Quelqu'un l'avait empoisonné.

5   ON M'ATTRIBUE UN NOUVEAU
COMPAGNON DE BUNGALOW

Vous est-il déjà arrivé de rentrer à la maison et de trouver votre chambre sens dessus dessous ? Comme si une personne pleine de bonne volonté (Salut, m'man !) avait essayé de « faire le ménage », et soudain vous ne retrouvez plus rien ? Et même si rien ne manque, vous avez l'horrible impression que quelqu'un a farfouillé dans vos affaires personnelles et tout astiqué avec de l'encaustique fraîcheur citron ?

C'est un peu ce que j'ai éprouvé en revoyant la Colonie des Sang-Mêlé.

À la surface, les choses n'avaient pas tellement changé. La Grande Maison était toujours là, avec son toit bleu à pignons et sa terrasse qui faisait tout le tour du bâtiment. Les mêmes édifices grecs à colonnades blanches parsemaient la vallée : l'amphithéâtre, l'arène où avaient lieu les combats, le pavillon du dîner, qui dominait le détroit de Long Island. Nichés entre les bois et le ruisseau, se trouvaient toujours les mêmes bungalows : un ensemble complètement hétéroclite de douze bâtiments qui représentaient chacun un dieu de l'Olympe.

Mais il flottait dans l'air un parfum de danger, maintenant. On sentait que quelque chose couvait. Au lieu de jouer au volley-ball, les conseillers et les satyres amassaient des armes dans la remise à outils. Des dryades armées d'arcs et de flèches tenaient des conversations inquiètes à la lisière des bois. La forêt avait un aspect maladif, l'herbe de la prairie était jaune, et des traces de brûlures mutilaient la colline des Sang-Mêlé comme d'horribles cicatrices.

Quelqu'un avait fait du mal à mon endroit préféré sur Terre et ça ne me plaisait pas du tout, mais alors pas du tout.

Sur le chemin de la Grande Maison, j'ai reconnu beaucoup de jeunes de l'année dernière. Personne ne s'est arrêté pour parler avec nous. Personne ne nous a souhaité la bienvenue. Certains ont ralenti le pas pour dévisager Tyson, mais la plupart ont poursuivi leur route, l'air lugubre, pour remplir leurs tâches : délivrer des messages, emporter des épées aux meules pour les faire affûter. L'ambiance qui régnait à la colonie m'a fait penser à celle des instituts militaires pour jeunes en difficulté – et, croyez-moi, je sais de quoi je parle. Je me suis fait renvoyer de quelques-uns.

Tout cela ne faisait ni chaud ni froid à Tyson. Il était fasciné par tout ce qu'il voyait.

– Kès' c'est kça ? répétait-il tous les trois pas.

– Les écuries des pégases. Les chevaux ailés.

– Kès' c'est kça ?

– Euh... ce sont les toilettes.

– Kès' c'est kça ?

– Les bungalows des pensionnaires. Si on ne sait pas qui est ton parent olympien, on t'installe au bungalow d'Hermès, ce bungalow marron, là, jusqu'à ce que tu sois déterminé. Une fois que ton parent olympien est connu, on te place dans le groupe de ton père ou de ta mère.

Tyson m'a regardé, très impressionné :

– Tu... tu as un bungalow ?

– Oui, ai-je dit en pointant du doigt vers un bâtiment bas et gris, en roche marine. Le numéro 3.

– Tu habites avec des amis dans le bungalow ?

– Non, il n'y a que moi.

Je n'avais pas envie de lui expliquer pourquoi. La vérité était embarrassante : j'étais le seul à vivre dans ce bungalow parce que je n'étais pas censé exister. Après la Seconde Guerre mondiale, les « Trois Grands » dieux, Zeus, Poséidon et Hadès, avaient conclu un pacte, s'engageant à ne plus avoir d'enfants avec des mortelles. Car nous étions plus puissants que les autres sang-mêlé. Nous étions trop imprévisibles. En colère, nous avions une fâcheuse tendance à créer de gros problèmes... la Seconde Guerre mondiale, par exemple. Le pacte des « Trois Grands » n'avait été rompu que deux fois : lorsque Zeus avait engendré Thalia, et lorsque Poséidon m'avait engendré. Ni Thalia ni moi n'aurions dû naître.

Thalia s'était retrouvée transformée en pin à l'âge de douze ans. Moi... eh bien, je faisais de mon mieux pour ne pas suivre son exemple. Dans certains cauchemars, j'imaginais en quoi Poséidon pourrait me changer si jamais j'étais sur le point de mourir : en plancton, peut-être. Ou en banc de varech flottant à la dérive.

En arrivant à la Grande Maison, nous avons trouvé Chiron dans son appartement, occupé à préparer ses sacoches de selle tout en écoutant sa musique préférée, des crooners des années 1960. Peut-être dois-je préciser que Chiron est un centaure. À partir de la taille, il ressemble à n'importe quel quinquagénaire aux cheveux bruns et bouclés et à la barbe en bataille.

Sous la taille, c'est un étalon blanc. Il peut se faire passer pour un humain en comprimant le bas de son corps dans un fauteuil roulant magique. Il s'était d'ailleurs fait passer pour mon prof de latin pendant toute ma sixième. Mais la plupart du temps, si les plafonds sont assez hauts, il préfère garder sa stature de centaure.

En l'apercevant, Tyson a pilé net et s'est écrié, en proie au ravissement le plus total :

– Un dada !

Chiron s'est retourné, l'air offensé :

– Je te demande pardon ?

Annabeth a couru l'embrasser. Chiron était un deuxième père pour elle.

– Chiron, a-t-elle bredouillé d'une voix tremblante, qu'est-ce qu'il y a ? Tu... tu ne pars pas ?

Chiron a passé la main dans ses cheveux et lui a souri gentiment :

– Bonjour, mon enfant. Et Percy, par les dieux ! Comme tu as grandi en un an !

– Clarisse, ai-je articulé en ravalant ma salive avec effort, Clarisse dit que vous avez été... que vous avez été...

– Renvoyé, a complété Chiron, une sombre lueur d'humour dans le regard. Que voulez-vous, il faut bien que quelqu'un porte le chapeau. Le seigneur Zeus est terriblement contrarié par cette affaire. L'arbre qu'il a créé pour l'esprit de sa fille, empoisonné ! Monsieur D. était bien obligé de punir quelqu'un.

– Quelqu'un d'autre que lui-même, vous voulez dire, ai-je grommelé – le simple fait de penser au directeur de la colonie, Monsieur D., suffisait à me mettre en colère.

– Mais c'est de la folie ! s'est écriée Annabeth. Chiron, je ne vois pas comment tu pourrais être mêlé à l'empoisonnement de l'arbre de Thalia !

– Il n'empêche, a soupiré Chiron, que dans les circonstances actuelles, certaines personnes à l'Olympe ne me font plus confiance.

– Quelles circonstances ? ai-je demandé.

Chiron s'est rembruni. Il a fourré un dictionnaire de latin dans sa sacoche de selle. La voix de Frank Sinatra se déversait de son lecteur de CD portable avec des accents sirupeux.

Tyson dévisageait toujours Chiron, médusé. Il chouinait comme s'il avait envie de caresser le flanc de Chiron, mais craignait de s'approcher.

– Dada ?

– Mon cher petit Cyclope ! s'est écrié Chiron en plissant le nez. Je suis un *centaure* !

– Chiron, ai-je insisté. L'arbre ? Que s'est-il passé ?

Chiron a secoué tristement la tête :

– Le poison qui a été utilisé contre l'arbre de Thalia est une substance qui vient des Enfers, Percy. Un venin que, même moi, je ne connais pas. Il doit provenir d'un monstre du fin fond des fosses du Tartare.

– Alors nous savons qui est responsable. Cro...

– N'invoque pas le nom du roi des Titans, Percy. Surtout pas ici et en cette période.

– Mais l'été dernier il a essayé de déclencher une guerre interne à l'Olympe ! C'est forcément son idée. Il aura chargé ce traître de Luke de l'exécuter.

– C'est possible, a répliqué Chiron. Mais j'ai bien peur qu'on ne me tienne pour responsable parce que je ne l'en ai pas empêché et que je ne parviens pas à y remédier. L'arbre n'a plus que quelques semaines à vivre, sauf si...

– Sauf si quoi ? a demandé Annabeth.

– Rien, c'est une idée folle. La vallée tout entière se ressent du choc du poison. Les limites magiques se détériorent. La colonie elle-même est en train de mourir. Une seule source de magie serait assez puissante pour stopper l'action du poison, et elle est perdue depuis des siècles.

– Qu'est-ce que c'est ? me suis-je écrié. Nous partirons à sa recherche !

Chiron a bouclé sa sacoche de selle, puis éteint son lecteur de CD. Il s'est tourné vers moi, a mis la main sur mon épaule et m'a regardé droit dans les yeux :

– Percy, tu dois me promettre de ne pas commettre d'imprudence. J'avais dit à ta mère que je ne voulais pas que tu viennes à la colonie, cet été. C'est beaucoup trop dangereux. Mais maintenant que tu es là, restes-y. Entraîne-toi. Apprends à te battre. Mais ne quitte pas la colonie.

– Pourquoi ? Je veux faire quelque chose ! Je ne peux pas laisser les limites magiques se déliter comme ça ! Toute la colonie sera...

– Envahie par des monstres. Oui, j'en ai bien peur. Mais ne te laisse pas entraîner sans réfléchir dans des actions téméraires. Il n'est pas exclu que ce soit un piège tendu par le roi des Titans. N'oublie pas l'été dernier ! Il a failli t'ôter la vie.

C'était vrai. Il n'empêche que je voulais à tout prix aider. Et je voulais que Cronos paie. Je veux dire, on pourrait penser que le roi des Titans aurait reçu le message il y a des éternités de cela, le jour où il s'était fait renverser par les dieux. On pourrait penser que se faire découper en milliers de morceaux et jeter au fin fond des Enfers lui aurait fait comprendre en douceur que personne ne voulait de lui. Eh bien non. Comme il était immortel, il vivait encore, là-bas, dans les profondeurs du Tartare – en proie aux tourments éternels, brûlant du désir de revenir et de se venger de l'Olympe. Il ne pouvait pas agir seul, mais il était maître dans l'art de manipuler le cerveau de certains humains, et même de certains dieux, pour les amener à faire son sale boulot.

L'empoisonnement portait sa signature, j'en étais convaincu. Qui d'autre aurait eu la bassesse de s'en prendre à l'arbre de Thalia, unique vestige d'une héroïne qui avait donné sa vie pour sauver ses amis ?

Annabeth luttait contre les pleurs qui lui montaient aux yeux. Chiron a essuyé une larme qui avait roulé sur sa joue.

– Reste avec Percy, ma grande, lui a-t-il dit. Veille sur lui. N'oublie pas la prophétie !

– Tu... tu peux compter sur moi.

– Euh... suis-je intervenu, vous voulez parler de cette prophétie super-dangereuse dans laquelle je figure mais que les dieux vous ont interdit de me raconter ?

Ni l'un ni l'autre n'a pipé mot.

– D'accord. Je vérifiais, c'est tout.

– Chiron, a repris Annabeth. Tu m'avais dit que les dieux t'avaient rendu immortel seulement tant qu'on aurait besoin de toi pour former des héros au combat. S'ils te renvoient de la colonie...

– Promets-moi que tu feras tout ton possible pour préserver Percy du danger. Jure-le sur le Styx.

– Je... je le jure sur le Styx.

Un grondement de tonnerre a retenti dans le ciel.

– Très bien. (Chiron a paru se détendre un tout petit peu.) Peut-être que mon honneur sera lavé et que je reviendrai. D'ici là, je vais séjourner chez ma famille de centaures sauvages dans les Everglades, en Floride. Il se peut qu'ils connaissent un remède que j'ai oublié, pour l'arbre empoisonné. En tout cas je resterai en exil jusqu'à ce que cette affaire soit résolue... d'une manière ou d'une autre.

Annabeth a étouffé un sanglot. Chiron lui a tapoté l'épaule avec maladresse.

– Allons, allons, ma grande. Je dois confier ta sécurité à Monsieur D. et au nouveau directeur des activités. Nous devons espérer... enfin, peut-être ne détruiront-ils pas la colonie aussi rapidement que je le redoute.

– C'est qui, ce Tantale, de toute façon ? ai-je demandé. Pour qui il se prend, pour piquer votre boulot ?

De l'autre côté de la vallée, la conque a retenti. Je ne m'étais pas rendu compte qu'il était si tard. La conque appelait tous les pensionnaires à se rassembler pour le dîner.

– Allez-y, nous a dit Chiron. Vous ferez sa connaissance au pavillon. Percy, je vais contacter ta mère et lui faire savoir que tu es sain et sauf. Elle doit être très inquiète à l'heure qu'il est. N'oublie pas mon avertissement ! Tu es en grand danger. Ne crois pas une seule seconde que le Seigneur des Titans t'ait oublié !

Sur ces mots, il est sorti de son appartement en faisant claquer ses sabots sur les dalles du couloir. Tyson criait dans son dos :

– Dada ! Pars pas !

J'ai soudain repensé à mon rêve sur Grover : j'avais oublié d'en parler à Chiron. Et maintenant il était trop tard. Le meilleur professeur que j'aie jamais eu de ma vie était parti, peut-être pour toujours.

Tyson a éclaté en gros sanglots, peut-être aussi violents que ceux d'Annabeth.

J'ai essayé de leur dire que tout s'arrangerait, mais je n'y croyais pas moi-même.

Le soleil se couchait derrière le pavillon-réfectoire quand les pensionnaires ont afflué, venant de leurs bungalows. Debout dans l'ombre d'une colonne de marbre, nous les avons regardés s'avancer en file. Annabeth, encore très secouée, a promis de nous retrouver plus tard pour discuter, puis elle est partie rejoindre ses frères et sœurs du pavillon d'Athéna, une douzaine de garçons et filles blonds aux yeux gris comme elle. Annabeth n'était pas l'aînée, mais elle avait passé un plus grand nombre d'étés à la colonie que tous les autres pensionnaires. Il suffisait d'un coup d'œil à son collier de colonie pour le vérifier : une perle par été, et Annabeth en avait six. Personne ne contestait son droit à diriger la file.

Venait ensuite Clarisse, menant le bungalow d'Arès. Elle avait un bras en écharpe et une vilaine balafre sur la joue mais, à part ça, la rencontre avec les taureaux de bronze ne semblait pas l'avoir ébranlée. Quelqu'un lui avait épinglé sur le dos un papier marqué « MÉGA VACHE ! » mais aucun des membres de son bungalow ne se donnait la peine de l'en avertir.

Après les enfants d'Arès, ce fut au tour du bungalow d'Héphaïstos : six garçons menés par Charles Beckendorf, un Afro-Américain de quinze ans, grand et baraqué. Il avait des paluches de catcheur et le visage endurci et plissé à force de braquer

69

le regard sur la forge toute la journée. Une fois qu'on le connaissait il était plutôt sympa, mais personne ne se permettait de l'appeler Charlie, Chuck, ni même Charles. En général, les gens l'appelaient simplement Beckendorf. Il avait la réputation de pouvoir faire n'importe quoi de ses mains. D'un simple bout de métal, il pouvait créer une épée affilée comme un rasoir, un robot guerrier ou une baignoire à oiseaux avec jet d'eau pour le jardin de votre grand-mère : il suffisait de lui demander ce que vous vouliez.

Ont ensuite défilé les autres bungalows : Déméter, Apollon, Aphrodite, Dionysos. Les naïades sont sorties du lac aux canoës ; les dryades des troncs d'arbres du bois. Une douzaine de satyres sont venus de la prairie, me rappelant douloureusement Grover.

J'avais toujours eu un faible pour les satyres. Lorsqu'ils étaient à la colonie, ils devaient s'acquitter de toutes sortes de menues tâches pour le directeur, Monsieur D., mais leur travail le plus important se faisait dans le monde réel. Ils se rendaient incognito dans les écoles du monde entier pour dénicher les sang-mêlé potentiels et les amener à la colonie. C'est de cette façon que j'avais rencontré Grover. Il avait été le premier à repérer que j'étais un demi-dieu.

Après l'arrivée des satyres, le bungalow d'Hermès a fermé la marche. C'était toujours le bungalow le plus rempli. L'été dernier, il était dirigé par Luke, le garçon qui s'était battu avec Thalia et Annabeth au sommet de la colline des Sang-Mêlé. Au début, avant que Poséidon me revendique comme son fils, j'avais logé au bungalow d'Hermès. Luke m'avait offert son amitié... et puis il avait essayé de me tuer.

À présent, Travis et Connor Alatir étaient les chefs du bungalow d'Hermès. Ils n'étaient pas jumeaux mais se ressemblaient tellement que ça n'avait guère d'importance. Je n'arrivais jamais à me rappeler lequel était l'aîné. Ils étaient tous les deux grands et maigres, avec une tignasse châtain qui leur tombait sur les yeux. Ils portaient des tee-shirts orange marqués COLONIE DES SANG-MÊLÉ sur des shorts très larges et arboraient les traits de lutin communs à tous les enfants d'Hermès : des sourcils en accent circonflexe, un sourire ironique, une lueur qui s'allumait dans le regard quand ils vous regardaient, comme s'ils s'apprêtaient à vous glisser un pétard dans le cou. Ça m'avait toujours fait rire que le dieu des voleurs ait des enfants qui s'appellent « Alatir », mais la seule fois où j'y avais fait allusion devant Travis et Connor, ils m'avaient tous les deux gratifié d'un regard vide, comme si l'astuce leur échappait.

Une fois les derniers pensionnaires à leur place, je me suis avancé au milieu du pavillon en emmenant Tyson avec moi. Les conversations ont baissé d'un ton. Des têtes se sont tournées. Quelqu'un, du pavillon d'Apollon, a murmuré : « Qui a invité *ça* ? »

J'ai fusillé tout le groupe du regard, sans pouvoir distinguer qui avait parlé.

Une voix familière et traînarde s'est élevée de la table d'honneur :

– Eh bien, eh bien, si ce n'est pas Peter Johnson que voici ! La joie de mon millénaire.

J'ai serré les dents.

– *Percy Jackson...* monsieur, ai-je dit.

Monsieur D. a bu une gorgée de son Coca light.

71

– Ouais, c'est ça. Comme vous dites de nos jours, vous les jeunes, me prends pas la tête.

Il portait sa tenue habituelle : une chemise hawaïenne à imprimé léopard, un short, des tennis et des chaussettes noires. Avec sa bedaine et son visage rougeaud, il avait l'air d'un touriste à Las Vegas qui aurait veillé trop tard dans les casinos. Derrière lui, un satyre, visiblement très nerveux, épluchait des grains de raisin qu'il lui tendait un par un.

Le véritable nom de Monsieur D. est Dionysos. Le dieu du vin. Zeus l'a nommé directeur de la Colonie des Sang-Mêlé pour l'obliger à décrocher de l'alcool pendant cent ans, en punition des avances qu'il avait faites à une nymphe des bois déclarée zone interdite.

À côté de lui, à la place qu'occupait normalement Chiron, se trouvait quelqu'un que je n'avais jamais vu : un homme blême et horriblement maigre, habillé d'un survêtement de prisonnier orange usé jusqu'à la trame. Le numéro inscrit sur sa poche poitrine était le 0001. Il avait des cernes bleutés, les ongles en deuil et des cheveux gris mal coupés, comme si son coiffeur lui avait passé la tête à la désherbeuse. Il a posé les yeux sur moi et son regard m'a mis mal à l'aise. Il avait un air... fracturé. En colère, frustré et affamé tout à la fois.

– Ce garçon-là, lui a dit Dionysos, il faut que tu l'aies à l'œil. C'est le fils de Poséidon, tu sais.

– Ah ! s'est exclamé le prisonnier. C'est lui.

Il était clair, au ton de sa voix, que Dionysos et lui avaient déjà amplement discuté de mon cas.

– Je suis Tantale, a-t-il déclaré en me gratifiant d'un froid sourire. Détaché en mission spéciale à cette colonie jusqu'à ce que, enfin, jusqu'à ce que mon seigneur Dionysos en décide autrement. Et toi, Persée Jackson, j'entends bien que tu t'abstiennes de causer de nouveaux ennuis.

– Des ennuis ? ai-je demandé.

Dionysos a claqué des doigts. Un journal est apparu sur la table – plus précisément la une du *New York Post*. Ma photo d'album de classe à Meriwether s'y étalait sous la manchette. Il m'était difficile de lire cette dernière, mais je devinais aisément sa teneur. Quelque chose du style : *Un adolescent détraqué met le feu au gymnase de son collège.*

– Oui, des ennuis, a répété Tantale d'un ton satisfait. Tu en as causé tout un tas l'été dernier, d'après ce que j'ai compris.

Ça m'a mis dans une telle fureur que j'en suis resté muet. Était-ce ma faute si les dieux avaient failli partir en guerre les uns contre les autres ?

Un satyre s'est avancé à petits pas nerveux et a déposé une assiette de grillades devant Tantale. Le nouveau directeur des activités a passé la langue sur les lèvres. Il a regardé son verre vide et dit :

– Une bière sans alcool. Maltée.

Le verre s'est rempli d'une boisson mousseuse. Tantale a tendu une main hésitante, comme s'il craignait que le pied du verre ne soit brûlant.

– Vas-y donc, mon pote, a lancé Dionysos avec une drôle de lueur dans le regard. Ça marchera peut-être, maintenant.

Tantale a voulu attraper le verre, mais ce dernier s'est dérobé sous sa main, l'éclaboussant de quelques gouttes de bière. Tantale a alors tenté de les récupérer du bout du doigt, mais elles ont roulé comme des billes de mercure avant qu'il ait pu les toucher. Avec un grognement, il s'est tourné vers l'assiette de grillades. Fourchette à la main, il a essayé de piquer une entrecôte : l'assiette a glissé sur toute la longueur de la table, pour décoller en fin de parcours et se précipiter dans le brasero.

– Peste ! a grommelé Tantale.

– Ah, pas de chance, a commenté Dionysos, d'une voix pleine de fausse commisération. D'ici quelques jours, peut-être. Crois-moi, mon vieux, travailler à cette colonie est une torture suffisante en soi. Je suis sûr que ta vieille malédiction finira par se dissiper un jour.

– Un jour ! a rétorqué Tantale en zyeutant le Coca light de Dionysos. Peux-tu imaginer comme on a la gorge sèche, quand on crève de soif depuis trois mille ans ?

– Vous êtes un esprit venu des champs du Châtiment, ai-je alors dit. Celui qui est debout dans le lac, sous un arbre fruitier, mais qui ne peut rien manger ni rien boire.

– Quel érudit ! a ricané Tantale.

– Vous avez dû commettre quelque chose de terrible de votre vivant, ai-je poursuivi, tout de même un peu impressionné. Qu'était-ce ?

Tantale a plissé les yeux. Derrière lui, les satyres secouaient vigoureusement la tête pour me mettre en garde.

– Je t'aurai à l'œil. Je ne veux pas d'ennuis dans ma colonie.

– Votre colonie a déjà des problèmes... monsieur.

– Oh, va t'asseoir, Johnson ! a soupiré Dionysos. Je crois que cette table, là-bas, est la tienne, celle où personne d'autre ne veut jamais s'asseoir.

J'avais les joues en feu, mais je me suis abstenu de répondre. Dionysos avait tout du sale môme, mais c'était un sale môme immortel et extrêmement puissant.

– Viens, Tyson.

– Oh, non ! a fait Tantale. Le monstre reste ici. Nous devons décider ce que nous allons en faire, de cette bête.

– Il a un nom, ai-je dit sèchement. Il s'appelle Tyson.

Le nouveau directeur des activités a dressé le sourcil.

– Tyson a sauvé la colonie, ai-je insisté. Il a terrassé les taureaux de bronze. Sans lui, ils auraient réduit toute la colonie en cendres.

– Oui, a soupiré Tantale, et quel dommage c'eût été !

Dionysos a gloussé.

– Laisse-nous, le temps que nous décidions du sort de cette créature, m'a ordonné Tantale.

Tyson m'a regardé d'un grand œil paniqué, mais je savais que je ne pouvais pas désobéir à un ordre direct du directeur des activités. Pas ouvertement, en tout cas.

– Je serai juste à côté, grand lascar, ai-je promis. Ne te fais pas de souci. On te trouvera un bon endroit où dormir ce soir.

– Je te crois, a déclaré Tyson en hochant la tête. Tu es mon ami.

Je me suis senti encore plus coupable.

J'ai gagné la table de Poséidon à pas lourds et je me suis effondré sur le banc. Une nymphe des bois m'a apporté une pizza olympienne olives et peperoni, mais je n'avais pas faim. J'avais failli me faire tuer deux fois dans la journée. Je m'étais débrouillé pour clore mon année scolaire par une véritable catastrophe. La Colonie des Sang-Mêlé était en très mauvaise posture et Chiron m'avait dit de ne rien faire.

Je n'éprouvais aucune reconnaissance, toutefois, obéissant à la coutume, j'ai emporté mon assiette devant le brasero de bronze et jeté une partie de son contenu dans les flammes.

– Poséidon, ai-je murmuré, accepte mon offrande.

75

Et tant que tu y es, envoie en peu d'aide. S'il te plaît.

La fumée dégagée par la pizza qui brûlait s'est changée en effluves parfumés – des embruns marins mêlés du parfum des fleurs sauvages – mais j'ignorais si cela signifiait que mon père écoutait vraiment ou non.

Je suis retourné à ma place. Je voyais mal comment la situation pouvait s'aggraver encore. À ce moment-là, sur ordre de Tantale, un satyre a soufflé dans la conque pour attirer notre attention.

Une fois les bavardages retombés, Tantale a pris la parole.

– Bien, bien. Encore un repas succulent ! Du moins à ce que j'entends dire.

Tout en parlant, il avançait doucement la main vers son assiette à nouveau remplie, comme si la nourriture ne pouvait pas remarquer son geste. Mais elle ne s'est pas laissé duper : quand la main de Tantale est arrivée à moins de vingt centimètres, l'assiette a filé le long de la table.

– Et aujourd'hui, qui est ma première journée dans l'exercice de mes fonctions, a-t-il continué, j'aimerais vous dire combien cette punition m'est douce. Au cours de cet été, j'espère torturer, euh, échanger avec chacun de vous, les enfants. Vous êtes tous très appétissants.

Dionysos a applaudi poliment, imité sans enthousiasme par quelques satyres. Tyson se tenait toujours derrière la table d'honneur, l'air mal à l'aise, mais chaque fois qu'il essayait de s'écarter Tantale le ramenait vers le centre.

– Et maintenant, j'ai quelques changements à vous annoncer ! a déclaré le nouveau directeur des activités avec un sourire en biais. Nous allons rétablir les courses de chars !

Un murmure a parcouru toutes les tables – d'excitation, de peur, d'incrédulité.

– Je ne suis pas sans savoir, a poursuivi Tantale en haussant le ton, que ces courses ont été abandonnées il y a quelques années suite à certains problèmes... techniques, dirons-nous.

– Trois morts et vingt-six amputations, a lancé quelqu'un à la table d'Apollon.

– Oui, oui ! a fait Tantale. Mais je sais que vous partagerez tous mon enthousiasme pour le retour de cette tradition de la colonie. Chaque mois, les auriges vainqueurs de la course recevront des lauriers d'or. Les équipes pourront s'inscrire dès demain matin. La première course se déroulera dans trois jours. Nous vous dégagerons de la plupart de vos activités habituelles pour vous permettre de préparer vos chars et de choisir vos chevaux. Oh, ai-je dit que le bungalow de l'équipe gagnante sera dispensé de toutes les corvées pour tout le mois de sa victoire ?

Explosion de bavardages excités : pas de corvée de cuisine pendant un mois entier ? Pas d'étables à nettoyer ? C'était sérieux ?

À ce moment-là, la dernière personne que je me serais attendu à entendre objecter a pris la parole.

– Mais, monsieur ! a dit Clarisse. (Elle avait l'air tendue, mais s'est levée pour parler depuis la table d'Arès. Certains pensionnaires ont pouffé de rire en voyant le « MÉGA VACHE ! » accroché dans son dos.) Et les patrouilles ? Si nous laissons tout tomber pour préparer nos chars...

– Ah, l'héroïne du jour ! s'est exclamé Tantale. La courageuse Clarisse, qui a vaincu les taureaux de bronze à elle toute seule !

Clarisse a cligné des yeux, puis rougi.

– Euh, je n'ai pas...

– Modeste, avec ça ! Ne t'inquiète pas, ma grande. C'est une colonie de vacances, ici, nous sommes là pour nous amuser, non ?

– Mais l'arbre...

– À présent, a poursuivi Tantale, alors que plusieurs compagnons de bungalow de Clarisse la forçaient à se rasseoir, avant de passer au feu de camp et aux chansons, nous avons une petite question à régler. Percy Jackson et Annabeth Chase ont jugé bon, pour une raison qui leur appartient, de nous amener *ça*.

Sur ces mots, Tantale a agité la main en direction de Tyson.

Des murmures embarrassés ont parcouru les tables. Beaucoup de regards en biais ont fusé vers moi. J'aurais volontiers étranglé Tantale.

– Maintenant, bien sûr, a-t-il repris, les Cyclopes ont la réputation d'être des monstres assoiffés de sang, dotés d'une capacité cérébrale très restreinte. Dans des circonstances normales, j'aurais relâché cette bête dans les bois en vous confiant la mission de la traquer avec des torches et des bâtons pointus. Mais qui sait ? Peut-être ce Cyclope-ci n'est-il pas aussi horrible que la plupart de ses congénères ? En attendant qu'il montre s'il mérite ou non d'être tué, il nous faut un endroit où le garder. J'ai bien pensé aux écuries, mais il rendrait les chevaux nerveux. Le bungalow d'Hermès, peut-être ?

Silence à la table d'Hermès. Travis et Connor Alatir se sont découvert un intérêt soudain pour la nappe. Je les comprenais : le bungalow d'Hermès était toujours plein à craquer.

Jamais ils ne pourraient y caser un Cyclope d'un mètre quatre-vingt-dix en plus des occupants actuels.

– Allons, allons, a grondé Tantale. Le monstre sera peut-être capable de vous décharger de quelques corvées de ménage. Quelqu'un a une idée d'où nous pouvons parquer cette bête ?

Soudain, tout le monde a écarquillé les yeux.

Tantale s'est écarté vivement de Tyson, en proie à une vive surprise. Quant à moi, je ne pouvais que fixer du regard, bouche bée, la lumière verte qui allait bouleverser ma vie : un hologramme étincelant qui venait d'apparaître au-dessus de la tête de Tyson.

J'ai senti mon estomac se retourner tandis que les paroles d'Annabeth me revenaient à la mémoire : *Ce sont les enfants d'esprits de la nature et de dieux... enfin, d'un dieu en particulier, le plus souvent...*

Un trident vert lumineux tournoyait au-dessus de Tyson. Le même symbole était apparu au-dessus de ma tête le jour où Poséidon m'avait reconnu comme son fils.

Il y eut un moment de silence impressionné.

Il était rare qu'un dieu vous revendique comme étant son enfant. Certains pensionnaires attendaient ce moment leur vie durant, en vain. Lorsque Poséidon m'avait reconnu, l'été dernier, tout le monde s'était agenouillé en signe de respect. Mais là, les pensionnaires ont suivi l'exemple de Tantale, qui s'esclaffait bruyamment.

– Eh bien ! s'est-il écrié. Je crois que nous savons où mettre la bête, maintenant. Par les dieux, je vois un air de famille, effectivement !

Tout le monde a ri, sauf Annabeth et quelques-uns de mes autres amis.

Tyson ne semblait pas remarquer tout cela. Il était trop décontenancé, trop occupé à essayer de chasser d'un revers de main le trident vert qui s'estompait maintenant au-dessus de sa tête. Il était trop innocent, aussi, pour comprendre que les pensionnaires se moquaient de lui, pour mesurer leur cruauté.

Mais elle ne m'a pas échappé, à moi

J'avais un compagnon de bungalow J'avais un monstre pour demi-frère.

6 DES PIGEONS DÉMONS NOUS ATTAQUENT

L es quelques jours suivants ont relevé de la torture, exactement comme le souhaitait Tantale.

Ça a commencé par l'emménagement de Tyson dans le pavillon de Poséidon ; toutes les quinze secondes, il pouffait de rire et disait : « Percy est mon frère ? » comme s'il avait décroché le gros lot.

– Ah, Tyson, ce n'est pas si simple, lui répondais-je.

Mais il ne servait à rien de tenter de lui expliquer les choses. Tyson était au paradis. Et moi... j'avais beau aimer ce grand lascar, c'était plus fort que moi, j'étais gêné. J'avais honte – voilà, le mot est lâché.

Mon père, le tout-puissant Poséidon, avait fait les yeux doux à un esprit de la nature quelconque, et Tyson était le fruit de cette tocade. J'avais lu les mythes sur les Cyclopes, bien sûr ; je me souvenais même que c'étaient souvent les enfants de Poséidon. Mais je n'avais jamais vraiment fait le rapprochement, jamais intégré l'idée que cela en faisait... ma famille.

Jusqu'au moment où Tyson est venu vivre avec moi, occupant le lit d'à côté.

Ensuite il y avait les commentaires des autres pensionnaires.

Soudain je n'étais plus Percy Jackson, le gars super-cool qui avait su retrouver l'éclair de Zeus l'été dernier : j'étais devenu Percy Jackson, le pauvre tocard qui avait l'horrible monstre pour frère.

– Ce n'est pas mon vrai frère ! protestais-je quand Tyson n'était pas dans les parages. C'est plutôt un demi-frère de la branche monstrueuse de la famille. Un peu comme un demi-frère issu de germains, un truc comme ça.

Mais je ne convainquais personne.

Je dois l'avouer, j'en voulais à mon père. À présent, il me semblait dérisoire d'être son fils.

Annabeth essayait de me remonter le moral. Elle m'a proposé de faire équipe pour la course de chars, histoire de nous distraire un peu de nos problèmes. Entendons-nous : tous les deux, nous détestions Tantale et nous étions terriblement inquiets pour la colonie, mais nous ne savions pas quoi faire. Alors, en attendant de trouver un plan génial pour sauver l'arbre de Thalia, pourquoi ne pas nous préparer pour la course ? Après tout, c'était Athéna, la mère d'Annabeth, qui avait inventé le char, et mon père qui avait créé les chevaux. À nous deux, nous serions les rois de la piste.

Un matin où nous étions installés au bord du lac pour travailler à des croquis de char, Annabeth et moi, des petits malins du bungalow d'Aphrodite sont passés et m'ont demandé si j'avais besoin de leur emprunter de l'eye-liner pour mon œil... « Ah, pardon, pour *tes yeux*. »

Tandis qu'ils s'éloignaient en ricanant, Annabeth a grommelé :

– Ignore-les, Percy. C'est pas ta faute si tu as un monstre pour frère.

– Ce n'est pas mon frère ! ai-je rétorqué brutalement. Et ce n'est pas un monstre !

Annabeth a levé les sourcils.

– Hé, ne m'engueule pas ! Et, techniquement parlant, si, c'est un monstre.

– Ben c'est toi qui l'as autorisé à pénétrer dans la colonie.

– Parce que c'était le seul moyen de te sauver la vie ! Je veux dire... je suis désolée, Percy, mais je ne m'attendais pas à ce que Poséidon le revendique. Les Cyclopes sont les créatures les plus fourbes, les plus traîtresses...

– Tyson n'est pas comme ça ! Qu'est-ce que tu as contre les Cyclopes, de toute façon ?

Les oreilles d'Annabeth se sont empourprées. J'ai eu le sentiment qu'elle me cachait quelque chose – quelque chose de grave.

– Laisse tomber. Bon, pour l'essieu de ce char...

– Tu le traites comme si c'était une créature abominable. Il m'a sauvé la vie, je te signale.

Annabeth a jeté son crayon par terre et s'est levée :

– Alors c'est peut-être avec lui que tu devrais dessiner un char.

– Peut-être.

– Très bien !

– Très bien !

Annabeth est partie comme une furie, me laissant encore plus abattu qu'avant.

Les jours suivants, je me suis efforcé de ne pas penser à mes soucis.

Silena Beauregard, une des filles les plus sympas du

bungalow d'Aphrodite, m'a donné mon premier cours d'équitation à dos de pégase. Elle m'a expliqué qu'il n'y avait qu'un seul cheval ailé immortel du nom de Pégase et qu'il parcourait toujours librement les cieux, néanmoins, il avait engendré beaucoup d'enfants au fil des siècles, aucun aussi rapide ni héroïque que lui, mais qui portaient tous son nom.

Étant le fils du dieu de la mer, j'étais toujours réticent à prendre la voie des airs. Mon père était en rivalité avec Zeus, aussi évitais-je dans la mesure du possible de pénétrer dans le domaine du Seigneur du Ciel. Mais chevaucher un cheval ailé était différent. Je n'éprouvais pas la même tension qu'à bord d'un avion. Peut-être était-ce parce que mon père avait créé les chevaux à partir de l'écume de la mer, ce qui devait placer les pégases sur une sorte de... terrain neutre. Je comprenais leurs pensées. Je n'étais pas surpris si ma monture partait au galop au-dessus des cimes des arbres, ni si elle pourchassait un vol de mouettes dans un nuage.

Le problème, c'était que Tyson voulait chevaucher « les dadas poulets », lui aussi, mais les pégases devenaient ombrageux chaque fois qu'il s'approchait d'eux. J'avais beau leur dire par télépathie que Tyson ne leur ferait pas de mal, ils ne me croyaient pas. Ce qui faisait pleurer Tyson.

La seule personne qui n'avait *aucun* mal à s'entendre avec Tyson, à la colonie, c'était Beckendorf, du bungalow d'Héphaïstos. Le dieu des forgerons avait toujours travaillé avec des Cyclopes dans ses forges ; Beckendorf emmenait donc Tyson à l'arsenal avec lui pour lui enseigner le travail du métal. Il disait qu'il lui apprendrait à fabriquer des objets magiques comme un maître en un rien de temps.

Après le déjeuner, j'allais m'entraîner dans l'arène avec les

« Apollon ». Le duel à l'épée avait toujours été mon fort. Les gens disaient que j'étais la meilleure lame que la colonie ait connue depuis un siècle, à part peut-être Luke. On me comparait toujours à Luke.

Je n'avais pas de mal à battre les « Apollon ». J'aurais dû m'entraîner avec les « Arès » et les « Athéna », dans la mesure où c'étaient les plus forts à l'épée de la colonie, mais je ne m'entendais pas avec Clarisse ni ses frères et sœurs ; quant à Annabeth, depuis notre dispute je préférais l'éviter.

J'allais aussi aux cours de tir à l'arc, même si j'étais très mauvais et si ce n'était plus pareil, sans Chiron comme instructeur. En artisanat, j'ai commencé un buste de Poséidon en marbre, mais au bout d'un moment, voyant qu'il se mettait à ressembler à Sylvester Stallone, je l'ai détruit. Je gravissais régulièrement le mur d'escalade en mode lave et tremblement de terre. Et le soir, j'assurais un tour de patrouille frontalière. Tantale avait eu beau nous exhorter à laisser tomber nos velléités de protéger la colonie, certains d'entre nous avaient continué à patrouiller discrètement, en planifiant les tours de garde dans les moments libres.

Je m'asseyais au sommet de la colline des Sang-Mêlé et j'observais les dryades qui venaient chanter pour l'arbre agonisant. Des satyres jouaient des mélodies magiques de la nature sur leurs flûtes de Pan et, pendant quelques instants, les aiguilles du pin semblaient reprendre de la vigueur. Les fleurs de la colline dégageaient un parfum plus doux, l'herbe reverdissait. Mais dès que cessait la musique la maladie envahissait l'air à nouveau. La colline semblait entièrement contaminée par le poison qui s'était enfoncé dans les racines de l'arbre. Plus je passais du temps à mon poste, plus ma colère croissait.

Ces ravages étaient l'œuvre de Luke. Je me souvenais de son sourire narquois, de la cicatrice de griffe de dragon qui barrait son visage. Il avait fait semblant d'être mon ami alors que, dès le départ, c'était le serviteur numéro un de Cronos.

J'ai ouvert la main. La trace de la blessure que Luke m'avait infligée s'estompait, mais je la distinguais encore : un astérisque blanc fait par le dard de son scorpion de l'abîme.

J'ai repensé à ce que Luke m'avait dit, juste avant d'essayer de me tuer : *Au revoir, Percy. Un nouvel Âge d'or arrive et tu n'en feras pas partie.*

La nuit, je continuais de rêver de Grover. Parfois j'entendais sa voix par bribes, rien de plus. Une fois je l'ai entendu dire : *Elle est là.* Une autre fois : *Il aime les moutons.*

J'avais bien envisagé de raconter mes rêves à Annabeth, mais je me serais senti ridicule. Vous me voyez lui répéter *Il aime les moutons* ? Elle m'aurait pris pour un dingue.

La veille de la course, Tyson et moi avons fini notre char. Il avait vraiment un look d'enfer. Tyson avait fabriqué tous les éléments en métal aux forges de l'arsenal ; quant à moi, j'avais poncé le bois et assemblé les différentes parties du char. Il était bleu et blanc, avec un motif de vagues sur les côtés et un trident peint sur le devant. Après tant de travail, il n'était que justice que Tyson monte sur le char avec moi pour la course, mais je savais que ça ne plairait pas aux chevaux et que le poids supplémentaire qu'il représentait nous ralentirait.

Au moment où nous allions nous coucher, Tyson m'a demandé :

– T'es fâché ?

Je me suis rendu compte que j'avais fait la grimace.

– Nan, ai-je répondu. J'suis pas fâché.

Il s'est allongé dans le noir et il est resté sans rien dire. Il était trop grand pour son lit et quand il remontait ses couvertures, ses pieds dépassaient au bout.

– Je suis un monstre, a-t-il alors déclaré.

– Ne dis pas ça.

– C'est pas grave. Je serai un bon monstre. Comme ça t'auras pas besoin de te fâcher.

Je n'ai pas su quoi dire. J'ai regardé fixement le plafond, envahi par la sensation que je mourais lentement moi aussi, comme l'arbre de Thalia.

– C'est juste... que je n'avais jamais eu de demi-frère avant. (J'ai essayé d'empêcher ma voix de se briser.) C'est complètement nouveau pour moi. Et puis je me fais du souci pour la colonie. Et puis j'ai cet autre ami, Grover... il se peut qu'il soit en danger. J'ai constamment l'impression que je dois faire quelque chose pour le secourir, mais je ne sais pas quoi.

Tyson n'a rien ajouté.

– Excuse-moi, ai-je poursuivi. Ce n'est pas ta faute. J'en veux à Poséidon. On croirait qu'il veut m'embarrasser, comme s'il essayait de nous comparer, tous les deux, et je ne comprends pas pourquoi.

J'ai entendu un grondement grave. Tyson ronflait.

– Bonne nuit, grand lascar, ai-je soupiré.

Et j'ai fermé les yeux à mon tour.

Dans mon rêve, Grover portait une robe de mariée.

Elle ne lui allait pas très bien. Elle était trop longue et le

87

bas était couvert de boue séchée. Le décolleté lui glissait sur les épaules. Un voile en lambeaux couvrait son visage.

Il était debout dans une grotte sombre et humide, éclairée seulement par des torches. Il y avait un lit de camp dans un coin et un métier à tisser à l'ancienne dans l'autre, avec une longueur de tissu blanc à moitié confectionné sur le bâti. Et Grover avait les yeux braqués sur moi, comme si j'étais une émission de télé qu'il attendait.

– Loués soient les dieux ! a-t-il glapi. Tu m'entends ?

Mon moi du rêve a tardé à répondre. J'étais encore occupé à regarder autour de moi, à remarquer la voûte de stalactites, l'âcre odeur de mouton et de chèvre, les grondements et les bêlements qui semblaient provenir de derrière un rocher gros comme un réfrigérateur qui bloquait l'unique sortie de la grotte, comme s'il y en avait une autre bien plus grande derrière.

– Percy ? a dit Grover. S'il te plaît, je n'ai pas la force de projeter mieux. Il faut que tu m'entendes !

– Je t'entends. Qu'est-ce qui se passe, Grover ?

Une voix monstrueuse a retenti derrière le rocher :

– Tu es prête, ma puce en sucre ?

Grover a tressailli. D'une voix de fausset, il a répondu :

– Pas tout à fait, mon chéri ! Encore quelques jours !

– Eh ! Ça ne fait pas quinze jours, déjà ?

– Non, non, mon chéri. Seulement cinq. Ça me laisse encore douze jours.

Le monstre s'est tu – peut-être essayait-il de faire le calcul. Il devait être encore plus mauvais que moi en arithmétique car il a fini par dire :

– Bon, d'accord, mais dépêche-toi ! J'ai hâte de VOIR ce qu'il y a sous ce voile, hé hé hé.

Grover s'est retourné vers moi :

– Il faut que tu m'aides ! Le temps est compté ! Je suis prisonnier dans cette grotte. Sur une île en pleine mer.

– Où ça ?

– Je ne sais pas exactement. Je suis allé en Floride et j'ai tourné à gauche.

– Quoi ? Comment as-tu... ?

– C'est un piège ! Voilà pourquoi aucun satyre n'est jamais revenu de cette quête. C'est un berger, Percy ! Et il *l'a*. Sa magie naturelle est si forte qu'elle dégage exactement la même odeur que le grand dieu Pan ! Les satyres viennent ici en croyant avoir trouvé Pan et ils se font prendre au piège et dévorer par Polyphème !

– Poly qui ?

– Le Cyclope ! s'est écrié Grover, exaspéré. Je lui ai presque échappé. Je suis arrivé jusqu'à Sainte-Augustine.

– Mais il t'a suivi, ai-je dit, me souvenant de mon premier rêve. Et il t'a débusqué dans une boutique de robes de mariée.

– Oui, c'est ça. Mon premier lien d'empathie a donc marché. Tu vois, je ne dois d'être encore en vie qu'à cette robe de mariée. Il trouve que je sens bon, mais j'ai prétendu que c'était juste à cause de mon parfum au musc de chèvre. Heureusement, il n'y voit pas très bien. Son œil est encore à moitié aveugle depuis la dernière fois où quelqu'un le lui a crevé. Mais il va finir par comprendre ce que je suis vraiment. Il m'a donné quinze jours pour finir la traîne de la robe et il commence à s'impatienter !

– Attends une seconde. Ce Cyclope te prend...

– Oui ! a gémi Grover. Il me prend pour une dame cyclope et il veut m'épouser !

Dans d'autres circonstances j'aurais peut-être éclaté de rire, mais la voix de Grover était on ne peut plus sérieuse. Il tremblait de peur.

– Je vais venir te sauver, ai-je promis. Où es-tu ?

– Dans la mer des Monstres, bien sûr !

– La mer des quoi ?

– Je t'ai dit ! Je ne sais pas où exactement ! Et, Percy, écoute... je suis vraiment désolé, mais ce lien d'empathie... je n'avais pas le choix. Nos émotions sont en phase, désormais. Si je meurs...

– Ne me dis pas – je mourrai moi aussi ?

– Enfin, peut-être pas. Tu pourrais me survivre plusieurs années à l'état de légume. Mais, euh, si tu pouvais me tirer d'ici, ce serait nettement mieux.

– À table, ma choupinette ! a tonné le monstre. C'est l'heure du dîner ! Miam miam, le bon rôti de mouton !

– Il faut que j'y aille, a gémi Grover. Fais vite !

– Attends. Tu as dit qu'« il l'a ». De quoi parlais-tu ?

Mais la voix de Grover baissait déjà :

– Fais de beaux rêves. Ne me laisse pas mourir !

Le rêve a pris fin et je me suis réveillé en sursaut. C'était le petit matin. Tyson était penché au-dessus de mon lit, me regardant avec inquiétude de son grand œil marron.

– Ça va ? a-t-il demandé.

Sa voix m'a fait tressaillir car elle était presque identique à celle du monstre de mon rêve.

Le matin de la course, il faisait chaud et humide. Une épaisse nappe de brouillard couvrait le sol comme la vapeur dans un sauna. Des millions d'oiseaux perchaient dans les arbres, de gros pigeons gris et blancs, mais ils ne roucoulaient pas comme des pigeons ordinaires : ils émettaient des cris stridents et métalliques qui me faisaient penser aux impulsions d'un sonar.

La piste avait été construite dans un champ herbu, entre le terrain de tir à l'arc et le bois. Les « Héphaïstos » avaient fait appel aux taureaux de bronze, parfaitement dociles depuis qu'ils s'étaient fait défoncer le crâne, pour dégager une piste ovale en quelques minutes.

Il y avait des rangées de gradins en pierre pour les spectateurs : Tantale, les satyres, quelques dryades et tous les pensionnaires qui ne participaient pas à la course. Monsieur D. n'était pas là. Il ne se levait jamais avant dix heures.

– Bon ! a annoncé Tantale tandis que les équipes s'assemblaient. (Une naïade lui avait apporté une grande assiette de gâteaux et, tout en parlant, Tantale pourchassait de la main droite un éclair au chocolat qui se sauvait le long de la table du juge.) Vous connaissez tous les règles. La piste fait quatre cents mètres. Deux tours de piste pour gagner. Deux chevaux par char. Chaque équipe se compose d'un aurige et d'un combattant. Les armes sont autorisées. Les coups bas sont encouragés. Mais essayez de ne tuer personne ! (Tantale nous a souri à tous comme si nous étions une bande de vilains garnements.) Toute mort sera sévèrement punie. Privés de marshmallows grillés pendant une semaine ! Et maintenant, préparez vos chars !

Beckendorf a escorté l'équipe des « Héphaïstos » sur la piste. Ils avaient un bel équipage tout en bronze et fer – y compris les chevaux, qui étaient des automates magiques comme les taureaux de Colchide. J'étais sûr et certain que leur char était équipé de toutes sortes de pièges mécaniques et avait plus d'options qu'une Maserati customisée.

Le char des « Arès », rouge sang, était tiré par deux sinistres chevaux-squelettes. Clarisse y est montée avec un assortiment de javelots, de boules à clous, de chausse-trappes et d'autres méchants jouets.

Le char d'Apollon était superbe : élégant, gracieux, entièrement doré et tiré par deux magnifiques alezans blonds aux crins blancs. Leur combattant était armé d'un arc, mais il avait promis de ne pas décocher de flèches pointues aux auriges des chars concurrents.

Le char d'Hermès était vert et il avait l'air un peu vieux, comme s'il avait passé pas mal de temps au garage. Il n'avait rien d'extraordinaire, à première vue, mais il était mené par les frères Alatir et la simple pensée des coups bas qu'ils étaient fichus de concocter me donnait la chair de poule.

Ce qui laissait deux chars : un conduit par Annabeth, l'autre par moi.

Avant le début de la course, je suis allé trouver Annabeth et j'ai essayé de lui parler de mon rêve.

Elle a dressé l'oreille quand j'ai évoqué Grover mais, lorsque je lui ai répété notre conversation, elle a repris son air méfiant et distant.

– Tu essaies de me distraire, a-t-elle fini par dire.

– Quoi ? Mais non, pas du tout !

– Oui, c'est ça ! Comme par hasard, Grover aurait trouvé l'unique chose qui puisse sauver la colonie.

– Qu'est-ce que tu veux dire ?

Annabeth m'a regardé en roulant des yeux :

– Retourne à ton char, Percy.

– Je n'invente pas. Il est en danger, Annabeth.

Elle a hésité. Je voyais bien qu'elle s'efforçait de jauger si elle pouvait me faire confiance ou non. Nous avions beau nous disputer de temps à autre, nous avions traversé de sacrées épreuves ensemble. Et je savais que le sort de Grover lui tenait à cœur.

– Percy, c'est très difficile de créer un lien d'empathie. Tu sais, le plus probable, c'est que tu aies rêvé.

– L'Oracle, ai-je dit. Nous devons consulter l'Oracle.

Annabeth a froncé les sourcils.

L'été dernier, avant ma quête, j'avais rendu visite à cet étrange esprit qui réside dans le grenier de la Grande Maison et il m'avait fait une prophétie qui s'était réalisée de diverses façons que je n'aurais jamais imaginées. L'expérience m'avait bouleversé pendant des mois. Annabeth savait que je ne suggérerais pas d'y retourner si je n'avais pas un motif terriblement sérieux de le faire.

Alors qu'elle allait répondre, la conque a retenti.

– Auriges ! a crié Tantale. À vos marques !

– On en reparlera tout à l'heure, m'a soufflé Annabeth. Après ma victoire.

Tout en retournant vers mon char, j'ai remarqué que les pigeons étaient encore plus nombreux dans les arbres, à présent, et que leurs cris stridents et furieux faisaient bruisser la forêt tout entière. Les autres n'avaient pas l'air de leur prêter beaucoup d'attention mais, moi, ils me donnaient la chair de poule. Leurs becs avaient un éclat anormal. Leurs yeux semblaient briller plus fort que ceux des autres oiseaux.

Tyson avait du mal à maîtriser les chevaux de notre attelage et j'ai dû leur parler longuement pour les calmer.

C'est un monstre, seigneur ! se sont-ils plaints.

C'est un fils de Poséidon, leur ai-je dit. *Exactement comme... eh ben, comme moi.*

Non ! Monstre ! Mangeur de chevaux ! Pas confiance !

Je vous donnerai des sucres à la fin de la course.

Des sucres ?

De très gros carrés de sucre. Et des pommes. Je vous ai parlé des pommes ?

Pour finir, ils m'ont laissé les harnacher.

Au cas où vous n'auriez jamais vu de chars grecs, je dois vous dire qu'ils sont construits pour aller vite, pas pour être confortables ni sûrs. En gros, c'est une caisse en bois ouverte à l'arrière, montée sur un essieu entre deux roues. Le conducteur – qu'on appelle l'aurige – est debout tout le temps et sent le moindre cahot. L'habitacle est fait dans un bois si léger que si vous négociez mal les virages en tête d'épingle à chaque extrémité de la piste ovale, vous risquez de verser et de vous écraser, vous et votre char. C'est encore plus grisant que le skate-board.

J'ai pris les rênes et conduit le char à la ligne de départ. J'ai donné une perche de trois mètres de long à Tyson, en lui expliquant que son rôle était de repousser les autres chars s'ils s'approchaient trop et de parer tout ce qu'ils pourraient tenter de nous lancer.

– Pas frapper les dadas avec le bâton, a-t-il insisté.

– Non, ai-je confirmé. Ni les gens d'ailleurs, sauf si tu ne peux pas faire autrement. Nous allons faire une course propre. Contente-toi de repousser les distractions pour que je puisse concentrer tous mes efforts sur la conduite.

– On va gagner !

Tyson rayonnait.

On va se prendre la pâtée du siècle, pensais-je, mais il fallait

94

que je tente le maximum. Je voulais montrer aux autres... en fait je ne savais pas vraiment quoi. Que Tyson n'était pas si mauvais bougre que ça ? Que je n'avais pas honte de me montrer en public avec lui ? Que je n'avais pas été blessé, peut-être, par leurs mauvaises blagues et leurs surnoms ?

Tandis que les chars prenaient place sur la ligne de départ, davantage de pigeons aux yeux brillants se rassemblaient dans le bois. Ils poussaient des cris si forts que les pensionnaires assis dans les gradins commençaient à les remarquer et jetaient des coups d'œil inquiets vers les arbres, qui tremblaient sous le poids des oiseaux. Tantale n'avait pas l'air alarmé, pourtant il a dû hausser la voix pour se faire entendre par-dessus leur tintamarre.

– Auriges ! a-t-il crié. En place !

Il a agité la main et le signal du départ est tombé. Les chars se sont élancés en rugissant. Les sabots ont martelé la terre. La foule a poussé des acclamations.

Presque immédiatement, un horrible *crac !* a retenti. J'ai tourné la tête juste à temps pour voir le char des « Apollon » se renverser. Le char des « Hermès » l'avait embouti – accidentellement peut-être, ou peut-être pas. L'aurige et le combattant ont été projetés, mais leurs chevaux paniqués ont traîné le char doré en travers de la piste. Travis et Connor, qui riaient de leur chance, ont vite perdu le sourire : les chevaux des « Apollon » ont frappé les leurs de plein fouet et le char des « Hermès » a versé à son tour. Bilan global : un tas de débris de bois et quatre chevaux qui ruaient et se cabraient dans la poussière.

Deux chariots hors course dans les vingt premiers mètres. Quel sport merveilleux !

J'ai reporté mon attention devant moi. Nous avions une

bonne vitesse et prenions de l'avance sur les « Arès », mais le char d'Annabeth était loin devant nous. Elle entamait déjà son virage autour du premier poteau et son combattant, brandissant son javelot avec un sourire triomphant, nous a crié : « Ciao ! »

Le char des « Héphaïstos » gagnait du terrain, lui aussi.

Beckendorf a appuyé sur un bouton et un panneau a coulissé sur le côté de son char.

– Désolé, Percy ! a-t-il hurlé.

Trois jeux de boules et de chaînes ont fusé droit vers nos roues. Notre char aurait été réduit en miettes si Tyson ne les avait pas déviés d'un rapide coup de perche. Il a ensuite poussé brutalement le char des « Héphaïstos », qui est parti valdinguer dans le décor tandis que nous repartions sur notre lancée.

– Bien joué, Tyson ! ai-je crié.

– Oiseaux !

– Quoi ?

Nous foncions à une telle vitesse qu'il était difficile d'entendre et de voir quoi que ce soit distinctement, mais Tyson a pointé du doigt vers le bois et j'ai vu ce qui l'inquiétait. Les pigeons avaient quitté les arbres. Ils volaient en spirale comme une énorme tornade, se rapprochant de la piste.

Pas de souci, me suis-je dit. *Ce ne sont jamais que des pigeons.*

J'ai essayé de me concentrer sur la course.

Nous avons pris notre premier virage dans un crissement de roues ; notre char a failli verser mais nous n'étions plus qu'à trois mètres d'Annabeth. Si seulement j'arrivais à me rapprocher encore un peu de son char, Tyson pourrait jouer de sa perche...

Le combattant d'Annabeth avait perdu son sourire. Il a sorti un javelot de son assortiment d'armes et l'a pointé vers moi. Il allait le lancer quand nous avons entendu les hurlements.

Les pigeons avaient fait masse – par milliers, ils fondaient sur les spectateurs dans les gradins et attaquaient les autres chars. Beckendorf était assailli de tous côtés. Son combattant essayait de repousser les oiseaux mais il n'y voyait rien. Le char est sorti de sa trajectoire et les chevaux mécaniques écumants l'ont traîné dans les champs de fraises.

Sur le char des « Arès », Clarisse a aboyé un ordre à son combattant, qui a aussitôt jeté un filet de camouflage sur leur habitacle. Les oiseaux ont piqué, criblant de coups de griffe et de bec les mains du combattant qui s'efforçait de maintenir le filet en place, mais Clarisse, les dents serrées, gardait le cap. Ses chevaux-squelettes étaient visiblement indifférents aux assauts. C'était en vain que les pigeons donnaient des coups de bec dans leurs orbites vides, traversaient leurs cages thoraciques à tire-d'aile : les étalons continuaient à galoper sans se laisser troubler.

Les spectateurs avaient moins de chance. Les oiseaux visaient le moindre carré de peau exposé, semant la panique dans les gradins. À présent que les oiseaux étaient plus proches, il était évident que ce n'étaient pas des pigeons ordinaires. Ils avaient de petits yeux brillant de méchanceté. Leurs becs étaient en bronze et, à en juger par les cris des pensionnaires, horriblement tranchants.

– Des oiseaux de Stymphale ! a hurlé Annabeth, qui a ralenti pour amener son char à la hauteur du mien. Si nous ne les repoussons pas, ils vont réduire tout le monde à l'état de squelettes !

– Tyson, ai-je dit, on fait demi-tour !

– On va dans la mauvaise direction ?

– Comme toujours, ai-je bougonné – mais j'ai tourné le char vers les gradins.

Annabeth, à mes côtés, a crié : « Héros, à vos armes ! » mais je crois que personne ne l'a entendue, dans le concert strident des cris d'oiseaux et le chaos général.

Tenant les rênes d'une main, je me suis débrouillé pour dégainer Turbulence de l'autre au moment même où une bande d'oiseaux piquaient vers mon visage en faisant claquer leurs becs métalliques. Je les ai pourfendus d'un revers de lame et ils ont explosé en une pluie de plumes et de poussière, mais il en restait encore des millions. L'un d'eux m'a attaqué dans le dos et j'ai failli tomber de mon char.

Ça n'allait pas mieux pour Annabeth. Plus nous nous approchions des gradins, plus la nuée d'oiseaux était dense.

Certains spectateurs essayaient de riposter. Les « Athéna » réclamaient des boucliers. Les archers du bungalow d'Apollon ont sorti leurs arcs et leurs flèches pour décimer la menace ailée, mais il y avait tellement de pensionnaires mêlés aux oiseaux qu'il était trop dangereux de tirer.

– Ils sont trop nombreux ! ai-je crié à Annabeth. Comment faire ?

Elle a poignardé un pigeon avec son couteau.

– Héraclès a recouru au bruit ! Des cloches de cuivre ! Il les a fait fuir avec les sons les plus discordants qu'il ait pu...

Elle a écarquillé les yeux :

– Percy... la collec' de Chiron !

J'ai tout de suite pigé :

– Tu crois que ça marchera ?

98

Elle a tendu les rênes à son combattant et sauté de son char au mien comme si c'était la chose la plus facile du monde.

– Filons à la Grande Maison ! C'est notre seule chance !

Clarisse venait juste de franchir la ligne d'arrivée sans la moindre concurrence et elle avait l'air de mesurer enfin, pour la première fois, la gravité de l'attaque des oiseaux.

Quand elle nous a vus passer, elle a crié :

– Vous fuyez ? C'est ici, le combat, espèces de lâches !

Sur ces mots elle a dégainé son épée et s'est élancée vers les gradins.

J'ai poussé mes chevaux au galop. Le char a traversé en cahotant les champs de fraises puis le terrain de volley-ball, pour s'arrêter avec une embardée devant la Grande Maison. Avec Annabeth, j'ai foncé à l'intérieur et traversé le hall à toutes jambes jusqu'à l'appartement de Chiron.

Son lecteur de CD portable était toujours sur la table de chevet. De même que ses CD préférés. J'ai pris le plus répugnant que j'aie pu trouver, Annabeth a attrapé le lecteur et nous sommes ressortis ensemble en courant.

Sur la piste, les chariots flambaient. Des pensionnaires blessés couraient en tous sens sous les coups de bec des oiseaux qui arrachaient leurs vêtements par lambeaux et leurs cheveux par plaques. Tantale, lui, pourchassait des viennoiseries dans les gradins en criant de temps en temps : « Ne vous inquiétez pas ! J'ai la situation en main ! »

Nous nous sommes arrêtés devant la ligne d'arrivée. Annabeth a chargé le CD dans le lecteur – j'ai prié pour que les piles ne soient pas à plat.

J'ai appuyé sur le bouton et lancé le disque préféré de Chiron : *Les plus beaux succès de Dean Martin.* Soudain, l'air a résonné de violons et de roucoulades en italien.

Les pigeons-démons ont perdu la tête. Ils se sont mis à décrire des cercles, à se rentrer les uns dans les autres comme s'ils voulaient se faire éclater la cervelle. Puis, brusquement, ils ont abandonné la piste et se sont élevés dans le ciel en une seule immense vague sombre.

– Archers, à vous de jouer ! a crié Annabeth.

Maintenant que les cibles étaient dégagées, les archers d'Apollon ont réalisé un sans-faute. Ils arrivaient, pour la plupart, à décocher cinq ou six flèches d'un coup. En quelques minutes, le sol s'est couvert de corps de pigeons au bec de bronze, tandis que les survivants dessinaient une lointaine traînée de fumée à l'horizon.

La colonie était sauvée, mais le champ de bataille n'était pas beau à voir. La plupart des chars avaient été complètement détruits. Presque tout le monde était blessé et saignait à cause des multiples coups de bec reçus. Les « Aphrodite » poussaient des cris parce que leurs coiffures étaient défaites et leurs vêtements souillés par des fientes.

– Bravo ! s'est écrié Tantale – mais ce n'était pas moi qu'il regardait, ni Annabeth. Nous avons notre premier vainqueur !

Il s'est dirigé vers la ligne d'arrivée et a décerné les lauriers d'or de la course à Clarisse, qui le regardait avec stupéfaction.

Puis il s'est tourné vers moi en souriant :

– Et maintenant, punissons les fauteurs de troubles qui ont perturbé la course.

7 J'ACCEPTE LES CADEAUX D'UN INCONNU

D'après Tantale, les oiseaux de Stymphale vaquaient tranquillement à leurs occupations dans le bois et ne seraient pas passés à l'attaque si Annabeth et moi ne les avions pas dérangés par notre piètre conduite des chars.

C'était d'une injustice tellement criante que j'ai dit à Tantale d'aller courir après un beignet, ce qui n'a pas arrangé son humeur. Il nous a condamnés à la corvée de vaisselle : récurer les plats et les casseroles tout l'après-midi dans la cuisine souterraine avec les harpies de ménage. Comme les harpies faisaient la vaisselle à la lave, et non à l'eau, pour obtenir un brillant éclatant et tuer quatre-vingt-dix-neuf virgule neuf pour cent des microbes, Annabeth et moi devions porter des gants et des tabliers en amiante.

Ça ne gênait pas Tyson. Il a tout de suite plongé ses mains nues dans la lave et s'est mis à frotter mais, pour Annabeth et moi, ce furent de longues heures de travail pénible et dangereux dans une chaleur de fournaise. Et il y avait des tonnes d'assiettes supplémentaires : Tantale avait commandé un banquet spécial pour célébrer la victoire de Clarisse à la course de chars : un déjeuner de plusieurs plats, dont des oiseaux de Stymphale frits.

Le seul avantage de notre punition, c'était qu'elle nous donnait un ennemi commun, à Annabeth et moi, et plein de temps pour discuter. Après avoir écouté de nouveau mon rêve de Grover, elle a paru presque prête à me croire.

– S'il l'a vraiment trouvée, a-t-elle murmuré, et si nous pouvions la récupérer...

– Une seconde. Tu parles comme si... si ce je-ne-sais-quoi que Grover a trouvé était la seule chose au monde qui puisse sauver la colonie. De quoi s'agit-il ?

– Je vais te donner un indice : quand tu dépouilles un bélier, tu obtiens quoi ?

– Un tas de saletés ?

Elle a soupiré.

– Une *toison*. Le pelage d'un bélier s'appelle une toison. Et si le bélier en question a de la laine en or...

– La Toison d'or. Tu parles sérieusement ?

Annabeth a vidé une assiette pleine d'os d'oiseaux mortifères dans la lave.

– Percy, tu te souviens des Sœurs Grises ? Elles ont dit qu'elles connaissaient l'emplacement de la chose que tu cherches. Et elles ont parlé de Jason. Il y a trois mille ans, elles lui ont dit où trouver la Toison d'or. Rassure-moi, tu connais l'histoire de Jason et des Argonautes ?

– Ouais. Le vieux film avec les squelettes en pâte à modeler ?

Annabeth a fait les gros yeux.

– Par les dieux, Percy, s'est-elle écriée, tu es désespérant !

– Mais quoi, à la fin ?

– Écoute-moi bien. Voici la véritable histoire de la Toison. Le roi Athamas avait eu deux enfants de la nymphe Néphélé,

Phrixos et Hellé, d'accord ? Mais, comme Ino, la nouvelle épouse du roi, le convainquit de sacrifier les deux enfants, Néphélé leur envoya un bélier volant à la laine d'or, qui les enleva en Grèce et les transporta par les airs jusqu'en Colchide, en Asie Mineure. En fait, le bélier amena seulement Phrixos à bon port. Hellé tomba et mourut en cours de route, mais ce n'est pas ça l'important.

– Pour elle, sans doute que si.

– Toujours est-il qu'en arrivant en Colchide Phrixos sacrifia le bélier d'or à Zeus et accrocha la Toison dans un arbre, au milieu du royaume. La Toison apporta la prospérité au pays. Les animaux ne tombaient jamais plus malades ; tout poussait mieux et les paysans avaient des récoltes exceptionnelles. Les fléaux n'étaient plus qu'un mauvais souvenir. C'est pour toutes ces raisons que Jason voulait la Toison. Elle peut revitaliser la terre où elle est placée. Elle guérit la maladie, renforce la nature, élimine la pollution...

– Elle pourrait guérir l'arbre de Thalia.

Annabeth a hoché la tête.

– Et elle renforcerait considérablement les limites magiques de la Colonie des Sang-Mêlé. Seulement, Percy, cela fait des siècles que la Toison d'or a disparu. Des centaines de héros se sont lancés à sa recherche en vain.

– Mais Grover l'a retrouvée. Il est parti à la recherche de Pan et il a découvert la Toison à la place car tous les deux irradient la magie de la nature. Ça se tient, Annabeth. Nous pouvons sauver Grover et la colonie en même temps. C'est parfait !

– Un peu trop parfait, tu ne trouves pas ? a dit Annabeth d'un ton hésitant. Et si c'était un piège ?

Je me suis souvenu de la façon dont Cronos nous avait

manipulés l'été dernier. Il avait failli nous amener à l'aider à déclencher une guerre qui aurait détruit l'Occident.

– Avons-nous le choix ? ai-je pourtant répliqué. Vas-tu m'aider à sauver Grover, ou non ?

Elle a jeté un coup d'œil à Tyson, qui s'était désintéressé de notre conversation et jouait aux petits bateaux en faisant flotter des tasses et des cuillers sur la lave.

– Percy, a-t-elle murmuré, nous devrons combattre un Cyclope. Polyphème, le *pire* des Cyclopes. En plus son île ne peut se situer qu'à un seul endroit : la mer des Monstres.

– Où est-ce ?

Elle m'a regardé comme si je jouais à l'imbécile.

– La mer des Monstres ! La mer qu'ont sillonnée Ulysse, Jason, Énée, et tous les autres !

– Tu veux dire la Méditerranée ?

– Non. Enfin, oui... mais non.

– Encore une réponse claire. Merci.

– Écoute, Percy, la mer des Monstres est la mer que tous les héros parcourent dans leurs aventures. Avant, elle était dans la Méditerranée, oui. Mais, comme tout le reste, elle se déplace quand le centre du pouvoir occidental se déplace.

– Comme le mont Olympe qui est maintenant au-dessus de l'Empire State Building. Et les Enfers qui sont sous Los Angeles.

– Exactement.

– Mais une mer pleine de monstres... comment peut-elle passer inaperçue ? Tu ne crois pas que les mortels remarqueraient qu'il s'y passe de drôles de trucs... des bateaux qui se font dévorer, tout ça ?

– Bien sûr qu'ils le remarquent. Ils ne le comprennent pas, mais ils savent qu'il y a quelque chose de bizarre dans cette partie de l'océan. La mer des Monstres est au large de la côte est des États-Unis, actuellement, juste au nord-est de la Floride. Les mortels lui ont même donné un nom.

– Le triangle des Bermudes ?

– Exactement.

J'ai digéré l'information. Elle n'était pas beaucoup plus bizarre que toutes les autres choses que j'avais apprises depuis mon arrivée à la Colonie des Sang-Mêlé.

– Bon... au moins nous savons où chercher.

– C'est une zone assez vaste, Percy. Chercher une île minuscule au milieu d'eaux infestées de monstres...

– Hé, je suis le fils du dieu de la mer, quand même. Je serai sur mon terrain. Ça ne peut pas être si dur que ça !

Annabeth a froncé les sourcils.

– On va devoir en parler à Tantale, lui demander son accord pour une quête. Il va refuser.

– Pas si nous lui demandons ce soir au feu de camp, devant tout le monde. Tous les pensionnaires entendront. Ils feront pression sur lui. Il ne pourra pas refuser.

– Peut-être. (Une pointe d'espoir a percé dans la voix d'Annabeth.) On a intérêt à finir cette vaisselle. Tu peux me passer le pschitt à lave, s'il te plaît ?

Ce soir-là au feu de camp, c'étaient les « Apollon » qui dirigeaient les chants. Ils faisaient de leur mieux pour nous remonter le moral à tous, mais ce n'était pas une tâche aisée, après l'attaque des oiseaux de cet après-midi. Assis en demi-cercle sur les gradins de pierre, nous chantions sans grande conviction en regardant les flammes s'étirer aux accords de lyre et de guitare des « Apollon ».

Nous avons chanté tous les classiques de la colonie : « L'Égée, qu'on voit danser l'été », « Debout les dieux, réveillez-vous », et « J'ai deux amours, Pâris et mon pays ». C'était un feu enchanté : plus on chantait fort, plus les flammes montaient, changeant de couleur et d'intensité selon l'humeur de l'assemblée. Les bons soirs, je l'avais vu atteindre six mètres de haut, avec des flammes rouge vif, et si chaud que la première rangée de marsh-mallows mis à rôtir flambait instantanément. Ce soir, il ne dépassait pas un mètre cinquante et les flammes étaient ternes.

Dionysos est parti de bonne heure. Après avoir supporté quel-ques chansons, il a grommelé que même les parties de belote avec Chiron étaient plus folichonnes que ça. Puis, avec un regard méprisant pour Tantale, il est parti vers la Grande Maison.

À la fin de la dernière chanson, Tantale s'est exclamé :

– Eh bien, quelle sympathique soirée !

L'air de rien, il a attrapé une pique en bois garnie d'un marshmallow grillé, qu'il a essayé de prélever. Avant qu'il puisse refermer la main dessus, le marshmallow a glissé de la pique. Tantale a tenté de le happer au vol, mais le marsh-mallow s'est suicidé en se jetant dans les flammes.

– Bien, a déclaré Tantale en se tournant vers nous avec un sourire glacial. Quelques informations concernant la journée de demain.

– Monsieur ! ai-je lancé.

Tantale a cillé.

– Notre garçon de cuisine réclame la parole ?

Quelques « Arès » ont ricané, mais je n'allais pas me laisser intimider. Je me suis levé et j'ai regardé Annabeth. Loués soient les dieux elle s'est levée, elle aussi.

106

– Nous avons une idée pour sauver la colonie, ai-je annoncé.

Silence de mort. Mais je savais que j'avais capté l'attention des pensionnaires car les flammes du feu de camp ont viré au jaune vif.

– Ah oui, vraiment ? a fait Tantale. Eh bien, si c'est encore une histoire de chars...

– La Toison d'or. Nous savons où elle est.

Les flammes ont viré à l'orange. Sans laisser le temps à Tantale de me faire taire, j'ai raconté mon rêve de Grover et de l'île de Polyphème. Annabeth est intervenue pour rappeler à tout le monde les effets que la Toison pouvait avoir. Dit par elle, c'était plus convaincant.

– La Toison peut sauver la colonie, a-t-elle conclu. J'en ai la certitude.

– Ridicule ! s'est exclamé Tantale. Nous n'avons pas besoin d'être sauvés !

Les pensionnaires l'ont tous dévisagé en silence, et il a fini par paraître embarrassé.

– De toute façon, s'est-il empressé d'ajouter, la mer des Monstres, on ne peut pas dire que ce soit un emplacement ! Vous ne sauriez même pas où chercher.

– Si, ai-je déclaré.

Annabeth s'est penchée pour me chuchoter à l'oreille :

– C'est vrai ?

J'ai hoché la tête car, en évoquant notre trajet dans le taxi des Sœurs Grises, Annabeth avait ramené à ma mémoire quelque chose qui, sur le coup, m'avait paru dénué de sens. Mais à présent...

– 30, 31, 75, 12, ai-je récité.

– Bien, bien… Merci de partager ces chiffres absurdes avec nous, s'est moqué Tantale.

– Ce sont des coordonnées de navigation. Latitude et longitude. J'ai, euh, étudié ça en cours de géo.

Même Annabeth a eu l'air impressionnée :

– 30 degrés 31 minutes nord, 75 degrés 12 minutes ouest. Il a raison ! s'est-elle exclamée. Les Sœurs Grises nous ont donné ces coordonnées. Ça doit être quelque part dans l'Atlantique, au large de la Floride. La mer des Monstres. Il nous faut une quête !

– Une seconde, a dit Tantale.

Mais les pensionnaires se sont tous mis à scander :

– Il nous faut une quête ! Il nous faut une quête !

Les flammes grimpaient de plus en plus haut.

– Ce n'est pas nécessaire ! a insisté Tantale.

– IL NOUS FAUT UNE QUÊTE ! IL NOUS FAUT UNE QUÊTE !

– D'accord, bande de sales mômes ! a crié Tantale, les yeux brillant de colère. Vous voulez que j'assigne une quête ?

– OUI !

– Très bien. J'autoriserai un champion à entreprendre ce voyage périlleux, à récupérer la Toison d'or et à la rapporter à la colonie. Ou à mourir en essayant.

Une vive excitation s'est emparée de moi. Je n'allais pas laisser Tantale me faire peur. C'était ce que je devais faire. J'allais sauver Grover et la colonie. Personne ne m'arrêterait.

– J'autoriserai notre champion à consulter l'Oracle ! a annoncé Tantale. Et à choisir deux compagnons de voyage. Et je crois que le choix du champion est évident.

Tantale nous a toisés, Annabeth et moi, comme s'il avait envie de nous étriper.

– Le champion doit être quelqu'un qui a gagné le respect de la colonie, qui a fait preuve d'ingéniosité dans la course de chars et de courage pour défendre la colonie. C'est toi qui mèneras cette quête... Clarisse !

Les flammes ont crépité de mille couleurs différentes. Les « Arès » se sont mis à taper des pieds :

– CLARISSE ! CLARISSE !

Clarisse s'est levée, l'air estomaquée. Puis elle a ravalé sa salive et bombé fièrement le torse.

– J'accepte la quête ! a-t-elle déclaré.

– Attends ! ai-je crié. Grover est mon ami. C'est moi qui ai fait le rêve !

– Assieds-toi ! Tu as déjà eu ta chance l'année dernière ! a protesté un des « Arès ».

– Ouais, il veut juste être de nouveau en vedette ! a lancé un autre.

Clarisse m'a fusillé du regard.

– J'accepte la quête, a-t-elle répété. Moi, Clarisse, fille d'Arès, je sauverai la colonie !

Les « Arès » l'ont acclamée de plus belle. Annabeth a protesté, imitée par les autres « Athéna ». Tous les pensionnaires ont pris parti en vociférant et en jetant des marshmallows à la ronde. C'était parti pour dégénérer en véritable bataille de marshmallows, mais Tantale a soudain hurlé :

– Silence, sales mômes !

Même moi, j'ai été surpris par le ton de sa voix.

– Asseyez-vous ! a-t-il ordonné. Je vais vous raconter une histoire de fantômes.

Je n'avais aucune idée de ce qu'il avait derrière la tête. À contrecœur, nous avons regagné nos places. Tantale irradiait une aura maléfique aussi forte que celle de tous les monstres auxquels j'avais eu affaire jusqu'à présent.

– Il était une fois un roi mortel chéri des dieux.

Tantale a mis la main sur la poitrine et j'ai eu l'impression que c'était de lui qu'il parlait.

– Ce roi, a-t-il repris, était même autorisé à participer aux festins de l'Olympe. Mais le jour où il a essayé de rapporter de l'ambroisie et du nectar sur Terre – à peine un Tupperware, entendons-nous – pour tenter de découvrir leur secret de fabrication, les dieux l'ont puni. Ils l'ont banni de leur cour pour toujours ! Sa famille s'est moquée de lui ! Ses propres enfants l'ont couvert de reproches ! Eh oui, pensionnaires, il avait des enfants abominables. Des enfants... exactement comme vous !

Il a pointé un doigt crochu sur plusieurs personnes dans l'assemblée, dont moi.

– Savez-vous ce qu'il a fait à ses enfants ingrats ? a demandé Tantale d'une voix douce. Savez-vous comment il s'est vengé de la punition cruelle des dieux ? Il a invité les Olympiens à un festin dans son palais, prétendant montrer ainsi qu'il ne leur en voulait pas. Personne n'a remarqué l'absence des enfants. Et lorsqu'il a servi le repas aux dieux, devinez-vous, mes chers petits pensionnaires, ce qu'il y avait dans le ragoût ?

Personne n'a osé répondre. Les flammes du feu luisaient d'un éclat bleu sombre qui se reflétait sur le visage de Tantale, déformé par la méchanceté.

– Oh, les dieux l'ont puni dans l'au-delà, bien sûr, a grincé Tantale. Ils ne s'en sont pas privés. Mais il avait eu son moment de satisfaction, pas vrai ? Ses enfants ne lui ont plus jamais manqué de respect. Et vous savez quoi ? La rumeur dit que l'esprit de ce roi réside à présent ici même, à la colonie, et qu'il guette l'occasion de se venger sur des enfants ingrats et rebelles. Alors... y a-t-il d'autres plaintes, avant que nous envoyions Clarisse accomplir sa quête ?

Silence.

Tantale a hoché le menton à l'intention de Clarisse :

– L'Oracle, ma chère. Vas-y.

Clarisse a piétiné sur place, l'air mal à l'aise, comme s'il lui répugnait, même à elle, de devoir cette occasion de se couvrir de gloire à son statut de chouchoute de Tantale.

– Monsieur...

– Vas-y ! a-t-il aboyé.

Elle s'est inclinée avec gaucherie avant de partir d'un pas vif vers la Grande Maison.

– Et toi, Percy Jackson ? a demandé Tantale. Notre plongeur a des commentaires ?

Je n'ai pas répondu. Je n'allais pas lui faire le plaisir de me punir de nouveau.

– Bien, a dit Tantale. Et je vous rappelle à tous que personne ne peut quitter la colonie sans mon autorisation. Ceux qui essaieront seront renvoyés définitivement, si tant est qu'ils survivent à leur tentative d'escapade, bien sûr, mais nous n'en viendrons pas là. À partir de maintenant, les harpies veilleront au respect du couvre-feu et elles ont toujours faim ! Bonne nuit, chers pensionnaires. Dormez bien.

D'un geste de la main, Tantale a éteint le feu. Dans le noir, les pensionnaires se sont dirigés à pas lents vers leurs bungalows.

Je ne pouvais pas tout expliquer à Tyson. Il savait que j'étais triste. Il avait compris que je voulais faire un voyage et que Tantale me l'avait interdit.

– Tu vas partir quand même ? m'a-t-il demandé.

– Je ne sais pas, ai-je avoué. Ce serait difficile. Vraiment difficile.

– Je vais aider.

– Non. Euh... c'est hors de question, grand lascar. Ce serait trop dangereux.

Tyson a regardé les bouts de métal qu'il assemblait sur ses genoux : des ressorts, des rouages et de minuscules câbles. Beckendorf lui avait donné quelques outils et des pièces détachées et à présent Tyson passait presque toutes ses soirées à bricoler – comment arrivait-il à manier des pièces aussi petites et délicates avec ses grosses paluches ?

– Qu'est-ce que tu fabriques ? ai-je lancé pour changer de sujet.

Il ne m'a pas répondu. Au lieu de quoi, il a poussé une sorte de gémissement qui venait du fond de la gorge.

– Annabeth n'aime pas les Cyclopes. Vous... vous ne voulez pas de moi avec vous ?

– Oh, non, ce n'est pas ça, ai-je rétorqué sans grande conviction. Annabeth t'aime bien. Vraiment.

Des larmes brillaient aux coins de son œil.

Je me suis souvenu que Grover, comme tous les satyres, savait lire les émotions et je me suis demandé si les Cyclopes avaient la même faculté.

Tyson a remballé son bricolage dans une toile cirée. Il s'est allongé sur son lit en serrant son paquet dans ses bras comme un ours en peluche. Lorsqu'il s'est tourné vers le mur, j'ai vu les étranges cicatrices qui lui labouraient le dos comme si quelqu'un lui était passé dessus en tracteur. Pour la énième fois, je me suis demandé comment il avait été blessé.

112

– Papa s'est toujours bien occupé de moi, a-t-il bredouillé en reniflant. Maintenant... je trouve qu'il a été méchant d'avoir un garçon Cyclope. Je n'aurais pas dû naître.

– Ne dis pas ça ! Poséidon t'a revendiqué, tu te rappelles ? Alors tu dois compter pour lui... beaucoup...

J'ai laissé ma phrase en suspens : je repensais à toutes ces années que Tyson avait passées à la rue, dormant dans un carton à frigo. Comment Tyson pouvait-il considérer que Poséidon s'occupait bien de lui ? Quel père laisserait son fils vivre dans des conditions pareilles, même si ce fils était un monstre ?

– Tyson... Tu seras bien à la colonie. Les autres vont s'habituer à toi, je te le promets.

Tyson a soupiré. J'ai attendu qu'il dise quelque chose. Puis je me suis aperçu qu'il dormait déjà.

Je me suis allongé sur mon lit et j'ai essayé de fermer les yeux, mais je n'y suis pas parvenu. J'avais peur de rêver de nouveau de Grover. Si le lien d'empathie était réel... et s'il arrivait quelque chose à Grover... étais-je assuré de me réveiller ?

La pleine lune brillait par ma fenêtre. Le grondement des vagues s'entendait au loin. Je sentais le parfum sucré des champs de fraises et j'entendais les rires des dryades qui couraient après des hiboux dans le bois. Mais on percevait une fausse note dans cette nuit paisible : la maladie de l'arbre de Thalia, qui se propageait dans la vallée.

Clarisse pouvait-elle sauver la colline des Sang-Mêlé ? À mon avis, j'avais plus de chances de me voir décerner la médaille du « meilleur pensionnaire » par Tantale, c'était tout dire.

Je suis sorti de mon lit et j'ai enfilé des vêtements. J'ai attrapé un plaid et un pack de Coca que je gardais sous mon lit. Le Coca était contraire au règlement. Les boissons et nourritures de l'extérieur de la colonie étaient interdites, mais si on s'adressait au bon « Hermès », en échange de quelques drachmes d'or, il pouvait vous rapporter n'importe quoi en contrebande de la supérette la plus proche.

Sortir en douce après le couvre-feu était également contraire au règlement. Si je me faisais prendre, soit j'aurais de gros ennuis, soit je me ferais dévorer par les harpies. Mais je voulais voir l'océan. Je me sentais toujours mieux au bord de l'eau. J'y avais les pensées plus claires. Je suis sorti du bungalow et j'ai pris la direction de la plage.

J'ai étalé ma couverture tout près de l'eau et ouvert une cannette de Coca. Allez savoir pourquoi, le sucre et la caféine avaient toujours un effet apaisant sur mon cerveau d'hyperactif. J'ai essayé de décider quoi faire pour sauver la colonie, mais je n'y suis pas parvenu. J'aurais tant aimé que Poséidon me parle, qu'il me donne un conseil.

C'était une nuit claire et étoilée. Je cherchais du regard les constellations qu'Annabeth m'avait appris à reconnaître – le Sagittaire, Hercule, la Couronne boréale – quand une voix près de moi a retenti :

– Elles sont belles, hein ?

J'ai failli recracher une gorgée de Coca.

Debout à côté de moi se tenait un type en short de nylon et tee-shirt du marathon de New York, mince et l'air en bonne santé. Il avait les cheveux poivre et sel et un sourire malicieux. Son visage me disait vaguement quelque chose, mais je ne comprenais pas pourquoi.

J'ai d'abord pensé qu'il était sorti faire un jogging nocturne le long de la plage et qu'il avait pénétré sans le savoir dans l'enceinte de la colonie. Ce qui n'était pas censé se produire : normalement, les simples mortels ne pouvaient pas entrer dans la vallée. Peut-être avait-il pu s'y faufiler parce que la magie de l'arbre s'affaiblissait ? Mais en pleine nuit ? Et tout autour de la colonie, il n'y avait que des champs cultivés et des terres communales. D'où venait donc ce type ?

– Puis-je me joindre à toi ? a-t-il demandé au même moment. Ça fait des éternités que je ne me suis pas assis.

Oui, je sais : un inconnu, en pleine nuit qui plus est. Le bon sens me dictait de prendre la fuite et de crier au secours. Pourtant, ce type affichait un tel calme que j'avais du mal à avoir peur.

– Oui, bien sûr, ai-je répondu.

– Ton hospitalité te fait honneur. Tiens, du Coca-Cola ! Je peux ?

L'homme s'est assis sur l'autre coin de la couverture, a ouvert une cannette de Coca et bu une gorgée.

– Mmm... juste ce qu'il me fallait ! Quelle paix, quel...

Un téléphone portable a sonné dans sa poche.

Le joggeur a soupiré. Il a sorti son téléphone et j'ai écarquillé les yeux parce qu'il dégageait un halo bleuté. Quand le type a déplié l'antenne, deux créatures se sont entortillées tout autour : des serpents verts, pas plus grands que des vers de terre.

Le joggeur n'y a prêté aucune attention. Il a jeté un coup d'œil à l'écran de son portable et pesté :

– Zut ! Il faut que je prenne cet appel. Une seconde... Allô ?

Il s'est mis à écouter. Les mini-serpents se contorsionnaient tout près de son oreille.

– Écoute, a dit le joggeur, je sais bien mais ça n'y change rien, qu'il soit enchaîné à un rocher avec des vautours qui lui dévorent le foie ou non, s'il n'a pas son numéro de référence, nous ne pourrons pas retrouver son colis... Un don à l'humanité ? Super. Tu sais combien de dons à l'humanité nous livrons ? Laisse tomber. Écoute, il faut que j'y aille. Renvoie-la à Éris, au service clientèle.

Il a raccroché.

– Excuse-moi. Le marché des livraisons express est en plein essor. Alors, je disais...

– Vous avez des serpents sur votre téléphone.

– Quoi ? Oh, ne t'inquiète pas, ils ne mordent pas. Dites bonjour, George et Martha.

Bonjour, George et Martha, a clamé une voix masculine et rauque à l'intérieur de ma tête.

Pas d'ironie, a ajouté une voix de femme.

Pourquoi pas ? a rétorqué George. *C'est moi qui fais tout le vrai boulot.*

– Oh, vous n'allez pas recommencer ! (Le joggeur a remis son portable dans sa poche.) Où en étions-nous ? Ah oui. La paix et le calme.

Il a croisé les jambes et tourné le visage vers le ciel.

– Ça fait longtemps que je n'ai pas pris un moment de détente. Depuis l'invention du télégraphe, c'est tout le temps la course. As-tu une constellation préférée, Percy ?

J'avais encore l'esprit préoccupé par les petits serpents verts qu'il venait de fourrer dans sa poche de short, mais j'ai répondu :

– Euh, j'aime bien Hercule.

– Pourquoi ?

116

– Ben... parce que Hercule, enfin Héraclès plus exactement, avait la poisse. Encore pire que moi. Ça me rassure.

Le joggeur a pouffé de rire.

– Pas parce qu'il était fort, célèbre et admiré ? a-t-il demandé.

– Non.

– Tu es un jeune homme intéressant. Et maintenant ?

J'ai tout de suite compris sa question. Qu'est-ce que je comptais faire au sujet de la Toison d'or ?

Au moment où j'allais répondre, la voix étouffée de Martha est montée de son short : *Déméter sur la deux.*

– Pas maintenant, a lancé le joggeur. Dis-lui de laisser un message.

Ça ne va pas lui plaire. La dernière fois que tu l'as fait attendre, toutes les fleurs du service de livraison florale se sont fanées.

– Dis-lui que je suis en réunion ! (Le joggeur a levé les yeux au ciel.) Excuse-moi de nouveau, Percy. Tu disais...

– Euh... qui êtes-vous, au juste ?

– Tu n'as pas encore deviné, intelligent comme tu l'es ?

Montre-lui ! a imploré Martha. *Ça fait des mois que je ne me suis pas déployée !*

Ne l'écoute pas ! a protesté George. *Elle veut juste frimer !*

L'homme a ressorti son téléphone de sa poche.

– Forme d'origine, s'il vous plaît.

Le téléphone a brillé d'un bleu électrique vif. Il s'est allongé en une baguette de bois de près d'un mètre surmontée de deux ailes. George et Martha, à présent deux serpents verts de taille réelle, l'entouraient en s'entrelaçant. C'était un caducée, le symbole du bungalow 11.

Ma gorge s'est serrée. J'ai compris à qui le joggeur me faisait

117

penser, avec son visage aux traits de lutin et l'étincelle de malice qui luisait dans ses yeux.

– Vous êtes le père de Luke ! me suis-je écrié. Hermès.

Le dieu a pincé les lèvres. Il a planté son caducée dans le sable comme un pied de parasol.

– Le père de Luke... D'habitude, ce n'est pas la première chose que les gens disent pour me présenter. Le dieu des voleurs, oui. Le dieu des messagers et des voyageurs, s'ils veulent se montrer aimables.

Le dieu des voleurs convient bien, a constaté George.

Ne fais pas attention à George ! a lancé Martha, qui a agité la langue dans ma direction. *Il est hargneux parce que c'est moi la préférée d'Hermès.*

C'est pas vrai !

Si c'est vrai !

– Tenez-vous bien, tous les deux, ou je vous retransforme en portable et je vous mets en mode vibreur ! a prévenu Hermès. Alors, Percy, tu n'as toujours pas répondu à ma question. Que comptes-tu faire pour la quête ?

– Je... je n'ai pas l'autorisation de partir.

– Très juste. Est-ce que ça va t'arrêter ?

– Je veux partir. Je veux sauver Grover.

Hermès a souri.

– Je me souviens d'un garçon... oh, beaucoup plus jeune que toi. Ce n'était encore qu'un môme, en fait.

Et voilà ! Il remet ça ! a dit George. *Toujours à parler de lui !*

Tais-toi ! a répliqué Martha d'un ton sec. *Tu veux passer en mode vibreur ?*

Hermès les a ignorés.

– Un soir où sa mère ne regardait pas, ce petit garçon s'est esquivé de la grotte où ils habitaient et il a volé un troupeau qui appartenait à Apollon.

– Est-ce qu'il s'est fait réduire en bouillie ? ai-je demandé.

– Euh... non. En fait l'histoire a bien fini. Pour compenser le vol, le garçon a donné à Apollon un instrument de musique qu'il avait inventé : une lyre. Apollon a été tellement charmé par le son qu'il en a oublié de se fâcher.

– Alors quelle est la morale ?

– La morale ? Par les dieux, tu réagis comme si c'était une fable. C'est une histoire vraie. La vérité a-t-elle une morale ?

– Euh...

– Que penses-tu de ça : ce n'est pas toujours mal de voler ?

– Je ne suis pas sûr que cette morale plaise à ma mère.

Les rats sont délicieux, a suggéré George.

Quel rapport avec l'histoire ? a demandé Martha.

Aucun, mais j'ai faim.

– J'ai trouvé, a repris Hermès. Les jeunes désobéissent parfois, mais s'ils arrivent à accomplir quelque chose de merveilleux, ils peuvent échapper à la punition.

– Vous me dites que je devrais partir de toute façon, même sans avoir la permission.

Les yeux d'Hermès ont pétillé :

– Martha, tu me donnes le premier paquet ?

Martha a ouvert grand la bouche... grand, grand, jusqu'à ce qu'elle soit aussi longue que mon bras. Elle a craché un récipient en acier inoxydable : un thermos au design démodé, avec un capuchon en plastique. L'extérieur était décoré de scènes de la mythologie grecque en laque rouge et jaune : un héros tuant un lion, un héros empoignant Cerbère, le chien à trois têtes.

– C'est Héraclès, ai-je dit. Mais comment...

– On ne pose jamais de questions sur un cadeau. C'est un objet collector de la série *Héraclès bastonne sec*. La première saison.

– *Héraclès bastonne sec* ?

– Une série formidable, a soupiré Hermès. Du temps où Héphaïstos-TV ne diffusait pas de la télé-réalité à longueur de programme. Bien sûr, le thermos aurait bien plus de valeur si j'avais la boîte à sandwichs complète...

Ou s'il n'avait pas séjourné dans la gueule de Martha, a persiflé George.

Ça, tu vas me le payer ! a rétorqué Martha en se lançant rageusement à sa poursuite autour du caducée.

– Une seconde, ai-je demandé. Est-ce que c'est un cadeau ?

– Un de mes deux cadeaux, oui, m'a répondu Hermès. Vas-y, prends-le.

J'ai attrapé le thermos et il m'a presque échappé des mains : il était brûlant d'un côté et glacé de l'autre ! Le truc bizarre, c'était que lorsque je le faisais pivoter, c'était toujours le côté froid qui se retrouvait face à l'océan, vers le nord.

– C'est une boussole ! me suis-je exclamé.

– Très astucieux ! (Hermès avait l'air étonné.) Je n'y aurais jamais pensé. Mais sa destination première est un peu plus ambitieuse. Si tu dévisses le couvercle, tu libéreras les vents des quatre coins de la Terre et ils donneront plus de vitesse à ton navire. Attention, ne l'ouvre pas tout de suite ! Et, s'il te plaît, au moment voulu, vas-y doucement. Ne dévisse pas complètement le couvercle. Les vents sont un peu comme moi... ils ne tiennent pas en place. Si les quatre venaient à s'échapper tous à la fois... mais je suis sûr que tu seras prudent. Et maintenant voyons mon second cadeau. George ?

Elle arrête pas de me toucher, a grogné George, qui s'entortillait lui aussi autour du caducée.

– Rien de plus normal, a soupiré Hermès. Vous êtes entrelacés. Et si vous n'arrêtez pas votre manège, vous allez finir emmêlés de nouveau !

Les serpents ont aussitôt cessé de gigoter.

George s'est décroché la mâchoire et a craché un petit flacon de vitamines à mâcher.

– Vous plaisantez ? me suis-je écrié. Ne me dites pas qu'elles sont en forme de minotaure !

Hermès a pris le flacon et l'a secoué.

– Celles au citron, oui. Celles à la fraise sont en forme de furie, je crois. Ou d'hydre, peut-être ? En tout cas elles sont très fortes. N'en prends que si tu en as vraiment terriblement besoin.

– Comment saurai-je si j'en ai terriblement besoin ?

– Tu le sauras, crois-moi. Un complexe de neuf vitamines et sels minéraux essentiels, d'acides aminés... de tout ce dont tu peux avoir besoin pour être à nouveau bien dans ta peau.

Sur ces mots, il m'a lancé le flacon.

– Euh, merci. Mais, seigneur Hermès, pourquoi m'aidez-vous ?

Le dieu m'a adressé un sourire mélancolique.

– Peut-être parce que j'espère que tu pourras sauver plusieurs personnes en accomplissant cette quête, Percy. Pas juste ton ami Grover.

Je l'ai dévisagé :

– Vous ne pensez tout de même pas à... Luke ?

Hermès n'a pas répondu.

– Écoutez, ai-je repris, Seigneur Hermès, je vous remercie et tout ça, mais autant que vous repreniez vos cadeaux. Personne ne peut sauver Luke. Même si je le trouvais... il m'a expliqué qu'il voulait démolir l'Olympe pierre par pierre. Il a trahi tous ceux qu'il connaissait. Il... il vous déteste tout particulièrement.

Hermès a levé les yeux vers les étoiles.

– Mon cher jeune cousin, s'il est une chose que j'ai apprise au fil des éternités, c'est qu'on ne peut pas renoncer à sa famille, même si elle fait tout pour vous en donner l'envie. Peu importe si les membres de ta famille te détestent, s'ils te mettent dans des situations gênantes, ou si tout simplement ils ne savent pas apprécier ton génie quand tu inventes Internet...

– C'est vous qui avez inventé Internet ?

C'était mon idée, a dit Martha.

Les rats sont délicieux, a ponctué George.

– Non, c'était mon idée à moi, a fait Hermès. Internet, je veux dire, pas les rats. Mais ce n'est pas de ça qu'on parle. Percy, comprends-tu ce que je te dis sur la famille ?

– Je... je n'en suis pas sûr.

– Un jour tu comprendras. (Hermès s'est levé et a essuyé le sable qui lui couvrait les jambes.) Il faut que j'y aille.

Tu as soixante personnes à rappeler, a annoncé Martha.

Et mille trente-huit e-mails, a ajouté George. *Sans compter les offres spéciales d'ambroisie en ligne.*

– Et toi, Percy, tu as moins de temps que tu ne l'imagines pour remplir ta quête, a dit Hermès. Tes amis ne devraient pas tarder... les voici.

J'ai entendu la voix d'Annabeth qui m'appelait, quelque part dans les dunes. Tyson criait lui aussi, d'un peu plus loin.

– J'espère que je n'ai rien oublié, a repris Hermès. J'ai une certaine expérience des voyages.

Sur ces mots il a claqué des doigts et trois sacs marins jaunes sont apparus à mes pieds.

– Étanches, bien sûr. Si tu le lui demandes gentiment, ton père devrait pouvoir t'aider à rejoindre le bateau.

– Le bateau ?

Hermès a pointé du doigt. Effectivement, un grand bateau de croisière traversait le détroit de Long Island, ses lumières blanches et dorées brillant sur l'eau noire.

– Attendez ! Je ne comprends rien à cette histoire. Je n'ai même pas accepté de partir !

– À ta place, je me déciderais dans les cinq minutes qui suivent, m'a conseillé Hermès. C'est là que les harpies vont venir te dévorer. Alors bonne nuit, cousin, et oserais-je le dire ? Que les dieux soient avec toi.

Il a tendu la main et le caducée s'y est jeté d'un bond.

Bonne chance, m'a dit Martha.

Rapporte-moi un rat, a dit George.

Le caducée s'est changé en téléphone portable, qu'Hermès a glissé dans sa poche de short.

Le dieu est parti en petites foulées le long de la plage. Au bout d'une quinzaine de mètres, il a scintillé et disparu dans l'air, me laissant avec un thermos, un flacon de vitamines et cinq minutes pour prendre une décision impossible à prendre.

8 NOUS MONTONS À BORD DU *PRINCESSE ANDROMÈDE*

Je regardais les vagues quand Annabeth et Tyson m'ont trouvé.

– Que se passe-t-il ? a demandé Annabeth. Je t'ai entendu appeler au secours !

– Moi aussi, a dit Tyson. Je t'ai entendu crier : « Des vilaines bêtes attaquent ! »

– Je ne vous ai pas appelés, les gars. Tout va bien.

– Mais alors, qui... (À ce moment-là, Annabeth a remarqué les trois sacs de voyage jaunes, le thermos et le flacon de vitamines que j'avais à la main.) Qu'est-ce qui...

– Écoutez-moi. Nous n'avons pas beaucoup de temps.

Je leur ai raconté ma conversation avec Hermès. À peine avais-je terminé mon récit, que des cris stridents résonnaient déjà au loin : la patrouille de harpies avait trouvé notre piste.

– Percy, nous devons entreprendre cette quête, a déclaré Annabeth.

– On va se faire renvoyer, tu sais. Crois-moi, je suis spécialiste en la matière.

– Et après ? Si nous échouons, de toute façon, il n'y aura plus de colonie.

– Oui, mais tu as promis à Chiron...

– J'ai promis que je te protégerais du danger. La seule façon dont je puisse le faire, c'est en t'accompagnant ! Tyson peut rester et leur expliquer...

– Je veux venir, a interrompu Tyson.

– Non ! (La voix d'Annabeth frôlait la panique.) Je veux dire... Enfin, Percy, tu sais bien que c'est impossible.

Une fois de plus, je me suis demandé ce qu'elle avait contre les Cyclopes. Elle me cachait quelque chose.

Tyson et elle m'ont tous les deux regardé, attendant ma réponse. Pendant ce temps, le bateau de croisière s'éloignait.

Le problème, c'était qu'une partie de moi n'avait pas envie que Tyson vienne. J'avais passé les trois derniers jours en son étroite compagnie, subissant les quolibets des autres pensionnaires qui me faisaient honte mille fois par jour et ne me laissaient pas oublier un seul instant que j'avais un lien de parenté avec Tyson. J'avais besoin d'air.

En plus je ne voyais pas comment il pourrait nous aider, ni comment je pourrais le protéger. Certes, Tyson était fort mais, pour un Cyclope, c'était l'équivalent d'un enfant d'un âge de sept ou huit ans. Je l'imaginais paniquant ou se mettant à pleurnicher au moment où nous essaierions de nous faufiler en douce derrière un monstre. Il nous ferait tous tuer.

D'un autre côté, les cris des harpies se rapprochaient...

– Nous ne pouvons pas le laisser, ai-je tranché. Tantale le punirait pour notre départ.

– Percy, a dit Annabeth en s'efforçant de garder son calme, nous allons à l'île de Polyphème ! Polyphème est un S.I.K... un C.Y.C... (Elle a tapé du pied avec énervement. Malgré toute

125

son intelligence, Annabeth était dyslexique elle aussi. Nous pouvions passer la nuit à attendre qu'elle épelle correctement Cyclope.) Tu vois ce que je veux dire !

J'ai insisté :

– Tyson peut venir, s'il veut.

– Je veux ! a insisté Tyson en battant des mains.

Annabeth m'a fusillé du regard, mais je crois qu'elle avait compris que je ne changerais pas d'avis. Ou peut-être savait-elle seulement que nous n'avions pas le temps de discuter.

– Très bien, a-t-elle dit. Comment rejoignons-nous ce bateau ?

– Hermès a dit que mon père nous aiderait.

– Alors, Cervelle d'Algues, qu'est-ce que tu attends ?

J'avais toujours du mal à faire appel à mon père, ou à le prier, comme vous voudrez, néanmoins je me suis avancé dans les vagues.

– Euh, papa ? ai-je commencé. Comment ça va ?

– Percy ! a chuchoté Annabeth. On est pressés !

– Nous avons besoin de ton aide, ai-je poursuivi d'une voix un peu plus forte. Nous avons besoin de rejoindre ce bateau en vitesse, par exemple avant de nous faire dévorer, alors...

Au début, il ne s'est rien passé. Les vagues ont continué de s'écraser sur la grève. Les harpies, à en juger par la proximité de leurs cris, étaient juste derrière les dunes. Et puis, à une centaine de mètres au large, trois lignes blanches se sont dessinées à la surface des flots. Elles se sont rapprochées à vive allure du rivage, striant l'océan comme des coups de griffe.

Quand elles sont arrivées tout près de la plage, la surface

126

de l'eau s'est fendue et les têtes de trois étalons blancs ont surgi des vagues.

Tyson a hoqueté de surprise.

– Des dadas-poissons ! s'est-il écrié.

Il avait raison. Les créatures se sont hissées sur le sable et j'ai vu que seule leur face antérieure était chevaline : elles avaient toutes des dos de poisson, couverts d'écailles argentées et brillantes, avec des nageoires caudales multicolores.

– Des hippocampes, a dit Annabeth. Comme ils sont beaux !

Le plus proche a henni avec reconnaissance et frotté son museau contre Annabeth.

– Nous les admirerons plus tard, ai-je lancé. Allons-y !

– Les voilà ! a crié une voix stridente derrière nous. Des vilains enfants qui sont sortis de leurs bungalows ! Chouette, c'est l'heure du goûter des harpies !

Cinq d'entre elles franchissaient la crête des dunes en battant des ailes : imaginez des espèces de mégères rondouillettes et courtes sur pattes, au visage renfrogné, dotées de griffes et d'ailes parcheminées qui semblaient trop petites pour leur corps. Elles me faisaient penser à des employées du réfectoire miniatures croisées avec des autruches. Elles n'étaient pas rapides, loués en soient les dieux, mais elles étaient mauvaises si elles vous attrapaient.

– Tyson ! ai-je dit. Prends un sac !

Il regardait toujours les hippocampes, bouche bée.

– Tyson !

– Hein ?

– Dépêche-toi !

Avec l'aide d'Annabeth, je l'ai tiré de son hébétude. Nous

avons rassemblé les sacs et sommes montés sur nos coursiers. Poséidon devait savoir que Tyson serait parmi les passagers car l'un des hippocampes était bien plus grand que les deux autres – juste le bon gabarit pour transporter un Cyclope.

J'ai crié « Hue ! » et mon hippocampe a fait volte-face et plongé dans les vagues. Ceux d'Annabeth et de Tyson lui ont emboîté le pas.

Les harpies ont déboulé sur la plage en jurant et pestant, exhortant leur goûter à revenir, mais les hippocampes filaient sur l'eau comme des scooters des mers. Nous avons vite distancé les harpies et, en quelques instants, la plage de la Colonie des Sang-Mêlé s'est réduite à une masse sombre derrière nous. Je me suis demandé si je la reverrais jamais. Mais, pour l'heure, j'avais d'autres soucis.

La paroi du bateau se dressait maintenant à une courte distance – c'était lui qui nous conduirait en Floride et à la mer des Monstres.

Monter à dos d'hippocampe était encore plus facile qu'à dos de pégase. Nous filions comme des flèches, le visage fouetté par le vent, fendant les vagues avec une telle souplesse que je n'avais pratiquement pas besoin de m'accrocher.

Quand nous nous sommes arrivés devant le bateau, j'ai réalisé à quel point il était gigantesque. C'était comme si j'étais au pied d'un gratte-ciel de New York. La coque blanche se dressait sur au moins dix étages, surmontés par douze niveaux supplémentaires de ponts aux balcons et hublots puissamment éclairés. Le nom du paquebot s'étalait en lettres noires juste au-dessus de la ligne de flottaison, illuminé par un projecteur. Il m'a fallu quelques secondes pour le déchiffrer :

PRINCESSE ANDROMÈDE

Une immense figure de proue ornait l'avant du bateau : la statue d'une femme haute de trois étages, vêtue d'une tunique blanche drapée, sculptée de façon à donner l'impression qu'elle était enchaînée à la proue. Elle était jeune et belle, ses cheveux flottaient sur ses épaules, mais son visage exprimait la terreur absolue. Pourquoi une princesse hurlante figurait-elle à la proue d'un bateau pour vacanciers, voilà un point qui m'échappait totalement.

Je me suis souvenu du mythe d'Andromède, enchaînée à un rocher par ses propres parents en sacrifice à un monstre marin. Peut-être qu'elle avait eu trop de F dans son carnet de notes. Toujours est-il que Persée, mon homonyme, l'avait sauvée *in extremis*, pétrifiant le monstre marin grâce à la tête de Méduse.

Ce Persée-là gagnait toujours. C'était pour cette raison que ma mère m'avait donné son nom, bien que ce soit un fils de Zeus et non de Poséidon. Le Persée d'origine était un des rares héros grecs à avoir bénéficié d'une fin heureuse. Tous les autres mouraient trahis, mutilés, déchiquetés, empoisonnés ou maudits par les dieux. Ma mère espérait que j'hériterais de la chance de Persée. La façon dont ma vie s'était déroulée jusqu'à présent ne me rendait pas très optimiste, pourtant.

– Comment allons-nous monter à bord ? a demandé Annabeth en criant pour couvrir le bruit des vagues.

Mais les hippocampes semblaient avoir compris ce que

nous voulions. Ils ont longé le paquebot par tribord, en franchissant sans difficulté son énorme sillage, et se sont arrêtés devant une échelle fixée à la coque.

– À toi l'honneur, ai-je dit à Annabeth.

Elle a jeté son sac marin sur son épaule et attrapé le barreau du bas à deux mains. Son hippocampe a alors poussé un hennissement d'adieu et piqué vers les profondeurs. Annabeth s'est mise à grimper. Je l'ai laissée prendre quelques barreaux d'avance puis je l'ai suivie.

Il ne restait que Tyson dans l'eau. Son hippocampe lui faisait faire des sauts périlleux arrière et des triples axels, et Tyson riait si fort que la paroi du bateau renvoyait l'écho de ses gloussements.

– Tyson, chut ! Dépêche-toi, grand lascar !

– On ne peut pas emmener Arc-en-ciel ? m'a-t-il demandé, le visage soudain grave.

– Arc-en-ciel ? ! ai-je répété en regardant Tyson d'un œil interrogateur.

L'hippocampe a henni, comme pour dire que son nouveau nom lui plaisait.

– Euh, il faut qu'on y aille, ai-je dit. Arc-en-ciel... ne peut pas grimper aux échelles.

Tyson a reniflé. Il a enfoui le visage dans la crinière de l'hippocampe en murmurant :

– Tu vas me manquer, Arc-en-ciel !

L'hippocampe a émis un son qui avait tout d'un sanglot.

– Peut-être qu'on le reverra un jour, ai-je suggéré.

– Oh oui, steuplaît ! s'est écrié Tyson, immédiatement réconforté. Demain !

Je n'ai rien promis mais j'ai fini par convaincre Tyson de

faire ses adieux à sa monture et d'empoigner l'échelle. Avec un dernier hennissement triste, Arc-en-ciel l'hippocampe a exécuté un flip arrière et plongé dans les vagues.

L'échelle menait à un pont de service couvert de piles de canots de sauvetage jaunes. Il y avait deux jeux de portes battantes fermées à clé, qu'Annabeth est parvenue à ouvrir avec son couteau et une bonne dose de jurons en grec ancien.

Je croyais que nous allions devoir faire preuve d'une très grande discrétion, étant passagers clandestins, mais après avoir exploré un certain nombre de couloirs et risqué un coup d'œil du haut d'un balcon pour découvrir une immense galerie centrale bordée de boutiques fermées, je me suis rendu compte qu'il n'y avait personne à bord. Certes, on était en pleine nuit, mais nous avions parcouru la moitié du bateau sans croiser âme qui vive. Nous étions passés devant quarante ou cinquante cabines sans entendre le moindre son derrière les portes.

– C'est un vaisseau fantôme, ai-je murmuré.

– Non, a dit Tyson en tripotant la bandoulière de son sac marin. Sent mauvais.

– Je ne sens rien, a rétorqué Annabeth en fronçant les sourcils.

– Les Cyclopes sont comme les satyres, ai-je expliqué. Ils sentent l'odeur des monstres. C'est exact, Tyson ?

Il a acquiescé d'un mouvement de tête, l'air inquiet. À présent que nous avions quitté la Colonie des Sang-Mêlé, la Brume transformait de nouveau son visage. Sauf à me concentrer très fort, je le voyais avec deux yeux au lieu d'un seul.

131

– D'accord, a dit Annabeth. Alors qu'est-ce que tu sens comme odeur, au juste ?

– Quelque chose de mal, a répondu Tyson.

– Super, a râlé Annabeth. On est bien avancés.

Nous sommes sortis au niveau où se trouvait la piscine. Il y avait des rangées de chaises longues et un bar condamné par un rideau métallique. L'eau du bassin, secouée par le roulis, luisait d'un éclat sinistre.

Au-dessus de nous, tout le long du paquebot, se trouvaient d'autres niveaux : un mur d'escalade, un terrain de golf, un restaurant, mais aucun signe de vie nulle part.

Pourtant... je percevais quelque chose qui m'était familier. Quelque chose de dangereux. Je sentais que j'aurais pu mettre le doigt sur ce qui clochait si je n'avais pas été aussi épuisé et vidé par la tension de cette longue nuit.

– Il nous faut une cachette, ai-je dit. Un endroit où dormir en toute sécurité.

– Dormir, a acquiescé Annabeth d'une voix fatiguée.

Après avoir exploré plusieurs autres couloirs, nous avons fini par tomber sur une suite au huitième niveau. La porte était ouverte, ce qui m'a paru bizarre. Une corbeille de confiseries trônait sur la table centrale, une bouteille de cidre rafraîchissait dans un seau à glace sur la table de chevet et, sur l'oreiller, il y avait un chocolat à la menthe accompagné d'un bristol rédigé à la main disant *Bienvenue à bord !*

Nous avons ouvert nos sacs pour la première fois et constaté qu'Hermès avait vraiment pensé à tout : vêtements de rechange, affaires de toilette, rations alimentaires, une pochette plastique pleine de billets de banque et un porte-monnaie en cuir plein de drachmes d'or. Il était même arrivé à loger la toile cirée de Tyson avec ses outils et ses bouts de métal ainsi que la casquette d'invisibilité d'Annabeth, ce qui les a beaucoup réconfortés tous les deux.

– Je vais m'installer dans la cabine d'à côté, a dit Annabeth. Ne buvez rien et ne mangez rien, les garçons.

– Tu penses que ce bateau est ensorcelé ?

– Je ne sais pas, a-t-elle répondu en fronçant les sourcils. Il y a quelque chose qui cloche. Soyez prudents, c'est tout.

Nous avons fermé nos portes à clé.

Tyson s'est écroulé sur le canapé. Il a bidouillé quelques minutes sur son projet (qu'il refusait toujours de me montrer), mais il n'a pas tardé à bâiller. Il a replié sa toile cirée et sombré dans le sommeil.

Je me suis allongé sur le lit et j'ai regardé par le hublot. Il m'a semblé entendre des voix dans le couloir, des sortes de murmures, mais je savais que c'était impossible. Nous avions parcouru le paquebot en long et en large sans voir personne. Pourtant les voix m'empêchaient de dormir. Elles me rappelaient mon voyage aux Enfers – les murmures qu'on surprenait quand on croisait les esprits des morts.

Pour finir, la fatigue l'a emporté. Je me suis endormi... et le rêve que j'ai fait était encore pire que les précédents.

J'étais debout dans une grotte, au bord d'une fosse gigantesque. Je ne connaissais les lieux que trop bien. L'entrée du Tartare. Et je reconnaissais aussi le rire froid qui montait des profondeurs obscures du gouffre.

Mais c'est notre jeune héros. La voix faisait penser au son d'une lame de couteau crissant contre la pierre. *En route pour une nouvelle grande victoire.*

Je voulais crier à Cronos de me laisser tranquille. Je voulais dégainer Turbulence et le frapper. Mais j'étais incapable de bouger. Et même si j'avais pu, comment tuer un être qui l'a déjà été, qu'on a mis en pièces et précipité dans les ténèbres éternelles ?

Je ne voudrais pas te décourager, a dit le Titan, *mais peut-être que cette fois-ci, lorsque tu échoueras, tu te demanderas si ça vaut le coup de trimer comme un esclave pour les dieux. Comment ton père t'a-t-il exprimé sa reconnaissance dernièrement, au juste ?*

Son rire a rempli la grotte et, tout d'un coup, le décor a changé.

C'était une autre caverne : la prison de Grover, dans le repaire du Cyclope.

Grover était assis devant le métier à tisser dans sa robe de mariée tachée, défaisant fébrilement la trame de sa traîne inachevée.

— Ma pupuce en sucre ! a crié le monstre, derrière le rocher.

Avec un glapissement, Grover s'est mis à retisser ce qu'il avait défait.

L'intérieur de la grotte a tremblé quand le rocher s'est écarté. Un Cyclope est apparu dans l'embrasure, si gigantesque que Tyson aurait eu l'air d'un gnome en comparaison. Il avait des dents jaunes et pointues et ses grosses mains noueuses étaient aussi grandes que moi. Il portait un tee-shirt violet délavé avec l'inscription FOIRE MONDIALE DU MOUTON 2001. Il devait mesurer au moins quatre mètres cinquante, mais le plus frappant, chez lui, c'était son énorme œil d'un blanc laiteux, opacifié par la cataracte. S'il n'était pas totalement aveugle, il s'en fallait sans doute de peu.

— Qu'est-ce que tu fabriques ? a demandé le monstre.

– Rien ! a répondu Grover de sa voix de fausset. Je tisse la traîne de ma robe de mariée, comme tu peux voir !

Le Cyclope a plongé un bras à l'intérieur de la caverne et cherché le métier à tâtons. Sa main s'est posé sur le tissage.

– Elle ne s'est pas allongée du tout !

– Mais si, bien sûr, mon chéri. Regarde ! J'ai ajouté au moins trois centimètres.

– Trop de retard ! a rugi le monstre, qui s'est mis à renifler l'air. Tu sens bon ! Tu sens la chèvre !

– Oh. (Grover s'est forcé à glousser doucement.) Mon parfum te plaît ? C'est *Eau de Chèvre*. Je le porte rien que pour toi.

– Miam ! a fait le Cyclope en découvrant ses dents pointues. On en mangerait !

– Oh, quel coquin !

– Plus de délais !

– Mais, chéri, je n'ai pas fini !

– Demain !

– Non, non. Encore dix jours.

– Cinq !

– Oh, bon, disons sept. Si tu insistes.

– Sept ! C'est moins que cinq, n'est-ce pas ?

– Oui, bien sûr.

Le monstre a grogné, vaguement mécontent du marché conclu, mais il a laissé Grover à son tissage et remis le rocher en place.

Grover, tout tremblotant, a fermé les yeux et respiré à fond pour essayer de calmer ses nerfs.

– Dépêche-toi, Percy, a-t-il marmonné. Je t'en prie !

J'ai été réveillé par une sirène de bateau, suivie d'une voix dans l'Interphone : celle d'un type à l'accent australien qui m'a paru beaucoup trop joyeux.

– Bonjour, chers passagers ! Nous allons passer toute la journée en mer, aujourd'hui. Temps idéal pour la mambo-party au bord de la piscine ! N'oubliez pas le tirage de la loterie au salon du Kraken à treize heures, avec son gros lot d'un million de dollars ! Et, pour nos *invités spéciaux*, cours d'étripage sur la promenade !

Je me suis redressé dans mon lit.

– Qu'est-ce qu'il a dit ?

Tyson a grogné. Il était encore à moitié endormi, allongé à plat ventre sur le canapé, et ses pieds dépassaient tellement du bout qu'ils entraient dans la salle de bains.

– L'homme joyeux a dit... cours de triage ?

J'espérais qu'il avait raison mais à ce moment-là on a frappé vigoureusement à la porte intérieure de la suite et Annabeth a pointé la tête dans l'embrasure, ses cheveux blonds en pétard :

– Cours d'étripage ?!

Une fois habillés, nous nous sommes risqués hors de la suite et, à notre grande surprise, nous avons vu des gens. Une dizaine de personnes âgées se dirigeaient vers la salle à manger. Un père emmenait ses enfants à la piscine pour un bain matinal. Des membres d'équipage en impeccables uniformes blancs parcouraient le pont en saluant d'un coup de béret à pompon les passagers qu'ils croisaient.

Personne ne nous a demandé qui nous étions. Personne n'a fait attention à nous plus que ça. Mais quelque chose clochait.

Quand la famille des nageurs est passée à notre hauteur, nous avons surpris des bribes de leur conversation.

– Nous sommes en croisière, a dit le père à ses fils. Nous nous amusons.

– Oui, ont répondu les trois fils, en chœur mais le regard vide. On rigole comme des fous. On va nager dans la piscine.

Un peu plus loin, nous avons croisé un matelot aux yeux vitreux.

– Bonjour, nous a-t-il dit. Nous passons tous du bon temps à bord du *Princesse Andromède*. Bonne journée.

Sur ces mots, il s'est éloigné.

– Percy, c'est bizarre, a chuchoté Annabeth. On dirait qu'ils sont tous en transe.

Nous sommes passés devant une cafétéria et c'est alors que nous avons vu notre premier monstre. C'était un chien des Enfers – un dogue noir qui avait les pattes avant sur le buffet et la truffe enfouie dans les œufs brouillés. Il devait être encore jeune car il était petit, comparé à la plupart de ses congénères, pas plus grand qu'un grizzly. Mon sang s'est quand même glacé dans mes veines. J'avais failli être tué par un chien des Enfers, une fois.

Fait très étrange, un homme et une femme d'une cinquantaine d'années faisaient la queue derrière le chien maléfique, attendant patiemment leur tour pour se servir des œufs. Visiblement, rien ne leur semblait sortir de l'ordinaire.

– J'ai plus faim, a murmuré Tyson.

Avant qu'Annabeth et moi ayons pu répondre, une voix reptilienne a persiflé dans le couloir :

– Sssix nouveaux ssssont venus hier.

Annabeth a pointé d'un geste frénétique la cachette la plus

proche – les toilettes pour femmes – et nous nous y sommes engouffrés tous les trois. J'étais trop horrifié pour songer à être embarrassé.

Quelque chose a rampé devant la porte de toilettes – plus exactement *deux* quelque chose – avec des chuintements qui faisaient penser à du papier de verre frottant contre de la moquette.

– Oui, a dit une seconde voix reptilienne. Il sssait les attirer. Bientôt nous sssserons forts.

Les créatures ont disparu dans la cafétéria avec un sifflement froid qui était peut-être un rire de serpent.

Annabeth m'a regardé :

– Il faut qu'on fiche le camp d'ici.

– Parce que tu crois que j'ai envie de m'attarder dans les toilettes des filles ?

– Je parle du bateau, Percy. Il faut qu'on quitte ce bateau.

– Sent mauvais, a acquiescé Tyson. Et les chiens mangent tous les œufs. Annabeth a raison. Il faut qu'on quitte les toilettes et le bateau.

J'ai frissonné. Si Annabeth et Tyson tombaient vraiment d'accord sur un point, j'avais intérêt à les écouter.

C'est alors que j'ai entendu une autre voix dans le couloir – une voix qui m'a glacé, encore plus que ne pourrait le faire celle de n'importe quel monstre.

– ... qu'une question de temps. Arrête de me harceler, Agrios !

C'était Luke. Pas l'ombre d'un doute. Sa voix était gravée dans ma mémoire.

– Je ne te harcèle pas, a grommelé une autre voix masculine, plus grave et encore plus courroucée que celle de Luke. Je te dis juste que c'est risqué et que si ça ne marche pas...

– Ça va marcher, a interrompu sèchement Luke. Ils vont mordre à l'hameçon. Maintenant viens, nous devons aller à la suite de l'Amirauté pour veiller sur le cercueil.

Leurs voix se sont éteintes le long du couloir.

– On s'en va ? a gémi Tyson.

Annabeth et moi avons échangé un regard sans prononcer un mot.

– Nous ne pouvons pas, ai-je dit à Tyson.

– Nous devons découvrir ce que trame Luke, a renchéri Annabeth. Et, si possible, nous devons le capturer, l'enchaîner et le traîner au mont Olympe.

9 LA PIRE RÉUNION DE FAMILLE DE TOUTE MA VIE

Annabeth s'est portée volontaire parce qu'elle avait sa casquette d'invisibilité, mais je l'ai convaincue que c'était trop dangereux. Soit nous y allions tous ensemble, soit personne n'y allait.

– Personne ! a voté Tyson. S'il vous plaît !

Pour finir, bien sûr, il est venu avec nous en rongeant nerveusement ses ongles énormes. Nous nous sommes arrêtés à notre cabine le temps de récupérer nos affaires : quoi qu'il arrive, nous n'étions pas disposés à passer une nuit de plus à bord du paquebot fantôme, et tant pis pour le gros lot d'un million de dollars. J'ai vérifié que Turbulence était dans ma poche, et les vitamines et le thermos d'Hermès dans mon sac, sur le dessus de mes affaires. Je ne voulais pas que Tyson se charge de tous les bagages mais il a insisté et Annabeth m'a dit de ne pas m'en faire. Tyson pouvait porter trois sacs marins en bandoulière aussi facilement que moi un sac à dos.

Nous nous sommes faufilés le long des couloirs en suivant les panneaux qui indiquaient la suite de l'Amirauté. Annabeth avançait en éclaireur, dissimulée par sa casquette d'invisibilité. Nous nous cachions chaque fois que quelqu'un venait, mais la plupart des gens que nous avons croisés étaient des zombies au regard vitreux.

Alors que nous émergions de l'escalier menant au pont 13, où la suite de l'Amirauté était censée se trouver, Annabeth a chuchoté : « Cachez-vous ! » tout en nous poussant dans un placard à balais.

J'ai entendu deux garçons qui avançaient dans le couloir.

– Tu as vu le drakon d'Éthiopie dans la soute ? a demandé l'un d'eux.

– Ouais, a répondu l'autre en riant. Il est géant !

Annabeth, toujours invisible, m'a serré le bras très fort. La deuxième voix me disait quelque chose.

– Il paraît qu'il y a deux nouvelles recrues, a repris cette voix familière. Je te dis pas, mon pote, s'ils continuent d'arriver à ce rythme, c'est gagné !

Les voix se sont éloignées le long du couloir.

– C'était Chris Rodriguez ! (Annabeth a retiré sa casquette et elle est redevenue visible.) Tu te souviens de lui ? Du bungalow 11.

Je me souvenais vaguement de Chris, en effet, depuis l'été dernier. Il faisait partie de ces pensionnaires indéterminés qui restaient en rade dans le bungalow d'Hermès parce que leur parent olympien, père ou mère, ne les revendiquait jamais. En y repensant, je me suis rendu compte que je n'avais pas encore vu Chris à la colonie cet été.

– Que fabrique un autre sang-mêlé ici ? ai-je demandé.

Annabeth a secoué la tête, visiblement troublée.

Nous nous sommes engagés dans le couloir. Je n'avais plus besoin de cartes pour savoir que je me rapprochais de Luke.

Je percevais quelque chose de froid et de désagréable : la présence du mal.

– Percy, regarde.

Annabeth avait pilé net devant un mur de verre dominant le canyon de plusieurs étages qui traversait le paquebot. Tout en bas se trouvait la promenade, une galerie de boutiques, mais ce n'était pas ce qui avait retenu son attention.

Un groupe de monstres était rassemblé devant la confiserie : une douzaine de géants Lestrygons comme ceux qui m'avaient attaqué avec des ballons, deux chiens des Enfers et quelques créatures encore plus bizarres – des humanoïdes femelles dotées d'une double queue de serpent à la place des jambes.

– Des Scythes à queue de serpent, a murmuré Annabeth. Des femmes-dragons.

Les monstres formaient un demi-cercle autour d'un jeune homme en armure grecque qui pourfendait un mannequin de paille. Une boule s'est formée dans ma gorge quand j'ai vu que le mannequin portait le tee-shirt orange de la Colonie des Sang-Mêlé. Sous nos yeux, le garçon à l'armure a planté son épée dans le ventre du mannequin et remonté la lame. Une gerbe de paille s'est échappée du corps éventré et les monstres se sont tous mis à applaudir en poussant des cris de triomphe.

Annabeth s'est écartée de la paroi de verre. Elle était livide.

– Venez, ai-je lancé en m'efforçant de paraître plus courageux que je ne l'étais. Nous devons trouver Luke et le plus vite sera le mieux.

Le couloir se terminait sur une porte en chêne à deux battants qui paraissait desservir une pièce importante. À une dizaine de mètres de la porte, Tyson s'est arrêté.

– Des voix à l'intérieur, a-t-il dit.

– Tu arrives à entendre si loin ? lui ai-je demandé.

Tyson a fermé l'œil comme s'il faisait un gros effort de concentration. Puis, d'une voix plus rauque, qui imitait celle de Luke, il a répété :

– ... la prophétie nous-mêmes. Ces imbéciles ne sauront plus à quel saint se vouer.

Avant que j'aie pu réagir, la voix de Tyson a changé de nouveau, pour devenir plus grave et plus bourrue, comme celle du type que nous avions entendu parler avec Luke devant la cafétéria.

– Tu crois vraiment que le vieux cavalier est parti pour de bon ?

Tyson a ri du rire de Luke.

– Ils ne lui font pas confiance. Pas avec tous les squelettes qu'il a dans son placard. L'empoisonnement de l'arbre a été la goutte d'eau qui a fait déborder le vase.

Annabeth a frissonné.

– Arrête, Tyson ! Comment tu fais ? Tu me donnes la chair de poule.

Tyson a rouvert l'œil, l'air étonné.

– J'écoute, c'est tout.

– Continue, l'ai-je encouragé. Que disent-ils d'autre ?

Tyson a refermé l'œil.

– Chut ! a-t-il murmuré de la voix de l'homme bourru, puis, de la voix de Luke : Tu es sûr ?

– Oui, a fait Tyson en prenant la voix bourrue. Juste dehors.

J'ai compris trop tard ce qui se passait.

À peine ai-je eu le temps de dire : « Courez ! » que les doubles portes de la cabine de réception se sont ouvertes, livrant passage à Luke, flanqué de deux géants poilus qui ont aussitôt braqué leurs javelots à pointe de bronze sur nos poitrines.

– Eh bien, à qui donc avons-nous l'honneur ? s'est écrié Luke avec un sourire en biais. Mes deux cousins préférés ! Entrez donc.

La cabine de réception était à la fois somptueuse et horrible.

Pour la partie somptueuse : d'immenses fenêtres qui épousaient l'arrondi de la coque au fond de la salle, donnant sur la poupe du bateau. Le vert de l'océan et le bleu du ciel à perte de vue. Un tapis persan au sol. Deux canapés moelleux qui occupaient le centre de la pièce, un lit à baldaquin dans un coin, une grande table d'acajou dans l'autre. La table était couverte de nourriture et de boissons : des pizzas, des sodas et une pile de sandwichs au rosbif sur un plateau d'argent.

Pour la partie horrible : sur une estrade tendue de velours, au fond de la pièce, reposait un cercueil doré de trois mètres de long. C'était un sarcophage, aux parois gravées de scènes de la Grèce antique montrant des villes en proie aux flammes et des héros périssant de morts abominables. Malgré la lumière du soleil qui entrait à flots par les fenêtres, le cercueil glaçait toute la pièce.

– Alors, a dit Luke en ouvrant fièrement les bras, ça a plus de gueule que le bungalow 11, vous ne trouvez pas ?

Luke avait changé depuis l'été dernier. Il avait troqué bermuda et tee-shirt contre un pantalon de toile, une chemise et des mocassins de cuir. Ses cheveux blond cendré, jadis toujours en bataille, étaient coupés court. Il avait l'air d'un mannequin maléfique faisant admirer une des dernières tenues à la mode pour sales types branchés de Harvard.

Il avait toujours sa cicatrice sous l'œil – une ligne blanche en zigzag, souvenir d'un combat avec un dragon. Et Perfide, son épée magique, était calée contre un canapé, luisant de l'étrange éclat de sa lame moitié acier, moitié bronze céleste, qui pouvait tuer des mortels aussi bien que des monstres.

– Asseyez-vous, nous a-t-il ordonné.

Il a fait un geste de la main et trois chaises ont filé se placer au milieu de la pièce.

Aucun de nous ne s'est assis.

Les immenses amis de Luke pointaient toujours leurs javelots sur nous. Ils avaient l'air de jumeaux, mais ils n'étaient pas humains. Ils faisaient dans les deux mètres cinquante et ne portaient que des blue-jeans, probablement car leurs torses énormes étaient déjà tapissés d'une fourrure brune épaisse comme de la moquette. Ils avaient des griffes en guise d'ongles et des pattes en guise de pieds. Leurs nez ressemblaient à des museaux et leurs dents étaient toutes des canines pointues.

– J'oublie mes bonnes manières ! s'est écrié Luke d'une voix onctueuse. Je vous présente mes assistants, Agrios et Orios. Peut-être avez-vous entendu parler d'eux ?

Je n'ai pas répondu. Malgré leurs javelots pointés sur mon torse, ce n'étaient pas les jumeaux ours qui me faisaient peur.

Depuis que Luke avait tenté de me tuer l'été dernier, j'avais imaginé à maintes reprises notre prochaine rencontre. Je m'étais vu lui tenant tête avec courage et le provoquant en duel. Or, maintenant que nous étions face à face, j'avais du mal à empêcher mes mains de trembler.

145

– Vous ne connaissez pas l'histoire d'Agrios et d'Orios ? a repris Luke. Leur mère... en vérité c'est une histoire triste. Aphrodite a ordonné à cette jeune femme de tomber amoureuse. Elle a refusé et couru demander de l'aide à Artémis, qui en a fait une de ses chasseresses. Mais Aphrodite s'est vengée. Elle a jeté à la jeune femme un sort qui l'a fait tomber amoureuse d'un ours. Lorsque Artémis a découvert ce qui s'était passé, elle a été prise de dégoût et a abandonné la fille. Typique des dieux, vous ne trouvez pas ? Ils se battent entre eux et ce sont les pauvres humains qui en font les frais. Les jumeaux de la jeune femme, Agrios et Orios que voici, ne portent pas l'Olympe dans leur cœur. En revanche ils aiment bien les sang-mêlé...

– À la croque au sel, a grondé Agrios de sa voix bourrue.

C'était lui que j'avais entendu parler avec Luke devant la cafétéria.

– Hi hi hi ! a fait son frère Orios, en se pourléchant les babines, qu'il avait bordées de fourrure.

Il a continué de glousser comme s'il était en proie à une crise d'asthme, jusqu'au moment où Agrios et Luke l'ont tous les deux toisé d'un regard glacial.

– Ferme-la, imbécile ! a grogné Agrios. Va te punir !

Orios a gémi. Il s'est traîné à pas lourds dans le coin de la pièce, s'est laissé tomber sur un tabouret et s'est mis à se cogner le front contre la table, faisant tinter la vaisselle d'argent.

Luke se comportait comme si c'était parfaitement normal. Il s'est assis confortablement sur le canapé, en posant ses pieds sur la table basse.

– Alors, Percy, a-t-il dit. Nous t'avons laissé survivre un an

146

de plus. J'espère que tu apprécies. Comment va ta maman ? Et l'école ?

– C'est toi qui as empoisonné l'arbre de Thalia.

Luke a poussé un soupir.

– Tu veux en venir droit au fait ? OK. Oui, bien sûr, j'ai empoisonné l'arbre. Et alors ?

– Comment as-tu pu ? a lâché Annabeth avec tant de colère dans la voix que j'ai cru qu'elle allait exploser. Thalia t'a sauvé la vie ! Elle nous a sauvé la vie à tous les trois ! Comment as-tu pu la déshonorer...

– Je ne l'ai pas déshonorée ! Ce sont les dieux qui l'ont déshonorée, Annabeth ! Si Thalia était vivante, elle serait de mon côté.

– Menteur !

– Si tu savais ce qui se prépare, tu comprendrais...

– Je comprends que tu veux détruire la colonie ! Tu es un monstre !

Luke a secoué la tête.

– Les dieux t'ont aveuglée. Ne peux-tu pas imaginer un monde sans eux, Annabeth ? À quoi sert cette histoire antique que tu étudies ? Trois mille ans de bagage ! L'Occident est pourri jusqu'au trognon. Il faut le détruire. Viens de mon côté ! Nous pourrons reconstruire le monde. Nous avons besoin de ton intelligence, Annabeth.

– Parce que tu n'en as aucune toi-même !

Luke a plissé les yeux.

– Je te connais, Annabeth. Tu mérites autre chose que cette quête sans espoir pour sauver la colonie. La colline des Sang-Mêlé sera envahie de monstres d'ici la fin du mois. Les survivants n'auront d'autre alternative que de se joindre à nous ou de se voir traqués et tués jusqu'au dernier. Veux-tu vraiment rester dans une équipe perdante... en ce genre de compagnie ?

Sur ces mots, Luke a montré Tyson du doigt.

– Hé ! me suis-je exclamé.

– Voyager avec un Cyclope ! Et tu parles de déshonorer la mémoire de Thalia ! Tu m'étonnes, Annabeth. Toi, entre tous...

– Tais-toi ! a crié Annabeth.

Je ne comprenais pas de quoi Luke parlait mais Annabeth a enfoui le visage dans ses mains comme si elle allait pleurer.

– Laisse-la tranquille, ai-je dit. Et ne mêle pas Tyson à cette histoire.

– Ah oui ! (Luke a ri.) Je sais. Ton père l'a revendiqué.

J'ai dû avoir l'air surpris car Luke a souri.

– Oui, Percy, je suis au courant de tout ça. Et aussi de ton projet de retrouver la Toison. Quelles sont ces coordonnées, déjà ?... 30, 31, 75, 12 ? Tu vois, j'ai encore des amis à la colonie qui me tiennent informé.

– Des espions, tu veux dire.

Il a haussé les épaules.

– Combien d'insultes peux-tu encore accepter de ton père, Percy ? Tu crois qu'il t'est reconnaissant ? Tu crois que Poséidon tient plus à toi qu'il ne tient à ce monstre ?

Tyson a serré les poings en poussant une sorte de râle de gorge.

Luke s'est contenté de ricaner.

– Tu ne te rends pas compte à quel point les dieux se servent de toi, Percy. Sais-tu seulement ce qui t'attend si tu atteins tes seize ans ? Chiron s'est-il jamais donné la peine de te raconter la prophétie ?

J'aurais voulu prendre Luke entre quatre z'yeux et le rembarrer mais, comme d'habitude, il savait exactement quoi dire pour me déstabiliser.

Mes seize ans ?

Je savais bien que, il y avait de cela de longues années, l'Oracle avait fait une prophétie à Chiron. Je savais aussi qu'une partie de cette prophétie me concernait. Il n'empêche... *si* j'atteignais mes seize ans ? Ce *si* ne me disait rien qui vaille.

– Je sais tout ce que j'ai besoin de savoir, suis-je parvenu à dire. Par exemple, qui sont mes ennemis.

– Alors tu es un imbécile.

Tyson a réduit la chaise la plus proche en miettes.

– Percy n'est pas un imbécile !

Avant que j'aie pu l'arrêter, il a attaqué Luke. Ses poings ont plongé vers sa tête – un coup double qui aurait percé un trou dans du titane – mais les jumeaux ours l'ont intercepté en attrapant chacun Tyson par un bras. Ils l'ont repoussé en arrière et Tyson a vacillé avant de tomber lourdement sur la moquette, faisant trembler le pont entier.

– Dommage, Cyclope, on dirait que mes amis grizzlys à eux deux sont trop forts pour toi. Je devrais peut-être les laisser...

– Luke, me suis-je écrié. Écoute-moi. C'est ton père qui nous envoie.

Le visage de Luke a viré au rouge betterave.

– Je t'interdis de parler de lui.

– Il nous a dit de monter à bord de ce bateau. Je pensais que c'était juste pour faire un trajet, mais il voulait que nous te trouvions. Il m'a dit qu'il ne renoncerait pas à toi, même si tu étais très en colère contre lui.

– En colère ? a rugi Luke. Renoncer à moi ? Mais il m'a

abandonné, Percy ! Je veux la destruction de l'Olympe ! Je veux voir les trônes réduits en miettes ! Tu diras à Hermès que ça va arriver, Percy. Chaque fois qu'un sang-mêlé se joint à nous, les Olympiens s'affaiblissent et nous devenons plus forts. *Lui* devient plus fort, a conclu Luke en désignant d'un geste le sarcophage doré.

Le cercueil me donnait la chair de poule mais j'étais décidé à ne pas le montrer.

– Et alors ? ai-je rétorqué. Qu'est-ce qu'il y a de si extraordinaire... (Soudain, j'ai compris ce que devait abriter le sarcophage, et la température de la pièce m'a semblé chuter de dix degrés.) La vache ! Tu ne veux pas dire que...

– Il se reforme, a continué Luke. Petit à petit, nous faisons remonter sa force vitale de la fosse. Avec chaque nouvelle recrue qui se joint à notre cause, un nouveau petit bout apparaît...

– C'est dégoûtant ! s'est écriée Annabeth.

Luke l'a regardée d'un air moqueur.

– Ta mère est sortie du crâne fracassé de Zeus, Annabeth. Tu es mal placée pour jouer les chochottes. Bientôt, le Seigneur des Titans aura rassemblé assez de matière pour nous permettre de le reconstituer. Nous lui confectionnerons un nouveau corps, ce sera un ouvrage digne des forges d'Héphaïstos.

– Tu es fou, a dit Annabeth.

– Rejoignez-nous et vous serez récompensés. Nous avons des amis puissants, des parrains assez riches pour acheter ce bateau de croisière, entre autres. Percy, ta mère n'aura plus jamais besoin de travailler. Tu pourras lui acheter une maison superbe. À vous la gloire, le pouvoir, tout ce que vous voudrez.

Annabeth, tu pourras réaliser ton rêve d'être architecte. Tu pourras construire un monument appelé à durer mille ans. Un temple aux seigneurs du nouvel âge !

– Va au Tartare ! a lancé Annabeth.

Luke a soupiré.

– Quel dommage !

Il a saisi un objet qui ressemblait à une télécommande et a appuyé sur un bouton rouge. En quelques secondes, la porte de la cabine de réception s'est ouverte, livrant passage à deux hommes d'équipage en uniforme, armés de matraques. Ils avaient le même regard glauque que les autres mortels mais mon intuition me disait que ça ne les rendrait pas moins dangereux.

– Ah, le service de sécurité. Très bien, a dit Luke. Je crois que nous avons des passagers clandestins.

– Oui, mon commandant, ont-ils répliqué d'une voix absente.

Luke s'est tourné vers Orios.

– Il est l'heure de nourrir le drakon d'Éthiopie. Emmène ces imbéciles en bas et montre-leur comment vous faites.

Orios a souri bêtement :

– Hi hi ! Hi hi !

– Permets-moi d'y aller aussi, a dit Agrios. Mon frère est un bon à rien. Ce Cyclope...

– ... ne représente aucun danger, a coupé Luke, qui a jeté un rapide coup d'œil au sarcophage, comme si quelque chose le préoccupait. Reste ici, Agrios. Nous avons des questions importantes à voir ensemble.

– Mais...

– Orios, je compte sur toi. Reste dans la soute pour t'assurer que le drakon soit nourri correctement.

Orios nous a fait sortir de la cabine en nous piquant du bout de son javelot, suivis par les deux vigiles humains.

Tout en longeant le couloir avec la pointe du javelot d'Orios dans le dos, je repensais à ce que Luke avait dit – que les jumeaux ours à eux deux étaient trop forts pour Tyson. Mais peut-être que séparément...

Nous avons débouché du couloir au milieu du paquebot puis traversé un pont extérieur bordé de canots de sauvetage. Je connaissais le bateau suffisamment bien pour savoir que c'était la dernière fois que nous voyions la lumière du soleil. Une fois que nous serions arrivés de l'autre côté, nous prendrions un ascenseur pour descendre à la soute, et l'histoire s'arrêterait là.

J'ai regardé Tyson et je lui ai dit :

– Maintenant.

Loués soient les dieux, il a compris. Faisant volte-face, il a asséné à Orios un coup de poing qui l'a expédié dix mètres en arrière, au beau milieu de la piscine où nageait la famille de zombies.

– Oh ! ont crié les enfants en chœur. Nous ne rigolons pas du tout comme des fous dans la piscine !

Un des vigiles a sorti sa matraque mais Annabeth lui a coupé le souffle d'un coup de pied bien placé. L'autre vigile s'est précipité vers l'alarme la plus proche.

– Arrête-le ! a crié Annabeth.

Trop tard ! Juste avant que je lui écrase une chaise longue sur la tête, il a tiré sur le signal.

152

Des lumières rouges se sont mises à clignoter ; une sirène s'est déclenchée.

– Un canot ! ai-je hurlé.

Nous nous sommes rués vers le canot de sauvetage le plus proche.

Le temps que nous retirions la housse, le pont grouillait de monstres et de vigiles qui se frayaient un chemin en bousculant les touristes et les serveurs chargés de cocktails exotiques. Un type en armure grecque a sorti son épée et s'est élancé vers nous mais il a glissé sur une flaque de piña colada. Des archers lestrygons s'assemblaient en formation sur le pont supérieur, armant de flèches leurs arcs énormes.

– Comment on met ce truc à l'eau ? a crié Annabeth.

Un chien des Enfers a bondi vers moi mais Tyson l'a envoyé valser d'un coup d'extincteur.

– Montez dedans !

J'ai dégainé Turbulence et fauché net la première volée de flèches qui s'abattait sur nous. D'une seconde à l'autre, nous serions terrassés par leur nombre.

Le canot était suspendu au flanc du navire par des cordes, très haut au-dessus de l'eau. Annabeth et Tyson n'arrivaient pas à actionner la poulie qui permettait de l'abaisser.

Je les ai rejoints d'un bond.

– Accrochez-vous ! ai-je crié, avant de trancher les cordes de suspension.

Une volée de flèches a sifflé à nos oreilles tandis que nous tombions en chute libre vers les vagues.

10   DES SUDISTES MORTS
       NOUS PRENNENT EN BATEAU-STOP

Nous dégringolions à une vitesse vertigineuse.

– Le thermos ! ai-je hurlé.

– Quoi ?

Annabeth a dû penser que j'avais perdu la tête. Elle s'accrochait de toutes ses forces aux sangles du canot et ses cheveux volaient au-dessus de sa tête, droits comme la flamme d'une torche.

Mais Tyson a compris. Il est arrivé à ouvrir mon sac marin et à en sortir le thermos magique d'Hermès sans lâcher ni le sac ni sa prise sur le canot.

Des flèches et des javelots pleuvaient tout autour de nous.

J'ai saisi le thermos en priant le ciel que mon idée soit la bonne.

– Accrochez-vous !

– Je ne fais que ça ! a crié Annabeth.

J'ai bloqué les pieds sous le banc gonflable du canot et, tandis que Tyson nous retenait par le dos de nos tee-shirts, Annabeth et moi, j'ai dévissé le couvercle du thermos d'un quart de tour.

Instantanément un souffle de vent blanc a jailli du thermos et nous a projetés sur le côté, transformant notre chute verticale en atterrissage forcé à quarante-cinq degrés.

Le vent qui fusait du thermos semblait rire, comme s'il était heureux de retrouver la liberté. Quand le canot a touché la surface de l'océan, nous avons rebondi une fois, puis deux, comme un caillou qui fait des ricochets, puis rasé l'eau à la vitesse d'un hors-bord, le visage fouetté par des embruns salés, rien devant nous que l'immense océan.

J'ai entendu une clameur outragée en provenance du paquebot, derrière nous, mais nous étions déjà hors de portée de leurs armes. Très vite, le *Princesse Andromède* s'est réduit à un petit jouet blanc à l'horizon, puis il a disparu.

Tandis que nous filions au ras des vagues, Annabeth et moi avons tenté de contacter Chiron par Iris-mail. Il nous semblait important de prévenir quelqu'un de ce que tramait Luke et nous ne savions pas à qui d'autre faire confiance.

Le vent du thermos soulevait un joli rideau d'embruns où le soleil faisait un arc-en-ciel – idéal pour les Ir-mails – toutefois notre connexion était mauvaise. Lorsque Annabeth a lancé une drachme d'or dans la brume de gouttelettes en priant la déesse de l'arc-en-ciel de nous montrer Chiron, nous avons effectivement pu voir son visage, mais il y avait un drôle d'éclairage clignotant en arrière-plan et une musique rock tonitruante, comme s'il était dans une boîte de nuit.

Nous lui avons raconté notre départ en douce de la colonie, ainsi que notre rencontre avec Luke à bord du *Princesse Andromède* et la découverte du sarcophage doré qui abritait la dépouille de Cronos mais, entre le bruit qu'il y avait de son côté et le fracas du vent et des vagues du nôtre, je ne savais pas trop ce qu'il entendait.

– Percy, a crié Chiron, fais attention à...

Des hurlements dignes de guerriers comanches criant victoire ont retenti derrière lui, couvrant sa voix.

– Quoi ?

– La peste soit de mes cousins ! (Chiron a baissé la tête juste à temps pour éviter une assiette, qui est partie s'écraser les dieux savent où.) Annabeth, tu n'aurais pas dû laisser Percy quitter la colonie ! Mais si vous arrivez à retrouver la Toison...

– Youhou ! a crié une voix derrière Chiron. Youpi ya !

Le volume a monté d'un cran et les basses ont grimpé si haut que notre canot s'est mis à trembler.

– ... Miami, hurlait Chiron. J'essaierai de surveiller...

Notre écran de brume s'est brisé comme si quelqu'un, à l'autre bout, y avait jeté une bouteille, et Chiron a disparu.

Une heure plus tard, nous avons vu la terre ferme – une longue plage bordée d'hôtels en gratte-ciel. Il y avait de plus en plus de bateaux de pêche et de pétroliers sur l'eau, à présent. Une vedette de gardes-côtes nous a dépassés par tribord, puis a décrit un virage. Voulaient-ils venir nous inspecter de plus près ? Ce n'était sans doute pas tous les jours qu'ils croisaient un canot de sauvetage sans moteur fonçant à cent nœuds à l'heure, avec trois mômes pour tout équipage.

– C'est Virginia Beach ! On est dans la baie de Chesapeake ! s'est écriée Annabeth lorsque nous avons approché de la côte. Par les dieux, comment le *Princesse Andromède* a-t-il pu couvrir une telle distance en une nuit ? Ça doit faire...

– Cinq cent trente milles nautiques, ai-je complété.

Elle m'a regardé, estomaquée :

– Comment le sais-tu ?

– Je... je ne sais pas trop.

Annabeth a réfléchi quelques instants.

– Percy, a-t-elle repris, quelle est notre position ?

– 36 degrés, 44 minutes nord, 76 degrés, 2 minutes ouest, ai-je répondu immédiatement. Mais, par les dieux, comment je le sais ?

– Ça te vient de ton père, je suppose. Quand tu es en mer, tu sais parfaitement évaluer ta position. C'est trop cool.

Je n'en étais pas convaincu. Je n'avais pas envie d'être un GPS humain. Mais avant que j'aie pu répondre, Tyson m'a tapoté l'épaule.

– L'autre bateau arrive.

J'ai tourné la tête. Plus de doute à présent, la vedette des gardes-côtes nous poursuivait. Ses phares clignotaient et elle gagnait de la vitesse.

– Nous ne pouvons pas les laisser nous rattraper, ai-je dit. Ils nous poseraient trop de questions.

– Continue d'avancer dans la baie, a ordonné Annabeth. Je connais un endroit où nous pourrons nous cacher.

Je ne lui ai pas demandé ce qu'elle voulait dire, ni comment elle connaissait si bien la région. J'ai pris le risque de dévisser un peu plus le couvercle du thermos et une nouvelle rafale nous a projetés de l'autre côté de la pointe de Virginia Beach, à l'intérieur de la baie de Chesapeake. Nous avons vite semé la vedette et continué à fond de train jusqu'au moment où les rivages de la baie se sont resserrés de part et d'autre. Nous étions entrés dans le delta d'un fleuve.

J'ai senti le passage de l'eau de mer à l'eau douce. Soudain, une énorme fatigue s'est abattue sur moi, comme si je faisais une chute de glycémie. Je ne savais plus où j'étais ni comment guider le bateau. Heureusement, Annabeth me donnait des indications.

– Là. Après ce banc de sable.

Nous nous sommes engagés dans une zone marécageuse envahie de roseaux. J'ai échoué le canot au pied d'un cyprès géant.

Des arbres couverts de lierre se dressaient tout autour de nous. Des insectes grouillaient dans les bois. L'air était humide et chaud, des volutes de vapeur s'élevaient du fleuve. En un mot, ce n'était pas New York et ça ne me plaisait pas.

– Venez, a dit Annabeth. C'est tout près de la rive.

– Quoi donc ? ai-je demandé.

– Suis-moi, c'est tout. (Elle a attrapé un sac marin.) Il faut couvrir le bateau, on n'a pas intérêt à attirer l'attention.

Après avoir enfoui le canot sous des branchages, Tyson et moi avons suivi Annabeth le long du rivage. Nos pieds s'enfonçaient dans la vase rougeâtre. Un serpent est passé en flèche devant ma chaussure, pour se perdre dans les herbes.

– Pas bon endroit, a marmonné Tyson, tout en balayant d'un revers de main les moustiques alignés sur son bras comme s'ils faisaient la queue à un buffet.

Au bout de quelques minutes, Annabeth a dit :

– C'est ici.

Je ne voyais que des ronces. Annabeth a alors écarté des branchages entremêlés qui formaient une sorte de porte tressée, et je me suis rendu compte que j'étais devant un abri camouflé.

L'intérieur était assez spacieux pour trois, même avec Tyson pour troisième. Les parois étaient tissées avec des plantes, comme les cabanes des Indiens d'Amérique, mais elles semblaient bien étanches. Dans un coin était empilé tout ce dont on pouvait avoir besoin pour camper : des sacs de couchage, des couvertures, une glacière et une lampe à kérosène. Il y avait de l'équipement pour demi-dieux, également : des pointes de javelot en bronze, un carquois plein de flèches, une épée et une boîte d'ambroisie. La cabane sentait le moisi, comme si elle était restée inoccupée longtemps.

– Une cachette pour demi-dieux. (J'ai regardé Annabeth, très impressionné.) Tu as fabriqué cet endroit ?

– Oui, a-t-elle dit posément, avec Thalia. Et Luke.

Ça n'aurait pas dû m'embêter. Je savais bien que Thalia et Luke s'étaient occupés d'Annabeth quand elle était petite. Je savais qu'ils avaient fui ensemble, tous les trois poursuivis par des monstres, et qu'ils avaient survécu tout seuls jusqu'au moment où Grover les avait trouvés et avait essayé de les amener à la colline des Sang-Mêlé. Il n'empêche que, chaque fois qu'elle évoquait cette période qu'elle avait partagée avec eux, je me sentais... comment dire. Mal à l'aise ?

Non. Ce n'était pas le mot exact.

Le mot exact était *jaloux*.

– Alors... Tu n'as pas peur que Luke vienne nous chercher ici ?

Elle a fait non de la tête.

– Nous avons construit une dizaine de cabanes comme celle-ci. Ça m'étonnerait que Luke se souvienne de leur emplacement, ni même que ça l'intéresse.

Elle s'est laissée tomber sur les couvertures et s'est mise à farfouiller dans son sac marin. Tout, dans son attitude, indiquait qu'elle n'avait pas envie de parler.

– Euh... Tyson ? ai-je dit. Ça t'ennuierait d'aller faire un peu de repérage ? Voir si tu ne trouverais pas une supérette de cambrousse, par exemple ?

– Une supérette ?

– Ouais, pour acheter à manger. Des beignets au sucre, ce genre de trucs. Mais ne t'éloigne pas trop.

– Des beignets au sucre, a répété Tyson très sérieusement. Je vais chercher des beignets au sucre en pleine cambrousse.

Il est sorti de la cabane et s'est mis à crier :

– Coucou, les beignets, où êtes-vous ?

Après son départ, je me suis assis en face d'Annabeth.

– Hé, lui ai-je dit, je suis désolé, tu sais, pour la rencontre avec Luke.

– Ce n'est pas ta faute.

Elle a dégainé son poignard et entrepris d'en essuyer la lame avec un chiffon.

– Il nous a laissés partir trop facilement, ai-je ajouté.

J'espérais que je me faisais des idées, mais Annabeth a hoché la tête :

– Je me disais la même chose. Tu te rappelles ce que nous l'avons entendu dire, qu'« ils allaient mordre à l'hameçon » ? Je crois qu'il parlait de nous.

– C'est la Toison, l'hameçon ? Ou Grover ?

Elle a examiné le tranchant du poignard.

– Je l'ignore, Percy. Peut-être qu'il veut la Toison pour lui. Peut-être qu'il espère que nous ferons le plus difficile du boulot et qu'il pourra nous la voler ensuite. Je n'arrive toujours pas à croire qu'il a empoisonné l'arbre.

– Que voulait-il dire en prétendant que Thalia aurait été de son côté ?

– Il se trompe.

– Tu n'as pas l'air convaincue.

Annabeth m'a fusillé du regard et j'ai regretté de lui avoir posé cette question alors qu'elle maniait un poignard.

– Percy, tu sais à qui tu me fais le plus penser ? À Thalia. Vous avez tellement de points communs, tous les deux, que c'en est effrayant. Je crois que soit vous auriez été les meilleurs amis du monde, soit vous vous seriez étripés.

– On va dire les meilleurs amis du monde.

– Thalia se fâchait contre son père, quelquefois. Comme toi. Est-ce que toi, ça pourrait te pousser à te rebeller contre l'Olympe ?

J'ai rivé les yeux sur le carquois, dans le coin.

– Non, ai-je répondu.

– Bon, ben c'est réglé. Elle non plus. Luke se trompe.

Annabeth a planté son poignard dans le sol.

J'avais très envie de l'interroger sur la prophétie à laquelle Luke avait fait allusion et sur le rapport avec mes seize ans, mais j'étais sûr qu'elle ne m'en dirait rien. Chiron m'avait bien fait comprendre que je n'avais pas le droit d'en être informé tant que les dieux ne l'auraient pas décidé.

– Alors à quoi pensait Luke en parlant des Cyclopes ? ai-je demandé. Il a dit que toi, entre tous...

– Je sais ce qu'il a dit. Il... il faisait allusion à la véritable raison de la mort de Thalia.

J'ai attendu, ne sachant trop quoi dire.

Annabeth a poussé un gros soupir.

– On ne peut pas faire confiance aux Cyclopes, Percy. Il y a six ans, le soir où Grover nous conduisait à la colline des Sang-Mêlé...

Soudain, elle a été interrompue par le grincement de la

161

porte de la cabane qui s'ouvrait. Tyson s'est faufilé à l'intérieur.

– Beignets au sucre ! a-t-il annoncé fièrement en brandissant une boîte de pâtissier.

Annabeth l'a dévisagé avec des yeux ronds.

– Où as-tu trouvé ça ? Nous sommes en pleine cambrousse. Il n'y a rien à des...

– À quinze mètres d'ici ! a achevé Tyson. Une boutique DES MONSTRES DE BEIGNETS ! Juste de l'autre côté de la colline !

– Ça ne me dit rien qui vaille, a marmonné Annabeth.

Accroupis derrière un arbre, nous regardions la boutique à beignets en plein bois. Elle avait l'air flambant neuf, avec ses fenêtres brillamment éclairées, son parking et sa petite allée qui s'enfonçait dans la forêt, mais il n'y avait aucun autre bâtiment alentour et aucune voiture n'était garée sur le parking. À l'intérieur, un employé lisait un magazine derrière la caisse, c'était tout. Sur l'auvent du magasin, en énormes lettres noires que même moi je lisais sans peine, il était marqué :

DES MONSTRES DE BEIGNETS !

Un ogre en carton mordait dans le O de MONSTRES. De bonnes odeurs s'échappaient du magasin, des effluves de beignets au chocolat tout frais.

– Ce n'est pas normal, a chuchoté Annabeth. Ce magasin ne devrait pas être là.

– Pourquoi ? Ce n'est qu'un magasin de beignets.

– Chut ! !

162

– Pourquoi on chuchote ? Tyson y est allé et il a acheté une douzaine de beignets. Il ne lui est rien arrivé.

– Oui, mais lui, c'est un monstre.

– Arrête, Annabeth. Des Monstres de Beignets, ça ne veut pas dire qu'il y ait des monstres ! C'est une chaîne. On en a à New York.

– Une chaîne, oui. Et tu ne trouves pas ça bizarre que ce magasin-là soit apparu juste après que tu as dit à Tyson d'aller chercher des beignets ? Comme ça, au beau milieu de la forêt ?

J'ai réfléchi à la question. Certes, ça semblait un peu étrange, mais, bon, les magasins à beignets ne figuraient pas en haut de ma liste de forces du mal.

– Il pourrait s'agir d'un nid, a expliqué Annabeth.

Tyson a gémi. À mon avis il ne comprenait pas plus que moi ce que racontait Annabeth, mais le ton de sa voix le mettait mal à l'aise. Il avait déjà avalé une demi-douzaine des beignets de sa boîte et se couvrait le visage de sucre en poudre.

– Un nid de quoi ? ai-je fait.

– À ton avis, pourquoi les boutiques franchisées poussent-elles aussi vite ? Tu ne t'es jamais posé la question ? Du jour au lendemain, tu as un nouveau fast-food, un nouveau café, un nouveau magasin de n'importe quoi ? Ça commence par une seule boutique, puis deux, puis quatre – toutes copies conformes, qui poussent comme des champignons dans tout le pays ?

– Euh, non. Je n'y ai jamais réfléchi.

– Percy, certaines chaînes se multiplient très vite parce que leurs emplacements sont reliés magiquement à la force vitale

163

d'un monstre. Certains enfants d'Hermès ont mis au point le procédé dans les années 1950. Ils élèvent...

Soudain, elle s'est figée.

– Quoi ? ai-je insisté. Ils élèvent quoi ?

– Pas... de... gestes... brusques, a dit Annabeth, comme si sa vie en dépendait. Tourne-toi très lentement.

C'est alors que je l'ai entendu : un frottement, comme si une grande bête rampait entre les feuilles.

Je me suis retourné et j'ai découvert une créature de la taille d'un rhinocéros qui avançait entre les ombres des arbres. Elle sifflait et l'avant de son corps se tortillait dans tous les sens. Au début, je n'arrivais pas à comprendre ce que me montraient mes yeux. Puis je me suis rendu compte que la créature avait une multitude de cous : au moins sept, terminés chacun par une tête de serpent qui tirait la langue en sifflant. Elle avait la peau parcheminée et portait sous chaque cou un bavoir en plastique marqué JE SUIS UN BÉBÉ DES MONSTRES DE BEIGNETS !

J'ai sorti mon stylo-bille mais Annabeth a capté mon regard – une mise en garde silencieuse. *Pas encore.*

J'ai compris. Beaucoup de monstres ont une très mauvaise vue. Il n'était pas exclu que l'hydre passe devant nous sans nous remarquer. Mais si je dégainais mon épée maintenant, l'éclat du bronze ne manquerait pas d'attirer son attention.

Nous avons attendu.

L'hydre n'était plus qu'à quelques pas. Elle reniflait le sol et les arbres comme si elle était sur une piste. J'ai alors remarqué que deux de ses têtes déchiquetaient un bout de toile jaune – un de nos sacs marins. La créature avait déjà visité notre campement. C'était notre piste qu'elle suivait.

164

Mon cœur s'est mis à battre plus fort. J'avais vu une tête d'hydre empaillée à la colonie, un trophée, mais cela ne m'avait pas du tout préparé au choc de la créature en vrai. Chaque tête était en forme de losange, comme celle d'un serpent à sonnette, mais les gueules étaient bordées de plusieurs rangées de dents pointues comme celles d'un requin.

Tyson tremblait. Il a reculé d'un pas et marché sans le vouloir sur une brindille. Immédiatement, les sept têtes se sont tournées vers nous en sifflant.

– Dispersez-vous ! a crié Annabeth, qui a plongé sur la droite.

J'ai roulé sur la gauche. Une des têtes de l'hydre a craché un jet de liquide vert qui est passé au ras de mon épaule et a frappé un orme. Le tronc a commencé à se désintégrer en fumant. L'arbre entier a penché, basculant vers Tyson qui n'avait toujours pas bougé, pétrifié par le monstre qui était maintenant juste en face de lui.

– Tyson !

Je l'ai saisi à bras-le-corps et l'ai poussé sur le côté de toutes mes forces, pile au moment où l'hydre attaquait : l'arbre s'est abattu sur deux des têtes du monstre.

L'hydre a titubé et s'est dégagée d'un geste brusque, puis elle a poussé des cris scandalisés à l'intention de l'arbre. Les sept têtes ont craché de l'acide et l'orme a fondu pour se réduire à une flaque de boue fumante.

– Sauve-toi ! ai-je crié à Tyson.

J'ai couru sur le côté et dégainé Turbulence dans l'espoir de détourner l'attention du monstre.

Ça a marché.

La vue du bronze céleste est quelque chose d'insupportable

165

pour la plupart des monstres. Dès que ma lame étincelante est apparue, l'hydre a rétracté ses sept têtes vers elle en sifflant et en montrant les crocs.

La bonne nouvelle, c'était que Tyson était temporairement hors de danger. La moins bonne, c'était que j'allais être transformé en bouillie.

Une des têtes s'est élancée vers moi. Sans réfléchir, j'ai asséné mon épée.

– Non ! a hurlé Annabeth.

Trop tard. Ma lame a tranché le cou de l'hydre. La tête a roulé dans l'herbe, laissant un moignon qui s'est tout de suite arrêté de saigner pour commencer à gonfler comme un ballon de baudruche.

En quelques secondes, le cou blessé s'est divisé en deux et au bout de chaque nouveau cou a poussé une tête grandeur nature. J'avais maintenant devant moi une hydre à huit têtes.

– Percy ! s'est écriée Annabeth d'un ton de reproche. Tu viens d'ouvrir une autre boutique DES MONSTRES DE BEIGNETS ! quelque part !

J'ai esquivé un jet d'acide.

– Je vais mourir et tu t'inquiètes de ça ? Comment on fait pour la tuer ?

– Du feu ! Il nous faut du feu !

En entendant Annabeth, je me suis souvenu de l'histoire. Les têtes de l'hydre ne cesseraient de se multiplier que si nous brûlions les moignons sans leur laisser le temps de repousser. C'est ce qu'avait fait Héraclès, en tout cas. Problème, nous n'avions pas de feu.

J'ai battu en retraite vers le fleuve. L'hydre m'a suivi.

Annabeth s'est rapprochée sur ma gauche et a tenté de distraire une des têtes tout en parant ses coups de crocs avec son poignard, mais une autre tête l'a fauchée comme une massue, dans un mouvement latéral, et l'a projetée dans la boue.

– Pas frapper mes amis !

Tyson est passé à l'attaque, s'interposant entre l'hydre et Annabeth. Tandis qu'Annabeth se relevait, Tyson s'est mis à cribler les têtes du monstre de coups de poing aussi rapides que dans un jeu vidéo. Mais même Tyson ne pouvait pas repousser l'hydre éternellement.

Nous avons continué de reculer à petits pas, en évitant les jets d'acide et les coups de crocs des têtes de l'hydre sans les trancher, mais je savais que nous ne faisions que retarder le moment de notre mort. Tôt ou tard, nous commettrions une erreur et la créature nous tuerait.

C'est alors que j'ai entendu un drôle de bruit : un teuf-teuf que j'ai d'abord pris pour les battements de mon cœur. Il était si puissant qu'il faisait trembler la rive du fleuve.

– Qu'est-ce que c'est que ça ? a crié Annabeth sans quitter l'hydre des yeux.

– Locomotive à vapeur, a dit Tyson.

– *Quoi ? !*

J'ai baissé la tête pour éviter un jet d'acide.

À ce moment-là, derrière nous, sur le fleuve, une voix familière a tonné :

– Allez-y ! Préparez la pièce de trente-deux !

Je n'ai pas osé détacher le regard de l'hydre mais, si la voix était bien celle que je croyais, nous avions maintenant des ennemis sur deux fronts.

Une voix d'homme rocailleuse a répondu :

167

– Ils sont trop près, milady !

– La peste soit de ces héros ! a dit la fille. En avant toute !

– À vos ordres, milady.

– Feu à volonté, capitaine !

Annabeth a compris ce qui se passait un quart de seconde avant moi.

– Jetez-vous au sol ! a-t-elle hurlé, et nous avons plongé tous les trois au moment même où un *BOUM !* retentissant montait du fleuve.

Un éclair de lumière a embrasé le ciel, suivi d'une colonne de fumée. Sous nos yeux, l'hydre a explosé en nous aspergeant d'une immonde pluie de gouttes vertes et visqueuses, qui se sont tout de suite volatilisées, comme le font en général les tripes des monstres.

– Beurk ! a hurlé Annabeth.

– Bateau à vapeur ! a crié Tyson.

Je me suis relevé en toussant, la gorge irritée par la fumée de poudre à canon qui déferlait sur la rive.

Le bateau le plus étrange que j'aie vu de ma vie avançait vers nous le long du fleuve. Il était immergé dans l'eau comme un sous-marin et son pont était recouvert d'acier. Au milieu de ce dernier se dressait une tourelle avec des fentes de chaque côté pour les canons. Un drapeau flottait à son sommet : un sanglier et une lance sur fond rouge sang. Sur le pont s'alignaient des zombies en uniforme gris : des soldats morts dont les visages luisants ne recouvraient que partiellement le crâne, comme les morts vivants que j'avais vus aux Enfers, gardant le palais d'Hadès.

C'était un cuirassé. Un croiseur cuirassé du temps de la guerre de Sécession qui avait opposé les Yankees et les Sudistes.

Je suis parvenu à déchiffrer son nom écrit en lettres couvertes de lichen sur la proue : le *Birmingham*.

Et, debout devant le canon fumant qui avait failli nous expédier dans la tombe, en armure grecque de combat, se tenait Clarisse.

– Bande de perdants ! a-t-elle ricané. Mais je suis bien obligée de vous sauver ! Montez à bord.

11   CLARISSE MET LE FEU AUX POUDRES

– Vous êtes dans de beaux draps, les gars, j'aime autant vous le dire ! a annoncé Clarisse.

Nous venions d'achever une visite du bateau dont nous nous serions volontiers dispensés, traversant une série de pièces sombres et bondées de marins morts. Nous avions vu la soute à charbon, la chaufferie et le moteur, qui toussait comme s'il menaçait d'exploser d'une minute à l'autre. Nous avions également visité le poste de pilotage, la soute aux explosifs et le pont de tir (le préféré de Clarisse), qui était équipé de deux canons Dahlgren à âme lisse, un à bâbord et un à tribord, ainsi que d'un canon rayé de neuf pouces Brooke à chaque extrémité – tous réadaptés spécialement pour pouvoir propulser des boulets de bronze céleste.

Où que nous allions, des marins confédérés morts nous dévisageaient. Leurs visages de fantômes barbus luisaient en transparence sur leur crâne. Ils ont adopté Annabeth quand ils ont appris qu'elle était originaire de Virginie puis se sont aussi intéressés à moi à cause de mon nom, Jackson, comme le célèbre général sudiste, mais j'ai tout gâché en ajoutant que j'étais new-yorkais : tous se sont mis à marmonner des malédictions à l'encontre des Yankees.

Quant à Tyson, il était terrifié. Pendant toute la visite, il a insisté pour qu'Annabeth le tienne par la main, ce qui n'avait pas l'air de la ravir.

Pour finir, on nous a emmenés dîner. Les quartiers du capitaine n'étaient pas plus grands qu'un vestiaire, mais c'était quand même la pièce la plus spacieuse de tout le bateau. Le couvert était mis : nappe blanche et vaisselle de porcelaine. Des matelots squelettes nous ont apporté des sandwichs au beurre de cacahuètes et à la gelée de raisin, des chips et du soda. Au début, j'ai refusé de manger de la nourriture servie par des fantômes, mais la faim a fini par l'emporter.

– Tantale vous a renvoyés pour l'éternité, a lancé Clarisse d'un petit ton suffisant. Monsieur D. a dit que si l'un de vous osait se montrer à la colonie, il le changerait en écureuil et l'écraserait sous les roues de son quatre-quatre.

– Ce sont eux qui t'ont donné ce bateau ?

– Bien sûr que non, Percy. C'est mon père.

– Arès ? !

– Tu t'imagines que ton père est le seul à avoir du pouvoir sur les mers ? (Clarisse a ricané.) Après chaque guerre, les esprits des vaincus doivent payer un tribut à Arès. C'est la malédiction des perdants. J'ai prié mon père, je lui ai demandé un moyen de transport et le voici. Ces gars sont prêts à faire tout ce que je leur ordonnerai. Pas vrai, capitaine ?

Le capitaine était debout derrière elle, raide et l'air furibond. Ses yeux verts lumineux me fixaient d'un regard affamé.

– Nous ferons tout ce que vous voudrez, milady, si cela

171

peut apporter la fin de cette guerre infernale et la paix tant attendue. Nous sommes prêts à tuer n'importe qui.

Clarisse a souri.

– Tuer n'importe qui. Ça me plaît.

Tyson a ravalé sa salive.

– Clarisse, a dit Annabeth. Il se peut que Luke soit à la recherche de la Toison, lui aussi. Nous l'avons vu. Il a les coordonnées et il fait route vers le sud. Il a un bateau de croisière plein de monstres...

– Parfait ! Je vais le faire sauter !

– Tu ne comprends pas. Nous devons unir nos forces. Laisse-nous t'aider.

– Non ! (Clarisse a tapé du poing sur la table.) C'est ma quête à moi, Puits de Sagesse ! J'ai enfin l'occasion d'être l'héroïne, vous n'allez pas me la piquer !

– Où sont tes compagnons de bungalow ? suis-je intervenu. Tu avais le droit d'emmener deux amis, n'est-ce pas ?

– Ils ne... Je les ai laissés à la colonie. Pour la protéger.

– Tu veux dire que même les gens de ton bungalow ne peuvent pas t'aider ?

– La ferme, Cerfeuil ! Je n'ai pas besoin d'eux ! Ni de toi !

– Clarisse, ai-je dit, Tantale se sert de toi. Il se moque pas mal de la colonie. Il serait ravi de la voir en ruine. Il a tout combiné pour que tu échoues.

– C'est pas vrai ! Je me moque de ce que l'Oracle...

Elle s'est tue brusquement.

– Quoi ? Que t'a dit l'Oracle ?

– Rien. (Les oreilles de Clarisse sont devenues écarlates.) Tout ce que vous avez besoin de savoir, c'est que je vais mener cette quête à bien et que vous ne m'aiderez pas. D'un autre côté, je ne peux pas vous laisser partir...

– Nous sommes prisonniers, alors ? a demandé Annabeth.

– Vous êtes mes invités. Pour le moment. (Clarisse a posé les pieds sur la nappe en lin blanc et s'est ouvert une autre cannette de soda.) Capitaine, emmenez-les au pont de couchage et attribuez-leur des hamacs. S'ils ne se tiennent pas bien, montrez-leur comment nous traitons les espions ennemis.

Le rêve m'est venu dès que je me suis endormi.

Grover était assis devant son métier, défaisant frénétiquement la traîne de sa robe de mariée, quand le rocher qui fermait l'entrée de la grotte a roulé.

– Haha ! a tonné le Cyclope.

– Mon chéri ! s'est exclamé Grover. Je ne t'ai pas... Tu n'as fait aucun bruit !

– Tu défais ton tissage ! a rugi Polyphème. C'était donc ça, le problème.

– Non, pas du tout. Je...

– Viens !

Polyphème a attrapé Grover par la taille et l'a emmené le long des tunnels souterrains en le portant et le traînant à la fois. Grover se démenait pour ne pas perdre les escarpins qui dissimulaient ses sabots. Son voile penchait dangereusement sur sa tête, menaçant de se détacher.

Le Cyclope l'a conduit dans une caverne grande comme un entrepôt, entièrement décorée sur le thème « mouton » : un fauteuil relax couvert d'une toison de mouton, un téléviseur tapissé de même, des étagères de bois grossières croulant sous

173

des bibelots et gadgets divers – tasses en forme de tête de mouton, figurines, statuettes de mouton en plâtre, livres d'images et jeux de société avec des pions-moutons. Le sol était jonché d'os de mouton, plus d'autres ossements légèrement différents : c'étaient ceux des satyres qui étaient venus sur l'île dans leur quête du dieu Pan.

Polyphème a posé Grover au sol le temps de déplacer un autre gros rocher rond. Un rayon de lumière du jour a pénétré dans la grotte et Grover a poussé un gémissement nostalgique. De l'air frais !

Polyphème l'a traîné à l'extérieur, sur le flanc d'une colline qui dominait la plus belle île que j'aie jamais vue.

Elle avait la forme d'une selle qu'on aurait coupée en deux d'un coup de hache. De luxuriantes collines vertes s'égrenaient de part et d'autre d'une large vallée fendue d'un ravin profond. Un pont de corde enjambait le ravin. Des torrents étincelants se rejoignaient au bord du précipice et s'y jetaient en une cascade de toutes les couleurs de l'arc-en-ciel. Des perroquets voletaient entre les arbres. Les buissons étaient couverts de fleurs roses et violettes. Des centaines de moutons pâturaient dans les prairies et leurs toisons brillaient d'un étrange éclat métallique, cuivré pour certains, argenté pour d'autres.

Et, au centre de l'île, juste à côté du pont de corde, se dressait un chêne énorme et noueux, dont une des branches basses ployait sous une masse qui lançait des reflets au soleil.

La Toison d'or.

Même en rêve, je sentais son pouvoir qui irradiait dans toute l'île, rendant l'herbe plus verte, les fleurs plus belles. Je ne pouvais qu'imaginer la force d'attraction que son odeur devait avoir pour un satyre.

Grover a gémi.

– Oui, a dit Polyphème. Tu vois ça ? La Toison est le joyau de ma collection. Je l'ai volée à des héros il y a très longtemps et, depuis ce jour, je mange à l'œil ! Les satyres affluent du monde entier, comme des papillons attirés par une flamme ! Les satyres, c'est bon à manger ! Et maintenant...

Polyphème a saisi une paire de méchantes cisailles en bronze.

Grover a glapi mais Polyphème s'est contenté d'attraper le mouton le plus proche comme si c'était un animal en peluche et l'a dépouillé de sa laine. Il a tendu une grosse boule laineuse à Grover.

– Mets ça sur ton rouet ! a-t-il ordonné d'une voix fière. C'est magique. Impossible à défaire.

– Oh... ben...

– Pauvre pupuce en sucre ! Mauvaise tisserande. Ha ha ! Pas de souci. Ce fil va régler le problème. Finir traîne de robe de mariée demain !

– C'est... très gentil de ta part.

– Hé hé hé.

– Mais... mais, mon chéri, a hoqueté Grover, et si quelqu'un venait me sauver... je veux dire attaquait l'île ? (Grover a regardé droit dans ma direction et j'ai compris que c'était pour moi qu'il posait la question.) Qu'est-ce qui l'empêcherait de venir directement à ta caverne ?

– La petite femme a peur ! Trop mignon ! Pas de souci. Polyphème a un système de sécurité ultrasophistiqué. Il faudrait d'abord que mes bébêtes le laissent passer.

– Tes bébêtes ?

Grover a balayé l'île du regard mais il n'y avait rien à voir, à part des moutons qui pâturaient paisiblement dans les prairies.

– Et après, a grondé Polyphème, il faudrait que je le laisse passer !

Il a asséné le poing sur le rocher le plus proche, qui s'est fendu en deux.

– Allez viens, maintenant ! a-t-il crié. On retourne à la caverne.

Grover a paru sur le point d'éclater en sanglots : si près de la liberté et, en même temps, si désespérément loin. Des larmes lui sont montées aux yeux quand Polyphème a remis le rocher rond en place, l'enfermant une fois de plus dans la pénombre humide et puante de sa caverne.

J'ai été réveillé par les sonneries d'alarme qui retentissaient dans tout le bateau.

– Tout le monde à bord ! tonnait le capitaine de sa voix rocailleuse. Trouvez-moi dame Clarisse ! Où est passée cette fille ?

Son visage fantomatique a surgi au-dessus de moi.

– Lève-toi, Yankee ! Tes amis sont déjà en haut. Nous approchons de l'entrée.

– L'entrée de quoi ?

Il m'a gratifié d'un sourire de squelette :

– De la mer des Monstres, bien sûr.

J'ai vite fourré les rares affaires que j'avais pu sauver des assauts de l'hydre dans un havresac de marin en toile, et l'ai jeté sur mon épaule. J'avais le sentiment que, quelle que soit l'issue de cette journée, je ne passerais pas une nuit de plus à bord du *Birmingham*.

Je montais les marches de l'escalier quand quelque chose m'a fait piler net. Une présence proche – familière et désagréable. Sans aucune raison, j'étais brusquement d'humeur bagarreuse. J'avais envie d'asséner un coup de poing à un soldat sudiste mort. La dernière fois que j'avais éprouvé une telle rage...

Au lieu de continuer à monter, je me suis approché à petits pas de la grille d'aération et j'ai plongé le regard dans la chaufferie.

Clarisse était debout juste au-dessous de moi, en pleine conversation avec une silhouette qui chatoyait dans la vapeur des chaudières. Un homme musclé en tenue de motard de cuir noir, à la coupe de cheveux militaire, qui portait des lunettes de soleil aux verres rouges et un poignard attaché contre la cuisse.

J'ai serré les dents. De tous les Olympiens, c'était celui que j'aimais le moins : Arès, dieu de la guerre.

– Je ne veux pas d'excuses, fillette ! a-t-il aboyé.

– Ou... oui, père.

– Tu ne veux pas que je me mette en colère, si ?

– Non, père.

– *Non, père*, l'a imitée Arès. Tu es pitoyable. J'aurais dû confier cette quête à un de mes fils.

– Je réussirai ! a promis Clarisse d'une voix qui tremblait. Tu seras fier de moi !

– Il y a intérêt. Tu m'as demandé cette quête, fillette. Si tu laisses ce petit morveux de Jackson te la piquer...

177

– Mais l'Oracle a dit...

– JE ME FICHE DE CE QU'IL A DIT ! a rugi Arès, si fort que son image a tremblé. Tu vas réussir ! Sinon...

Il a brandi le poing. Il avait beau n'être qu'une silhouette dans la vapeur des chaudières, Clarisse a eu un mouvement de recul.

– Sommes-nous bien d'accord ? a grondé Arès.

Les sonneries d'alarme ont retenti de nouveau. J'ai entendu des voix qui se rapprochaient de moi, celles d'officiers qui hurlaient des ordres pour le chargement des canons.

Je me suis éloigné de la grille d'aération sur la pointe des pieds et je suis monté rejoindre Annabeth et Tyson sur le pont.

– Qu'est-ce qui ne va pas ? a demandé Annabeth en me voyant. Tu as fait un nouveau rêve ?

J'ai hoché la tête sans dire un mot. Je ne savais que penser de la scène à laquelle je venais d'assister. Elle me tracassait presque autant que mon rêve sur Grover.

Clarisse a débouché de l'escalier sur mes talons. J'ai évité de la regarder.

Elle a pris une paire de jumelles des mains d'un officier zombie et les a braquées sur l'horizon.

– Enfin, a-t-elle soupiré. Capitaine, en avant toute !

J'ai regardé dans la même direction qu'elle, mais je n'ai pas vu grand-chose. Le ciel était couvert et l'air chargé d'une humidité tiède, comme la vapeur d'un fer à repasser. En clignant des yeux vraiment fort, je parvenais à distinguer quelques formes floues et sombres à l'horizon.

Mon sens nautique me disait que nous étions quelque part

au large de la côte nord de la Floride, ce qui signifiait que nous avions couvert une grande distance pendant la nuit, bien supérieure à celle qu'aurait pu parcourir un bateau de simples mortels.

Le moteur a gémi quand nous avons accéléré.

– Trop de pression sur les pistons, a marmonné Tyson d'une voix tendue. Bateau pas fait pour eaux profondes.

Je ne savais pas trop d'où il tenait ce savoir, mais ça m'a inquiété.

Quelques minutes plus tard, les formes floues se sont précisées. Au nord, une immense masse rocheuse émergeait des flots – une île bordée de falaises d'au moins trente mètres de haut. Environ huit cents mètres au sud de l'île, l'autre tache sombre était une tempête qui couvait : ciel et mer se mêlaient en bouillonnant furieusement.

– Un cyclone ? a demandé Annabeth.

– Non, a dit Clarisse. Charybde.

Annabeth a blêmi :

– Tu es folle ?

– C'est la seule façon de pénétrer dans la mer des Monstres. En passant tout droit entre Charybde et sa sœur Scylla.

Clarisse a pointé le doigt vers le sommet des falaises et j'ai eu l'impression que vivait là-haut une créature dont je n'avais pas envie de faire la connaissance.

– Comment ça, le seul moyen ? ai-je répliqué. On a toute la mer devant nous ! Il suffit de les contourner !

Clarisse a levé les yeux au ciel.

– Mais tu sais rien de rien, toi ! Si j'essayais de les contourner, elles ressurgiraient sur ma trajectoire et voilà tout. Pour

179

entrer dans la mer des Monstres, on est *obligé* de passer entre elles deux.

– Et les Roches flottantes ? est intervenue Annabeth. C'est un autre accès. C'est celui qu'a utilisé Jason.

– Je ne peux pas faire sauter des rochers avec mes canons, a dit Clarisse. Tandis que des monstres...

– Tu es folle, a tranché Annabeth.

– Regarde-moi faire et prends des notes, Puits de Sagesse ! (Clarisse s'est tournée vers le capitaine.) Cap sur Charybde !

– Oui, milady.

Le moteur a gémi, les plaques de fer de la coque ont vibré et le bateau a pris de la vitesse.

– Clarisse, ai-je demandé. Charybde avale la mer, c'est bien ça ?

– Et elle la recrache un peu plus tard, ouais.

– Et Scylla ?

– Elle vit dans une grotte en haut de ces falaises. Si nous passons trop près, elle laissera pendre ses têtes de serpent et se mettra à cueillir des matelots sur le pont.

– Opte pour Scylla, dans ce cas. Tout le monde descend sous le pont et on file à toute vapeur devant elle.

– Non ! a insisté Clarisse. Si son déjeuner lui passe sous le nez, Scylla risque de vouloir cueillir le bateau tout entier. En plus elle est trop haut pour faire une bonne cible. Mes canons ne peuvent pas tirer à la verticale. Tandis que Charybde, elle, est assise au milieu de son tourbillon. Nous allons foncer droit dans sa direction, braquer nos canons sur elle et l'expédier au Tartare !

Elle disait ça avec une telle délectation que j'avais presque envie de la croire.

Le moteur ronflait. Les chaudières chauffaient si fort que je sentais le pont tiédir sous mes pieds. Les cheminées crachaient d'énormes volutes de fumée. Le pavillon d'Arès fouettait au vent.

À mesure que nous nous rapprochions des monstres, la clameur de Charybde augmentait : c'était un horrible grondement mouillé qui faisait penser à la plus grande chasse d'eau de la galaxie en action. À chaque inspiration de Charybde, notre bateau faisait un bond en avant. À chacune de ses expirations, nous étions soulevés dans l'eau et ballottés par des vagues de trois mètres.

J'ai essayé de mesurer le rythme du tourbillon. D'après ce que j'ai pu en juger, il fallait environ trois minutes à Charybde pour aspirer et détruire tout ce qui se trouvait dans un rayon de huit cents mètres. Pour l'éviter, nous allions devoir passer au ras des falaises de Scylla. Et si redoutable que Scylla pût être, ces falaises me paraissaient sacrément accueillantes.

Des marins zombies vaquaient calmement à leurs occupations sur le pont supérieur. Je me suis dit qu'ils restaient imperturbables parce qu'ils savaient déjà ce que ça signifiait de se battre pour une cause perdue. Ou alors ils se fichaient de se faire tuer vu qu'ils étaient déjà morts. Aucune de ces explications ne me réconfortait.

Annabeth, à côté de moi, agrippait le bastingage.

– Tu as encore ton thermos plein de vents ? m'a-t-elle demandé.

– Oui, mais c'est trop dangereux de s'en servir devant un tourbillon comme celui-ci. On risquerait d'aggraver les choses en rajoutant du vent.

181

– Et si tu essayais de dompter l'eau ? Tu es le fils de Poséidon. Tu l'as déjà fait.

Elle avait raison. J'ai fermé les yeux et tenté d'apaiser les flots, mais je ne suis pas arrivé à me concentrer. Charybde était trop bruyante et trop forte. Les vagues refusaient de m'obéir.

– Je... je n'y arrive pas, ai-je dit d'un ton piteux.

– Il nous faut un plan de secours. Le plan de Clarisse ne va pas marcher.

– Annabeth a raison, est alors intervenu Tyson. Le moteur est pas bon.

– Qu'est-ce que tu veux dire ? a-t-elle demandé.

Avant qu'il ait eu le temps de répondre, la chasse d'eau cosmique s'est actionnée dans un grondement fracassant. Le bateau a fait un bond en avant et j'ai été projeté au sol. Nous étions entrés dans le tourbillon.

– Arrière toute ! a crié Clarisse par-dessus le vacarme. (La mer bouillonnait tout autour de nous et des paquets d'eau s'abattaient sur le pont. Les plaques de fer de la coque étaient si chaudes, à présent, qu'elles fumaient.) Placez Charybde dans notre portée de tir ! Préparez les canons de tribord !

Des marins confédérés morts allaient et venaient en courant. L'hélice s'est inversée en grinçant mais ça n'a pas suffi à ralentir le bateau et nous avons continué de glisser vers le centre du tourbillon.

Un matelot zombie a surgi de la soute et foncé vers Clarisse. Son uniforme gris fumait. Sa barbe était en flammes.

– La chaufferie surchauffe, madame ! Elle va exploser !

– Ben, descends la réparer !

182

– Je ne peux pas ! a crié le matelot. On s'évapore à la chaleur.

Clarisse a donné un coup de poing dans la tourelle.

– Il me faut quelques minutes de plus ! Juste le temps de coucher Charybde dans la ligne de tir, pas plus !

– Nous sommes happés trop vite, a dit le capitaine d'un ton lugubre. Préparez-vous à mourir.

– Non ! a rugi Tyson. Je peux la réparer.

– Toi ?

Clarisse l'a dévisagé, l'air incrédule.

– C'est un Cyclope, a expliqué Annabeth. Il ne craint pas le feu. Et il s'y connaît en mécanique.

– Vas-y ! a hurlé Clarisse.

– Tyson, non ! (Je l'ai agrippé par le bras.) C'est trop dangereux !

– Seul moyen, mon frère. (Tyson m'a tapoté la main. Il avait l'air déterminé. Confiant, même. Je ne lui avais jamais vu cette expression.) Je vais la réparer. Je reviens tout de suite.

En le regardant s'enfoncer par l'écoutille avec le matelot fumant, j'ai été saisi par un horrible pressentiment. J'ai voulu lui courir après, mais le bateau a fait une nouvelle embardée. Et c'est alors que j'ai vu Charybde.

Elle est apparue à quelques centaines de mètres à peine, dans un tourbillon de brume, d'eau et de fumée. La première chose que j'ai remarquée, ce fut le corail : une barre de corail noir en haut de laquelle s'accrochait un figuier, vision étrangement paisible au cœur du maelström. Tout autour, la mer se creusait en entonnoir, comme la lumière autour d'un trou noir. Ensuite j'ai aperçu l'horrible chose amarrée au récif, juste au-dessous de la surface de l'eau : une bouche gigantesque aux lèvres visqueuses, aux dents couvertes de mousse, grosses comme des barques. Pire encore, elles étaient équipées d'un appareil dentaire, de bagues de métal corrodé où s'étaient logés toutes sortes de détritus, de bouts de poisson et de bois flottés.

Charybde était un cauchemar d'orthodontiste. Ce n'était rien d'autre qu'une immense gueule noire aux dents très en avant, horriblement mal alignées, et cela faisait des siècles et des siècles qu'elle négligeait de se brosser les dents après les repas. Sous mes yeux, toute la mer qui l'entourait a été aspirée dans le vide, et avec elle des requins, des bancs de poissons et un poulpe géant. J'ai pris conscience que, dans quelques secondes, ce serait le tour du *Birmingham*.

– Dame Clarisse, a crié le capitaine. Les canons de tribord et d'avant ont la portée de tir !

– Feu ! a ordonné Clarisse.

Trois boulets ont fusé vers la gueule du monstre. L'un a pulvérisé le bord d'une incisive. Un autre a disparu dans son gosier. Le troisième a ricoché contre une des bagues de l'appareil dentaire et il est revenu vers nous, fauchant le pavillon d'Arès sur sa hampe.

– Encore ! a aboyé Clarisse.

Les artilleurs ont rechargé les canons, mais je savais que la partie était perdue. Il nous aurait fallu bombarder Charybde une centaine de fois pour lui infliger de réels dégâts, or nous n'avions pas le temps pour cela. Nous étions aspirés trop vite.

À ce moment-là, les vibrations qui secouaient le pont ont changé. Le grondement du moteur s'est fait plus fort et plus régulier. Le bateau a tremblé et commencé à s'écarter de la bouche.

– Tyson a réussi ! s'est exclamé Annabeth.

– Attendez ! a dit Clarisse. Nous avons besoin de rester près !

– Nous allons mourir ! ai-je objecté. Il faut absolument reculer.

Je me suis agrippé au bastingage tandis que le bateau luttait contre l'attraction du vortex. Le pavillon d'Arès brisé est passé en flèche devant nous pour aller se ficher dans l'appareil dentaire de Charybde. Nous n'avancions pas beaucoup, mais au moins ne perdions-nous pas de terrain. Tyson était parvenu à donner juste assez de puissance au moteur pour permettre au bateau de résister.

Soudain, la bouche s'est fermée. Un calme absolu s'est abattu sur la mer. L'eau a recouvert Charybde.

Puis, tout aussi brutalement qu'elle s'était fermée, la gueule s'est rouverte en recrachant un mur d'eau chargé de tout ce qui n'était pas comestible, y compris nos boulets de canon. L'un d'eux a percuté le flanc du *Birmingham* avec un *ding !* de carillon de foire. Nous avons été projetés en arrière sur une vague qui devait bien faire douze mètres de haut. J'ai fait appel à toute ma volonté pour empêcher le bateau de chavirer mais, malgré mes efforts acharnés, nous étions toujours emportés comme un fétu de paille vers les falaises qui se dressaient sur l'autre rive du détroit.

Un autre matelot fumant a déboulé de la soute. Il a percuté Clarisse de plein fouet et failli basculer par-dessus bord en l'entraînant dans sa chute.

– Le moteur va exploser !

– Où est Tyson ? ai-je demandé.

– Encore en bas, a répondu le matelot. Allez savoir comment, il contrôle le moteur, mais il ne pourra pas tenir éternellement.

– Il faut abandonner le navire, a dit le capitaine.

– Non ! a hurlé Clarisse.

– Nous n'avons pas le choix, milady. La coque a commencé à se fissurer. Bientôt...

Le capitaine n'a jamais fini sa phrase. Rapide comme l'éclair, une chose marron et vert a piqué du ciel, l'a attrapé et l'a happé. Il n'est resté de lui que ses bottes.

– Scylla ! a hurlé un marin.

À cet instant même, un autre bout de reptile s'est abattu des falaises et a cueilli le malheureux. Ça s'est passé si vite que j'ai eu plus l'impression de regarder un rayon laser en action qu'un monstre. Je n'ai même pas pu distinguer la figure de la créature, à peine si j'ai vu briller des dents et des écailles.

J'ai dégainé Turbulence et tenté de pourfendre le monstre qui enlevait déjà un autre matelot, mais j'étais bien trop lent.

– Tout le monde dans la soute ! ai-je hurlé.

– Impossible ! a clamé Clarisse en tirant son épée à son tour. Il y a le feu en bas.

– Aux canots ! a dit Annabeth. Vite !

– On ne pourra jamais franchir les falaises, a objecté Clarisse. On va tous se faire dévorer.

– Nous devons essayer. Percy, le thermos.

– Je ne peux pas laisser Tyson !

– Il faut préparer les canots !

Clarisse a obéi aux ordres d'Annabeth. Aidée de quelques-uns de ses matelots zombies, elle a retiré la housse d'un des deux canots de sauvetage pendant que les têtes de Scylla continuaient de tomber du ciel comme une pluie de météores à dents, cueillant les marins confédérés l'un après l'autre.

– Sors l'autre canot, ai-je dit à Annabeth en lui lançant le thermos. Je vais chercher Tyson.

– Non, n'y va pas ! La chaleur te tuerait !

Sans l'écouter, j'ai couru vers l'écoutille de la chaufferie mais, tout d'un coup, je me suis senti décoller du pont. Je fendais le ciel à la verticale, le vent sifflant à mes oreilles, la paroi de la falaise défilant à quelques centimètres seulement de mon visage.

Scylla m'avait attrapé par mon sac à dos et me hissait dans son repaire. Sans réfléchir, j'ai donné un coup d'épée vers l'arrière et je suis arrivé à planter ma lame dans le petit œil jaune de la créature. Elle m'a lâché en poussant un grognement.

La chute risquait déjà d'être meurtrière en soi, vu que j'étais à des dizaines de mètres en l'air. Pour empirer encore les choses, à ce moment-là, le *Birmingham* a explosé, juste au-dessous de moi.

La salle des moteurs a sauté, projetant des fragments métalliques à la ronde.

– Tyson ! ai-je hurlé.

Les canots de sauvetage étaient arrivés à s'éloigner du bateau, mais pas de beaucoup. Une pluie de débris enflammés retombait vers les flots. Clarisse et Annabeth allaient finir broyées, brûlées vives ou aspirées vers le fond par la coque en train de couler – et encore, c'était la version optimiste, dans le scénario où elles échapperaient à Scylla.

187

C'est alors que j'ai entendu une explosion d'un autre type : le bruit du thermos d'Hermès qui s'ouvrait un peu trop grand. Des courants de vent blanc ont jailli dans toutes les directions, éparpillant les canots de sauvetage et me stoppant dans ma chute libre pour me projeter en travers des flots.

Je n'y voyais plus rien. J'ai tournoyé dans l'air, me suis cogné brutalement la tête contre quelque chose de dur puis ai percuté la surface de l'océan avec une force qui aurait brisé tous les os de mon corps si je n'avais pas été le fils du dieu de la mer.

La dernière chose dont j'ai eu conscience, ce fut de couler dans une mer en flammes, sachant que Tyson était parti pour toujours et regrettant qu'il me soit impossible de me noyer.

12 NOUS FAISONS HALTE AU CENTRE DE REMISE EN FORME C.C.

Je me suis réveillé dans une barque équipée d'une voile de fortune, faite en tissu d'uniforme gris. Annabeth, assise à côté de moi, louvoyait dans le vent.

J'ai essayé de me redresser et, immédiatement, j'ai eu le tournis.

– Repose-toi, a dit Annabeth. Tu vas en avoir besoin.

– Tyson... ?

Elle a secoué la tête :

– Percy, je suis vraiment désolée.

Nous nous sommes tus un instant, ballottés par les vagues.

– Il a peut-être survécu, a-t-elle ajouté. Je veux dire, vu que le feu ne l'atteint pas.

J'ai hoché la tête mais je n'avais aucune raison d'être optimiste. J'avais vu cette explosion déchirer le fer du cuirassement. Si Tyson se trouvait dans la chaufferie à ce moment-là, il était absolument impossible qu'il ait survécu.

Il avait donné sa vie pour nous et la seule chose qui me venait à l'esprit, c'était toutes ces fois où j'avais eu honte de lui et voulu nier le lien de parenté qui nous unissait.

Les vagues caressaient la coque de la barque. Annabeth m'a

189

montré ce qu'elle avait pu sauver du naufrage : le thermos d'Hermès (vide, à présent), une pochette plastique pleine d'ambroisie, deux chemises de matelot et une cannette de soda. Elle m'avait repêché, moi et mon sac à dos éventré par les dents de Scylla. La plupart de mes affaires s'en étaient échappées mais il me restait le flacon de vitamines d'Hermès et puis, bien sûr, j'avais encore Turbulence : le stylo-bille réapparaissait toujours dans ma poche, quel que soit le lieu où je l'avait perdu.

Nous avons vogué de longues heures. À présent que nous étions dans la mer des Monstres, la surface de l'eau brillait d'un vert plus vif, comme l'acide de l'hydre. Le vent était frais et salé, mais chargé d'une étrange odeur métallique, également – comme si un orage approchait. Voire quelque chose d'encore plus dangereux. Je savais quel cap nous devions suivre. Je savais que nous étions à exactement cent trente milles ouest par nord-ouest de notre destination. Je ne me sentais pas moins perdu pour autant.

Peu importe dans quel sens nous tournions la tête, nous avions toujours le soleil dans les yeux. Nous sirotions le soda à tour de rôle, en nous abritant comme nous pouvions derrière la voile. Et nous avons parlé de mon dernier rêve sur Grover.

D'après les calculs d'Annabeth, il nous restait moins de vingt-quatre heures pour trouver Grover, à supposer que mon rêve soit précis et que Polyphème le Cyclope ne change pas d'avis et n'essaie pas d'épouser Grover plus tôt que prévu.

– Ouais, ai-je dit avec amertume. On ne peut pas faire confiance aux Cyclopes.

Annabeth a regardé vers le large.

– Je suis désolée, Percy. Je me suis trompée au sujet de Tyson, d'accord ? Je regrette de ne pas pouvoir le lui dire.

J'ai essayé de rester fâché contre elle, mais ce n'était pas facile. Nous avions vécu tant de choses ensemble. Elle m'avait sauvé la vie plein de fois. C'était idiot de ma part de lui en vouloir.

J'ai jeté un coup d'œil à nos maigres affaires : le thermos vide, le flacon de vitamines. J'ai repensé à l'accès de rage de Luke quand j'avais tenté de lui parler de son père.

– Annabeth, quelle est la prophétie de Chiron ?

Elle a pincé les lèvres.

– Percy, je ne devrais pas...

– Je sais que Chiron a promis aux dieux qu'il ne me la raconterait pas. Mais toi, tu n'as rien promis, si ?

– Il n'est pas toujours bon de savoir.

– Ta mère est la déesse de la sagesse !

– Je sais ! Il n'empêche que, chaque fois que des héros sont informés de l'avenir, ils tentent de le changer et ça ne marche jamais.

– Les dieux s'inquiètent de quelque chose que je ferai quand je serai plus grand, ai-je hasardé. En atteignant l'âge de seize ans.

Annabeth tripotait nerveusement sa casquette d'invisibilité.

– Percy, a-t-elle dit, je ne connais pas toute la prophétie, mais elle met en garde contre le prochain sang-mêlé né d'un des Trois Grands qui vivra jusqu'à l'âge de seize ans. C'est la vraie raison pour laquelle Zeus, Poséidon et Hadès se sont engagés par un pacte à ne plus avoir d'enfants. Le prochain enfant né d'un des Trois Grands sera une arme dangereuse.

– Pourquoi ?

– Parce que ce héros décidera du sort de l'Olympe. Il ou elle prendra une décision qui sauvera l'Ère des Dieux ou la détruira.

J'ai pris le temps de digérer l'information. Je n'ai jamais le mal de mer, mais soudain je me suis senti patraque.

– C'est pour ça, ai-je avancé, que Cronos ne m'a pas tué l'année dernière.

Annabeth a hoché la tête :

– Tu pourrais lui être très utile. S'il parvenait à te faire passer de son côté, les dieux seraient en très mauvaise posture.

– Mais s'il s'agit de moi dans la prophétie...

– Nous ne le saurons que si tu survis encore trois ans. Ce qui peut être long pour un sang-mêlé. Quand Chiron a appris l'existence de Thalia, il a supposé que c'était elle, l'enfant de la prophétie. C'est pourquoi il voulait à tout prix qu'elle parvienne saine et sauve à la colonie. Mais elle est morte en se battant, elle a été changée en pin, et nous n'avons plus su quoi penser. Jusqu'au jour où tu es arrivé.

Une nageoire dorsale hérissée de piquants, longue de quatre ou cinq mètres, a pointé de l'eau à bâbord et disparu en ondoyant.

– Cet enfant de la prophétie... ai-je demandé. Pourrait-il s'agir d'un Cyclope ? Les Trois Grands ont beaucoup d'enfants monstres.

– L'Oracle a précisé « sang-mêlé », a répondu Annabeth en secouant la tête. Cela signifie toujours moitié humain, moitié dieu. En fait, tu es la seule personne vivante dont il puisse s'agir.

192

– Alors pourquoi les dieux me laissent-ils vivre ? Ce serait plus sûr de me tuer.

– Tu as raison.

– Merci.

– Percy, je ne sais pas. J'imagine que certains dieux aimeraient bien te tuer, mais qu'ils craignent sans doute d'offenser Poséidon. D'autres dieux... peut-être qu'ils t'observent encore en essayant de déterminer quel genre de héros tu vas devenir. Après tout, tu pourrais être une arme au service de leur survie, aussi. La vraie question, c'est : que feras-tu dans trois ans ? Quelle décision prendras-tu ?

– La prophétie a-t-elle donné des indices ?

Annabeth a hésité.

Elle m'en aurait peut-être dit davantage, mais à ce moment-là une mouette a piqué de nulle part et s'est perchée sur notre mât de fortune. Sidérée, Annabeth a regardé l'oiseau lâcher un rameau sur ses genoux.

– Terre, a-t-elle dit. La terre est proche !

Je me suis redressé. Effectivement, une ligne de bleu et de brun barrait l'horizon. Une minute plus tard, j'ai pu distinguer une île avec une petite montagne au milieu, une rangée de bâtiments blancs étincelants, une plage parsemée de palmiers et un port où mouillait un étrange assortiment de bateaux.

Le courant tirait notre barque vers ce qui ressemblait fort à un paradis tropical.

– Bienvenue ! nous a lancé une dame qui tenait un bloc-notes à la main.

Elle ressemblait à une hôtesse de l'air : uniforme bleu

marine, maquillage impeccable, cheveux relevés en queue-de-cheval. Elle nous a serré la main quand nous avons posé les pieds sur le quai. À en juger par le sourire éclatant qu'elle nous a adressé, on aurait cru que nous descendions du *Princesse Andromède*, plutôt que d'une barque en piètre état.

Cela dit, notre esquif n'était pas le bateau le plus bizarre du port. Côtoyant quelques yachts de plaisance, il y avait un sous-marin de la U.S. Navy, quelques pirogues et un trois-mâts à l'ancienne. Il y avait aussi une hélistation avec un hélicoptère « Télé 5 – Fort Lauderdale » ainsi qu'une petite piste où stationnaient un jet privé et un avion à hélice qui faisait penser à un chasseur de la Seconde Guerre mondiale. C'étaient peut-être des copies, une sorte de musée destiné aux touristes.

– Est-ce votre première visite chez nous ? a demandé la dame au bloc-notes.

Annabeth et moi avons échangé un regard.

– Euh... a fait Annabeth.

– Première... visite... au centre, a noté la dame. Voyons...

Elle nous a toisés d'un œil sévère.

– Hum. Pour la jeune demoiselle, nous commencerons par un enveloppement d'herbes. Et, bien sûr, pour le jeune homme, le grand relookage.

– Le quoi ?

Mais elle était trop occupée à griffonner des notes pour me répondre.

– Bien ! a-t-elle enchaîné avec un sourire joyeux. Je suis sûre que C.C. voudra vous recevoir individuellement avant la fête hawaïenne. Venez, s'il vous plaît.

Je dois vous dire une chose. Annabeth et moi avions l'habitude des pièges et, d'habitude, ces pièges étaient attrayants,

194

au premier abord. Je m'attendais donc à ce que la dame au bloc-notes se transforme d'une seconde à l'autre en serpent ou en démon. D'un autre côté, nous avions passé presque toute la journée à flotter dans une barque. Je crevais de chaud, j'avais faim et j'étais épuisé, alors, quand la dame a parlé d'une fête hawaïenne, mon estomac s'est dressé sur ses pattes arrière et s'est mis à réclamer comme un chien.

– Ça ne peut pas nous faire de mal, a marmonné Annabeth.

Oh que si, ça pouvait ! Pourtant nous avons suivi la dame. J'ai enfoncé les mains dans mes poches, où j'avais rangé mes seules défenses magiques – les vitamines d'Hermès et Turbulence – mais, dès les premiers pas dans la station balnéaire, je les ai complètement oubliées.

C'était un lieu extraordinaire. Partout où je dirigeais le regard, mes yeux rencontraient du marbre blanc et de l'eau bleue. Des terrasses s'accrochaient au flanc de la montagne et il y avait des piscines à tous les niveaux, reliées entre elles par des toboggans, des cascades et des tunnels dans lesquels on pouvait nager. Des fontaines envoyaient dans l'air des jets d'eau aux formes incroyables, tels que des aigles en vol ou des chevaux au galop, par exemple.

Tyson adorait les chevaux et je savais qu'il adorerait ces fontaines. J'étais sur le point de me retourner pour voir son expression quand ça m'est revenu : Tyson n'était plus là.

– Qu'est-ce qu'il y a ? m'a demandé Annabeth. Tu es tout pâle.

– Ça va, ai-je menti. Je... continuons notre chemin.

Nous sommes passés devant une multitude d'animaux apprivoisés. Une tortue de mer faisait la sieste sur une pile de serviettes de plage. Un léopard dormait sur le tremplin d'un plongeoir. Les résidents du centre – des jeunes femmes exclusivement, à ce que je voyais – se prélassaient sur des chaises longues en buvant des cocktails de jus de fruits, le visage enduit de bouillie aux plantes, pendant que des esthéticiennes en uniforme blanc leur faisaient les ongles.

Quand nous nous sommes engagés dans un escalier qui menait vers un grand édifice, sans doute le bâtiment principal de la station, j'ai entendu une femme qui chantait. Sa voix flottait dans l'air comme une berceuse. Les paroles étaient dans une langue autre que le grec ancien, mais au moins aussi vieille, du minoen, peut-être. Je comprenais ce qu'évoquait sa chanson : le clair de lune dans les oliveraies, les couleurs du coucher de soleil. Et la magie. Il était question de magie. C'était comme si sa voix me hissait de marche en marche pour me porter vers elle.

Nous sommes arrivés dans une vaste pièce dont tout le mur de façade était vitré. Comme celui du fond était tapissé de miroirs, la salle semblait se prolonger à l'infini. Le mobilier était abondant, blanc et luxueux, et sur une table dans un coin de la pièce se trouvait une vaste cage à animaux. Celle-ci ne me semblait guère à sa place dans ce décor, mais je n'ai pas creusé la question car à ce moment-là j'ai aperçu la dame qui avait chanté et... j'ai eu le souffle coupé.

Elle était assise devant un métier à tisser grand comme un écran de télévision géant et maniait une navette de fil coloré avec une étonnante habileté. La tapisserie scintillait comme si elle était en trois dimensions ; elle représentait une chute d'eau d'une telle ressemblance que je croyais voir l'eau cascader et les nuages se déplacer dans le ciel de fil.

– Superbe, a murmuré Annabeth.

La femme s'est retournée. Elle était encore plus jolie que son ouvrage. Ses longs cheveux noirs étaient tressés de fils d'or. Elle avait les yeux d'un vert perçant et portait une robe de soie noire où des formes semblaient se mouvoir dans la trame même du tissu : des ombres d'animaux, noir sur noir, telles des biches courant la nuit dans une forêt.

– Tu aimes le tissage, jeune demoiselle ? a demandé la femme.

– Et comment, madame ! a répondu Annabeth. Ma mère est...

Elle s'est interrompue. Difficile d'annoncer tout à trac que vous êtes la fille d'Athéna, la déesse qui a inventé le métier à tisser : d'aucuns se sont retrouvés en camisole de force pour moins que ça.

Notre hôtesse s'est contentée de sourire.

– Tu as bon goût, jeune demoiselle. Je suis tellement contente que vous soyez venus. Je m'appelle C.C.

Les animaux de la cage se sont mis à couiner. À les entendre, ça devait être des cochons d'Inde.

Nous nous sommes présentés à C.C. Elle m'a examiné avec une pointe de désapprobation dans le regard, comme si je manquais je ne sais quel test. Aussitôt, je me suis senti mal à l'aise. Pour une raison que j'ignorais, je voulais vraiment lui plaire.

– Oh, mon pauvre, a-t-elle soupiré. Tu as vraiment besoin de mon aide.

– Pardon, madame ?

C.C. a appelé la dame en uniforme :

– Hylla, emmène Annabeth faire une promenade, tu veux bien ? Montre-lui ce que nous proposons. Il faut revoir la

197

tenue vestimentaire. Et les cheveux, hou la la ! Nous ferons une consultation image complète après mon entretien avec ce jeune homme.

– Mais qu'est-ce qu'ils ont, mes cheveux ? a répliqué Annabeth d'un ton vexé.

C.C. a souri avec bienveillance.

– Ma chérie, tu es ravissante. Vraiment ! Mais tu ne te mets pas du tout en valeur. Tout ce potentiel gâché !

– Gâché ?

– Ne me dis pas que tu es contente de ton apparence, voyons ! C'est simple, je n'ai jamais rencontré personne qui le soit. Mais ne t'en fais pas. Nous pouvons améliorer l'allure de tout le monde, ici au centre. Hylla va te montrer ce que je veux dire. Tu as besoin de libérer ta vraie personnalité, ma chère !

Les yeux d'Annabeth brillaient d'envie. Je ne l'avais jamais vue ainsi à court de mots.

– Mais... et Percy ?

– Ah bien sûr, a soupiré C.C. en me gratifiant d'un regard affligé. Percy a besoin de mon attention personnelle. Son cas nécessite beaucoup plus de travail !

En temps ordinaire, si quelqu'un m'avait dit ça, je me serais mis en colère mais, là, les paroles de C.C. m'ont attristé. Je l'avais déçue. Je devais trouver un moyen de faire mieux.

Les cochons d'Inde glapissaient comme s'ils avaient faim.

– Bon, ben... a hésité Annabeth, je suppose...

– Par ici, jeune demoiselle, a tranché Hylla.

Et Annabeth s'est laissé entraîner dans les jardins agrémentés de cascades du centre de remise en forme.

C.C. m'a pris par le bras et conduit devant le mur en miroir.

– Vois-tu, Percy, pour libérer ton potentiel, tu vas avoir besoin de beaucoup d'aide. La première étape consiste à admettre que tu n'es pas heureux de ton aspect actuel.

J'ai gigoté devant le miroir. Je détestais penser à mon physique – le premier bouton qui avait bourgeonné sur mon nez au début de l'année scolaire, par exemple, mes deux dents de devant qui n'étaient pas parfaitement régulières, ou mes cheveux qui ne restaient jamais coiffés.

La voix de C.C. ramenait tous ces détails à ma mémoire, comme si elle m'examinait sous un microscope. Et mes vêtements étaient ringards, je le savais.

Quelle importance ? se disait une partie de moi. Mais, debout devant le miroir de C.C., je n'arrivais pas à trouver une chose chez moi qui rattrape le reste.

– Allons, allons, a dit C.C. pour me consoler. Si on essayait... ceci ?

Elle a claqué dans ses doigts et un rideau bleu ciel s'est déroulé devant le miroir. Il scintillait comme le tissage tendu sur son métier.

J'ai regardé le tissu bleu sans comprendre.

– Je ne...

À ce moment-là, il a changé de couleur. Je m'y suis vu en reflet, mais ce n'était pas tout à fait moi. Scintillant sur le tissu se dessinait une version plus cool de Percy Jackson, un Percy Jackson habillé pile comme il fallait, au sourire assuré. Pas de boutons. Plus musclé. Un bronzage naturel. Et quelques centimètres de plus, peut-être. C'était moi, les défauts en moins.

– Waouh !

C'est tout ce que j'ai trouvé à dire.

– Tu veux qu'on fasse ça ? a demandé C.C. Ou veux-tu que j'essaie quelque chose de différent ?

– Non, non, c'est... c'est super. Pouvez-vous vraiment...

– Je peux te faire un relookage complet, a promis C.C.

– Mais... il doit bien y avoir un truc ? Est-ce que je dois suivre un régime particulier ?

– Oh, c'est très facile. Beaucoup de fruits frais, un programme d'exercices léger et, bien sûr... ceci.

Elle s'est dirigée vers le bar et a rempli un verre d'eau. Puis elle a ouvert un sachet dont elle a versé la poudre rouge dans le verre. Le mélange s'est mis à luire. Quand il s'est éteint, la boisson ressemblait exactement à un milk-shake à la fraise.

– Un sachet par jour à la place d'un repas, a expliqué C.C. Je te garantis que tu verras immédiatement les résultats.

– Comment est-ce possible ?

Elle a ri.

– Pourquoi douter ? Tu veux devenir le toi idéal tout de suite ou non ?

Une question me trottait en tête.

– Pourquoi n'y a-t-il aucun homme dans ce centre ?

– Oh, mais il y en a, m'a assuré C.C. Tu vas les rencontrer bientôt. Goûte donc au mélange. Tu verras.

J'ai regardé la tapisserie bleue et le reflet qui était moi sans être tout à fait moi.

– Allons, Percy, m'a réprimandé C.C. La partie la plus difficile, dans le processus du relookage, c'est le lâcher-prise. À toi de choisir : vas-tu faire confiance à ton jugement sur ce que tu dois être, ou au mien ?

J'avais la gorge sèche. Je me suis entendu répondre :

– Au vôtre.

Avec un sourire, C.C. m'a tendu le verre. Je l'ai porté à mes lèvres.

Le mélange avait exactement le goût de la boisson à laquelle il ressemblait : un milk-shake à la fraise. Presque aussitôt, j'ai senti une chaleur se répandre dans mon ventre, agréable au début puis douloureusement brûlante, comme si le breuvage venait à ébullition à l'intérieur de mon ventre.

Je me suis plié en deux, lâchant la tasse.

– Qu'est-ce que vous... Que se passe-t-il ?

– Ne t'inquiète pas, Percy, a dit C.C. La douleur va passer. Regarde ! Des résultats immédiats, comme promis.

Quelque chose clochait terriblement.

Le rideau est tombé et, dans le miroir, j'ai vu mes mains se ratatiner, se recroqueviller, de longues griffes fines pousser au bout de mes doigts. Des touffes de fourrure ont jailli sur mon visage, sous mon tee-shirt et dans tous les endroits inconfortables auxquels vous pouvez penser. Mes dents pesaient trop lourd pour ma bouche. Mes vêtements devenaient trop larges, ou alors c'était C.C. qui grandissait... non, j'étais en train de rétrécir.

En un éclair abominable, j'ai sombré dans une caverne de tissu. J'étais enseveli sous mon propre tee-shirt. J'ai essayé de courir mais des mains m'ont attrapé – des mains qui étaient aussi grandes que moi. J'ai voulu appeler au secours, mais n'ai pu émettre que de pitoyables *Ui ! Ui ! Ui !*.

Les mains de géant m'ont serré le ventre et soulevé en l'air. Je me suis débattu en agitant des jambes et des bras qui semblaient horriblement courts et, soudain, avec effroi, je me suis trouvé face à l'immense visage de C.C.

– Parfait ! a-t-elle tonné. (J'ai gigoté, pris de panique, mais elle a resserré son étreinte sur mon ventre couvert de fourrure.) Tu vois, Percy ? Tu as libéré ta vraie personnalité !

Elle m'a approché du miroir et ce que j'ai découvert m'a fait hurler de terreur. *Ui ! Ui ! Ui !* C.C., somptueuse et souriante, tenait dans sa main un animal qui avait une fourrure duveteuse, orange et blanc, des dents en avant et des griffes minuscules. Quand je me contorsionnais, la petite bête à poils longs du miroir en faisait autant. J'étais... j'étais...

– Un cochon d'Inde, a dit C.C. Charmant, non ? Les hommes sont des cochons, Percy Jackson. Avant je les transformais en vrais porcs, mais ils sentaient mauvais, ils prenaient trop de place et ils étaient difficiles à entretenir. Ça ne changeait pas beaucoup de leur état initial, en fait. Les cochons d'Inde sont bien plus commodes ! Viens, je vais te présenter les autres hommes.

– *Ui !* ai-je protesté en essayant de la griffer, mais C.C. m'a serré si fort que j'ai failli perdre connaissance.

– Pas de ça, mon petit, ou je te donne à manger aux chouettes. Va dans la cage comme un bon cobaye. Demain, si tu es sage, je te ferai partir. On trouve toujours un jardin d'enfants désireux d'un nouveau cochon d'Inde.

Mon esprit s'emballait autant que mon cœur minuscule. Il fallait que je retourne à mes vêtements qui gisaient en tas par terre. Si j'y parvenais, je pourrais sortir Turbulence de ma poche et... et alors ? Je n'arriverais jamais à retirer le capuchon du stylo-bille. Et, de toute façon, je serais bien incapable de manier l'épée.

Je n'ai pu que gigoter désespérément tandis que C.C. me portait devant la cage et ouvrait la porte en fil de fer.

– Je te présente mes fortes têtes, Percy, a-t-elle dit. Ils ne

202

feront jamais de bons animaux de compagnie pour les écoles primaires, mais ils pourraient t'apprendre quelques bonnes manières. Pour la plupart, ils sont dans cette cage depuis trois siècles. Si tu ne veux pas rester avec eux pour toujours, je te suggérerais...

– Mademoiselle C.C. ? a appelé la voix d'Annabeth.

C.C. a pesté en grec ancien. Elle m'a laissé tomber dans la cage et a refermé la porte. Je me suis agrippé aux barreaux en poussant des cris stridents, mais ça n'a servi à rien. J'ai regardé C.C. envoyer mes vêtements d'un coup de pied hâtif sous le métier à tisser, juste au moment où Annabeth entrait.

J'ai failli ne pas la reconnaître. Elle portait une robe en soie sans manches comme celle de C.C., mais blanche. Ses cheveux blonds, fraîchement lavés et peignés, étaient tressés de fils d'or. Pire, elle était maquillée, or j'avais toujours cru qu'elle préférerait mourir plutôt que de se montrer maquillée. Entendons-nous, ça lui allait bien. Elle était superbe. J'en serais sans doute resté muet, si j'avais pu dire autre chose que *Ui ! Ui ! Ui !*. Mais quelque chose sonnait faux. Ce n'était pas Annabeth, tout bêtement.

Elle a balayé la pièce du regard en fronçant les sourcils :

– Où est Percy ?

J'ai couiné et crié tant et plus, mais elle n'a pas paru m'entendre.

C.C. a souri :

– Il est en train de faire un soin, ma chérie. Ne t'inquiète pas. Tu es magnifique ! Qu'as-tu pensé de ta visite ?

Les yeux d'Annabeth se sont éclairés.

– Votre bibliothèque est remarquable ! s'est-elle écriée.

– Oui, on peut le dire, a acquiescé C.C. Les connaissances

203

des trois derniers millénaires y sont rassemblées. Tu peux y trouver tout ce que tu veux étudier, tout ce que tu veux *être*, ma chérie.

– L'architecture ?

– Pfft ! a fait C.C. d'un ton dédaigneux. Toi, ma chère, tu as l'étoffe d'une magicienne. Comme moi.

Annabeth a reculé d'un pas.

– Magicienne ?

– Oui, ma chère.

C.C. a tendu la main. Une flamme est apparue au creux de sa paume et a couru jusqu'à la pointe de ses doigts.

– Je suis la fille d'Hécate, la déesse de la magie. Je sais reconnaître une fille d'Athéna quand j'en vois une. Nous ne sommes pas si différentes que ça, toi et moi. Nous sommes toutes les deux en quête de connaissance. Nous admirons toutes les deux la grandeur. Ni l'une ni l'autre n'avons besoin de rester dans l'ombre des hommes.

– Je... je ne comprends pas.

À nouveau, j'ai couiné de toutes mes forces pour attirer l'attention d'Annabeth, mais soit elle ne m'entendait pas, soit elle n'accordait pas d'importance à mes cris. Entre-temps, les autres cochons d'Inde étaient sortis de leurs trous pour venir m'examiner. Je n'aurais jamais cru que des cochons d'Inde pouvaient avoir l'air méchant, eh bien ceux-là, oui. Ils étaient une demi-douzaine, le pelage sale, les dents ébréchées et les yeux rouges. Ils étaient couverts de copeaux de bois et sentaient aussi mauvais que s'ils étaient vraiment enfermés là depuis trois siècles, sans qu'on ait jamais nettoyé leur cage.

– Reste avec moi, disait C.C. à Annabeth. Étudie avec moi. Tu peux entrer dans mon équipe, devenir magicienne, apprendre à soumettre les autres à ta volonté. Tu deviendras immortelle !

– Mais...

– Tu es trop intelligente, ma chérie, pour te satisfaire de cette stupide colonie pour héros. Combien d'héroïnes sang-mêlé célèbres peux-tu nommer ?

– Euh, Atalante, Amelia Earhart, l'aviatrice...

– Tu parles ! Ce sont toujours les hommes qui récoltent la gloire. Le seul accès au pouvoir, pour les femmes, c'est la sorcellerie. Médée, Calypso, voilà des femmes puissantes ! Et moi, bien sûr. La plus grande de toutes.

– Vous... vous êtes... C.C... Circé !

– Oui, ma chérie.

Annabeth a reculé, tandis que Circé éclatait de rire.

– Ne t'inquiète pas. Je ne te veux pas de mal.

– Qu'avez-vous fait à Percy ?

– Je l'ai seulement aidé à prendre sa forme véritable.

Annabeth a balayé la pièce du regard. Elle a enfin vu la cage, et moi qui grattais aux barreaux, assailli par les autres cochons d'Inde. Elle a écarquillé les yeux.

– Oublie-le, a dit Circé. Viens avec moi et je t'initierai à la sorcellerie.

– Mais...

– On s'occupera bien de ton ami. Nous allons l'expédier dans une merveilleuse nouvelle maison sur le continent. Les petits du jardin d'enfants vont l'adorer. Toi, pendant ce temps, tu grandiras en sagesse et en pouvoir. Tu auras tout ce dont tu as toujours rêvé.

Annabeth me fixait toujours, mais elle avait maintenant l'air rêveur et absent. Sans doute la même expression que moi lorsque Circé m'avait ensorcelé pour me faire boire le milk-shake magique. Je me suis mis à gratter et couiner de plus belle pour l'arracher à cet état, en vain.

– Laissez-moi réfléchir, a murmuré Annabeth. Laissez-moi seule, rien qu'une minute... pour dire au revoir.

– Mais comment donc, ma chérie, a roucoulé Circé. Une minute. Ah, et pour plus d'intimité...

Elle a agité la main et des barreaux de fer se sont abattus devant les fenêtres. Puis elle est sortie de la pièce à grands pas et j'ai entendu les verrous de la porte se fermer derrière elle.

L'expression rêveuse d'Annabeth s'est dissipée immédiatement.

Elle a foncé vers la cage.

– Bon, lequel es-tu ?

J'ai couiné, mais tous les autres cochons d'Inde en ont fait autant. Annabeth a eu l'air désespérée. Elle a parcouru la pièce du regard et repéré le bout de mon jean qui dépassait de sous le métier à tisser.

Bingo !

Elle a couru et s'est mise à fouiller dans mes poches.

Mais au lieu d'en sortir Turbulence, elle a extirpé le flacon de vitamines d'Hermès et s'est attaquée au couvercle.

J'avais envie de lui hurler que ce n'était pas le moment de prendre des compléments alimentaires, il fallait qu'elle dégaine l'épée !

Elle a mis en bouche une vitamine à mâcher au citron au moment même où la porte s'ouvrait, livrant passage à Circé, entourée de deux de ses assistantes en uniforme d'hôtesse.

206

– C'est fou comme une minute passe vite, a soupiré Circé. Quelle est ta réponse, ma chérie ?

– La voici, a dit Annabeth, dégainant son poignard.

La magicienne a reculé, mais sa surprise s'est vite dissipée. Elle a ricané.

– Vraiment, fillette, un poignard contre ma magie ? Est-ce bien sage ?

Circé a regardé ses assistantes, qui ont souri. Elles ont levé les mains comme si elles s'apprêtaient à lancer un sortilège.

Sauve-toi ! voulais-je crier à Annabeth, mais je n'arrivais à émettre que des cris de rongeur. Les autres cochons d'Inde couinaient de terreur et trottinaient en tous sens dans la cage. Moi aussi, mon instinct me disait de paniquer et de chercher une cachette, mais je devais trouver une idée ! Jamais je ne supporterais de perdre Annabeth comme j'avais perdu Tyson.

– Comment allons-nous relooker Annabeth ? a dit Circé d'un ton songeur. Il nous faut une petite bestiole coléreuse. Je sais... nous allons la changer en musaraigne !

Des spirales de feu bleues ont jailli de ses doigts et se sont enroulées comme des serpents autour de mon amie.

J'ai regardé, horrifié, mais il ne s'est rien passé. Annabeth était toujours Annabeth, mais encore plus en colère. Elle a bondi en avant et appuyé la pointe de son poignard contre le cou de Circé.

– Et si tu me changeais en panthère, plutôt ? Avec des griffes sur ta gorge !

– Comment... ? ! a glapi Circé.

Annabeth a brandi le flacon de vitamines sous le nez de la magicienne.

Celle-ci a poussé un cri de rage.

– Maudits soient Hermès et ses fichues vitamines ! s'est-elle écriée. Ce n'est qu'une mode ! Ça ne fait *aucun* bien à l'organisme.

– Retransforme Percy en humain ou gare ! a dit Annabeth.

– Je ne peux pas !

– Alors tu l'auras voulu.

Les assistantes de Circé se sont avancées, mais la magicienne les a arrêtées :

– Reculez ! Elle est immunisée contre la magie tant que cette maudite vitamine agit.

Annabeth a traîné Circé jusqu'à la cage, ouvert le couvercle et versé le reste des vitamines à l'intérieur.

– Non ! a hurlé Circé.

J'ai été le premier à prendre une pastille, mais tous les autres cochons d'Inde ont accouru en trottinant pour goûter à cette nouvelle nourriture.

Dès la première bouchée, j'ai senti une bouffée de chaleur au creux de mon ventre. J'ai continué à ronger la pastille de vitamine jusqu'à ce qu'elle cesse de paraître aussi énorme, jusqu'à ce que la cage rétrécisse et que soudain... *boum !* elle vole en éclats. Je me suis retrouvé assis par terre, dans mon corps d'humain – et, par magie, avec mes vêtements sur le dos, loués soient les dieux –, entouré de six gars qui clignaient des yeux, l'air paumé, et secouaient les copeaux de bois pris dans leurs cheveux.

– Non ! a hurlé Circé. Tu ne comprends pas ! Ce sont les pires du lot !

Un des hommes s'est levé. C'était un colosse avec une longue barbe noire comme le jais et des dents de la même teinte. Il portait des vêtements de laine et de cuir mal assortis, des bottes qui lui montaient jusqu'au genou et un grand chapeau de feutre mou. Les autres hommes étaient habillés plus simplement, en hauts-de-chausses et chemises blanches maculées de taches, et ils étaient tous pieds nus.

– Argh ! a tonné le colosse. Que m'a fait la sorcière ?

– Non ! a gémi Circé.

– Je vous reconnais ! s'est écriée Annabeth avec un hoquet de surprise. Vous êtes Edward Teach, fils d'Arès !

– Oui da, gente damoiselle ! a grondé le colosse. Même si la plupart des gens m'appellent Barbe-Noire. Et voici la sorcière qui nous a capturés, garçons. Pourfendez-la, et puis j'entends bien me trouver un grand bol de céleri ! Argh !

Circé a hurlé. Elle s'est sauvée en courant de la pièce avec ses assistantes, pourchassée par les pirates.

Annabeth a rengainé son poignard et m'a gratifié d'un regard noir.

– Merci... ai-je bredouillé. Je suis vraiment désolé...

Avant que j'aie pu inventer une excuse pour la bêtise dont j'avais fait preuve, elle m'a serré brusquement dans ses bras, pour se dégager tout aussi vite.

– Je suis contente que tu ne sois pas un cochon d'Inde.

– Moi aussi.

Je me suis senti rougir comme une tomate et j'ai espéré que ça ne se voie pas trop.

Annabeth a retiré les fils d'or tressés dans ses cheveux.

– Viens, Cervelle d'Algues, a-t-elle dit. Nous devons filer tant que Circé est occupée.

Nous avons dévalé la colline en traversant les terrasses, passant devant des employés qui hurlaient et des pirates qui pillaient la station balnéaire. Les hommes de Barbe-Noire cassaient les torches destinées à la fête hawaïenne, jetaient les enveloppements d'herbes dans la piscine et renversaient les tables chargées de serviettes-éponges.

J'avais presque des remords d'avoir libéré ces pirates sans scrupules, mais sans doute avaient-ils besoin de quelque chose de plus distrayant que la roue, après avoir passé trois siècles dans une cage.

– Quel bateau ? m'a demandé Annabeth en arrivant sur le quai.

J'ai regardé désespérément alentour. Hors de question de repartir dans notre barque. Il fallait que nous quittions l'île en vitesse, mais quel autre véhicule pouvions-nous prendre ? Un sous-marin ? Un avion de chasse ? Je ne savais piloter ni l'un ni l'autre. C'est alors que je l'ai vu.

– Celui-là, ai-je dit à Annabeth.

– Mais... a-t-elle fait en clignant des yeux.

J'étais incapable d'expliquer comment, mais je savais qu'une goélette ancienne était mon pari le plus sûr. J'ai attrapé Annabeth par la main et l'ai entraînée vers le trois-mâts. Peint sur la proue s'étalait le nom que je ne déchiffrerais que plus tard : *La Revanche de la Reine Anne*.

– Argh ! a crié Barbe-Noire quelque part derrière nous. Ces fripouilles montent à bord de mon navire ! Arrêtez-les, garçons !

– Nous ne serons jamais partis assez vite ! a hurlé Annabeth en grimpant à bord.

J'ai contemplé l'enchevêtrement de voiles et de cordages. Le bateau était en excellent état pour un bâtiment vieux de trois cents ans, mais il lui fallait quand même plus d'une cinquantaine d'heures pour appareiller. Nous n'avions même pas quelques heures devant nous. Je voyais les pirates dévaler l'escalier en agitant des torches et des branches de céleri.

Fermant les yeux, je me suis concentré sur les vagues qui clapotaient contre la coque, sur les courants de l'océan, les vents qui m'entouraient. Soudain, le mot exact s'est tracé dans mon esprit.

– Mât d'artimon ! ai-je hurlé.

Annabeth m'a regardé comme si j'avais perdu la tête mais, en une seconde, l'air s'est empli des sifflements et des claquements des cordes qui se tendaient, des voiles qui se déployaient et des poulies qui grinçaient.

Annabeth s'est jetée au sol pour esquiver un câble qui fusait au-dessus de sa tête pour aller s'enrouler autour du beaupré.

– Percy, comment...

Je n'avais pas la réponse, mais je sentais que le bateau m'obéissait comme s'il était une prolongation de mon corps. J'intimais aux voiles de se déployer aussi facilement que j'aurais commandé à mon bras de se plier. J'ai intimé au gouvernail de tourner.

La Revanche de la Reine Anne s'est éloignée avec une embardée et, le temps que les pirates arrivent au bord du quai, nous voguions déjà vers la mer des Monstres.

13 ANNABETH TENTE DE RENTRER À LA NAGE

J'avais enfin trouvé un domaine où j'excellais.

La Revanche de la Reine Anne obéissait à tous mes ordres. Je savais quelles cordes hisser, quelles voiles déployer, quel cap prendre. Nous fendions les flots à une vitesse que j'ai estimée à dix nœuds. Je comprenais même ce que représentait cette vitesse et, pour une goélette, c'était sacrément rapide.

Tout me semblait parfait : le vent dans ma figure, les vagues qui s'ouvraient sous la proue.

Mais, à présent que nous étions hors de danger, je ne cessais de penser à Tyson, qui me manquait terriblement, et à Grover, pour lequel je me rongeais d'inquiétude.

Je n'arrivais pas à me remettre de la stupidité dont j'avais fait preuve sur l'île de Circé. Sans Annabeth, à l'heure actuelle je serais encore un rongeur, tapi dans un clapier en compagnie de mignons pirates à poils. Les paroles de Circé me revenaient à l'esprit de façon lancinante : *Tu vois, Percy ? Tu as libéré ta vraie personnalité !*

Je me sentais changé. Et pas seulement parce que j'avais cette soudaine envie de salade. J'étais nerveux, comme si l'instinct du petit animal craintif faisait maintenant partie de moi. À moins qu'il n'ait toujours été là – c'était cela qui m'inquiétait vraiment.

Nous avons navigué toute la nuit.

Annabeth a essayé de m'aider à assurer la vigie, mais elle n'avait pas le pied marin. Au bout de quelques heures de roulis, elle a viré au vert livide et a dû descendre s'allonger dans un hamac.

J'observais l'horizon. À plus d'une reprise, j'ai repéré des monstres. Un jet d'eau plus haut qu'un gratte-ciel a fusé dans le clair de lune. Une rangée de piquants verts a ondoyé entre les vagues – une forme d'une trentaine de mètres de long, reptilienne. J'ai préféré ne pas en savoir davantage.

Une fois, j'ai vu des néréides, ces nymphes lumineuses de la mer. Je leur ai fait signe mais elles ont disparu dans les profondeurs sans que je sache si elles m'avaient vu ou non.

Peu après minuit, Annabeth est montée sur le pont. Nous longions une petite île volcanique. La mer bouillonnait et fumait en bordure de ses côtes.

– C'est une des forges d'Héphaïstos, a dit Annabeth. Là où il fabrique ses monstres en métal.

– Comme les taureaux de bronze ?

Elle a hoché la tête :

– Fais un détour, a-t-elle ajouté. Un grand détour.

Je n'avais pas besoin de me le faire dire deux fois. Nous nous sommes éloignés de l'île, qui s'est bientôt réduite à une tache de brume rouge derrière nous.

J'ai regardé Annabeth.

– La raison pour laquelle tu détestes les Cyclopes... la vraie raison de la mort de Thalia... Que s'est-il passé ? lui ai-je demandé.

Il était difficile de voir son expression dans le noir.

– Je crois que tu as le droit de savoir, a-t-elle fini par répondre. La nuit où Grover nous conduisait à la colonie, il s'est un peu embrouillé et il s'est trompé de direction à deux ou trois reprises. Tu te souviens qu'il t'a raconté ça, un jour ?

J'ai fait oui de la tête.

– Eh bien la pire erreur, ce fut la fois où nous avons débarqué dans le repaire d'un Cyclope à Brooklyn.

– Il y a des Cyclopes à Brooklyn ?

– Tu serais étonné par leur nombre, mais ce n'est pas la question. Ce Cyclope nous a tendu un piège. Il a réussi à nous séparer à l'intérieur du labyrinthe de couloirs d'une très vieille maison. Et il pouvait prendre la voix de n'importe qui, Percy. Exactement comme Tyson l'a fait à bord du *Princesse Andromède*. Il nous a attirés dans son piège l'un après l'autre. Thalia croyait courir à la rescousse de Luke. Luke a cru m'entendre appeler au secours. Et moi... j'étais toute seule dans le noir. J'avais sept ans. Je n'arrivais même pas à trouver la sortie.

Elle a repoussé une mèche de cheveux.

– Je me souviens que j'ai trouvé la pièce principale. Le sol était jonché d'ossements. Et j'ai vu Thalia, Luke et Grover, ligotés et bâillonnés, pendus au plafond comme des jambons. Le Cyclope avait allumé un feu par terre, au milieu de la pièce. J'ai dégainé mon poignard, mais il m'a entendue. Il s'est tourné vers moi et m'a souri. Il a parlé, et va savoir comment, il connaissait la voix de mon père. Je crois qu'il l'avait extirpée de mon esprit. Il m'a dit : « Ne t'inquiète pas, Annabeth. Je t'aime. Tu peux rester avec moi. Tu peux rester ici pour toujours. »

J'ai frissonné. Sa façon de raconter les faits, même maintenant, six ans plus tard, me faisait plus froid dans le dos que
n'importe quelle histoire de fantômes.

– Qu'est-ce que tu as fait ?

– Je lui ai donné un coup de poignard dans le pied.

Je l'ai dévisagée :

– Tu plaisantes ? Tu avais sept ans et tu as donné un coup
de poignard dans le pied d'un Cyclope ?

– Oh, il m'aurait tuée. Mais je l'ai surpris. Ça m'a donné
juste assez de temps pour courir auprès de Thalia et trancher
les cordes de ses poignets. Là, elle a pris la relève.

– Ouais, mais quand même... c'était drôlement courageux,
Annabeth.

Elle a secoué la tête.

– Nous en sommes sortis vivants de justesse. Je fais encore
des cauchemars, Percy. Cette façon dont le Cyclope avait pris
la voix de mon père... C'est à cause de lui que nous avons mis
si longtemps pour arriver à la colonie. Tous les monstres qui
nous pourchassaient ont eu le temps de nous rattraper. C'est
la vraie raison de la mort de Thalia. Sans ce Cyclope, elle
serait toujours en vie.

Assis sur le pont, nous regardions la constellation d'Hercule
apparaître dans le ciel.

– Descends, m'a dit Annabeth au bout d'un long moment.
Tu as besoin de repos.

J'ai hoché la tête. J'avais les paupières lourdes. Mais, une
fois allongé dans un hamac, en bas, j'ai eu du mal à m'endor-
mir. Je n'arrêtais pas de penser à l'histoire d'Annabeth. Je me
demandais si j'aurais eu le courage de m'engager dans cette

quête, à sa place, de faire voile vers le repaire d'un autre Cyclope.

Je n'ai pas rêvé de Grover.

Au lieu de ça, je me suis retrouvé dans la cabine de réception de Luke, à bord du *Princesse Andromède*. Les rideaux étaient ouverts. C'était la nuit. Des ombres tourbillonnaient dans l'air. Des voix chuchotaient tout autour de moi : les esprits des morts.

Prends garde, murmuraient-elles. *Pièges. Tromperie.*

Le sarcophage doré de Cronos luisait légèrement – c'était la seule source de lumière dans la pièce.

Un rire glacial m'a fait sursauter. Il semblait venir des profondeurs, à plusieurs kilomètres sous le bateau. *Tu n'as pas le courage, petit jeune. Tu ne pourras pas m'arrêter.*

Je savais ce que j'avais à faire. Je devais ouvrir ce cercueil.

J'ai retiré le capuchon de Turbulence. Des fantômes tourbillonnaient autour de moi, formant une tornade. *Prends garde !*

Mon cœur battait à se rompre. Mes pieds refusaient d'obéir, pourtant je devais arrêter Cronos. Je devais détruire la créature, quelle qu'elle soit, qui reposait dans ce sarcophage.

Soudain, une fille a pris la parole, juste à côté de moi :

– Alors, Cervelle d'Algues ?

Je me suis retourné, m'attendant à voir Annabeth, mais ce n'était pas elle. Cette fille portait des vêtements punks et des chaînes argentées à ses poignets. Elle avait des cheveux noirs hérissés, les yeux d'un bleu d'orage soulignés d'un trait d'eyeliner noir et des taches de rousseur sur le nez. Elle avait un air familier, j'ignorais pourquoi.

– Alors ? a-t-elle repris. On va l'arrêter, oui ou non ?

J'étais incapable de répondre. Incapable de bouger.

La fille a levé les yeux au ciel.

- Très bien ! a-t-elle dit. Je vais m'en débrouiller, avec l'aide d'Aegis.

Elle a tapé sur son poignet et ses chaînes argentées se sont transformées : elles se sont étirées et aplaties en un immense bouclier d'argent et de bronze, qui portait le visage monstrueux de Méduse en effigie, au centre et en relief. On aurait dit un masque mortuaire, comme si la véritable tête de la gorgone avait été sertie dans le métal. Je ne savais pas si c'était le cas, ni si le bouclier pouvait réellement me pétrifier, mais j'ai détourné le regard. Sa simple proximité me glaçait d'effroi. J'avais l'intuition que, dans un combat, le porteur de ce bouclier serait pratiquement invincible. Tout ennemi sain d'esprit prendrait ses jambes à son cou.

La fille a dégainé son épée et s'est dirigée vers le sarcophage. Les fantômes s'écartaient pour lui livrer passage, chassés par la terrible aura de son bouclier.

J'ai tenté de la mettre en garde :

- Non !

Elle ne m'a pas écouté. Elle est allée droit au sarcophage et a repoussé le couvercle doré.

Un bref instant, elle est restée debout, le regard plongé dans le cercueil.

Alors ce dernier s'est mis à luire.

- Non. (La voix de la fille tremblait.) Ce n'est pas possible.

Le rire de Cronos est monté des profondeurs de l'océan, si fort que le bateau tout entier a tremblé.

- Non ! a hurlé la fille, tandis que le sarcophage l'aspirait dans un crépitement de lumière dorée.

217

– Ahhh !!

Je me suis redressé d'un coup dans mon hamac.

Annabeth me secouait :

– Percy, tu faisais un cauchemar. Il faut que tu te lèves.

– Qu'est... qu'est-ce qu'il y a ? (Je me suis frotté les yeux.) Quel est le problème ?

– La terre, a-t-elle répondu d'une voix grave. Nous approchons de l'île des Sirènes.

C'est à peine si je distinguais l'île qui se profilait devant nous, simple tache sombre dans la brume.

– Je voudrais que tu me rendes un service, a dit Annabeth. Les Sirènes... nous serons bientôt à portée de leur chant.

Je me suis souvenu des légendes sur les Sirènes. Leurs voix étaient si mélodieuses qu'elles ensorcelaient les marins et les conduisaient à leur mort.

– Pas de problème, il suffit de nous boucher les oreilles. Il y a un baquet plein de cire à bougies dans la soute.

– Je veux les entendre.

– Mais pourquoi ? lui ai-je demandé, interloqué.

– On raconte que, dans leurs chants, les Sirènes dévoilent la vérité de tes désirs. Elles révèlent des choses sur toi-même dont tu n'étais même pas conscient. C'est ce qui est tellement ensorcelant. Si tu survis, tu en sors grandi en sagesse. Je veux les entendre. Combien de fois aurai-je cette occasion ?

Venant de la plupart des gens, ça m'aurait paru absurde. Mais Annabeth étant ce qu'elle était... Évidemment, si elle pouvait absorber des manuels d'architecture grecque ancienne et prendre plaisir à regarder les documentaires de la chaîne historique, les Sirènes ne pouvaient que l'attirer.

218

Elle m'a exposé son plan. À contrecœur, je l'ai aidée à se préparer.

Dès que la côte rocheuse de l'île est apparue, j'ai ordonné à un des cordages d'attacher Annabeth au mât de misaine en s'enroulant autour de sa taille.

– Ne me détache pas, a-t-elle répété. Quoi qu'il arrive et malgré toutes mes supplications. Je n'aurai qu'un désir : sauter par-dessus bord et me noyer.

– Tu essaies de me tenter ?

– Ha ha, très drôle.

J'ai promis que je veillerais à sa sécurité. Puis j'ai pris deux gros bouts de paraffine, j'en ai fait des boules Quiès et je me suis bouché les oreilles.

Annabeth a hoché la tête d'un air moqueur, pour me faire savoir que mes bouchons d'oreilles étaient du meilleur effet. Je lui ai fait une grimace et suis allé me placer à la roue du gouvernail.

Le silence était surnaturel. Je n'entendais rien d'autre que le sang qui battait à mes tempes. Quand nous avons approché l'île, j'ai vu des rochers pointus qui émergeaient du brouillard. J'ai intimé l'ordre à *La Revanche de la Reine Anne* de les contourner. Si nous passions plus près, ces rochers déchiquetteraient notre coque comme les lames d'un mixeur.

J'ai tourné la tête. Au début, Annabeth est restée parfaitement normale. Puis elle a eu l'air intriguée. Ses yeux se sont écarquillés.

Elle a commencé à se débattre dans ses liens. Elle m'a appelé : je ne le savais qu'en lisant mon nom sur ses lèvres. Son expression était éloquente, il fallait qu'elle se dégage.

C'était une question de vie ou de mort. Il fallait que je la libère de ses liens *tout de suite*.

Elle semblait tellement malheureuse qu'il m'en coûtait de ne pas la détacher.

Je me suis forcé à détourner le regard. J'ai intimé à *La Revanche de la Reine Anne* d'aller plus vite.

Je ne voyais toujours pas grand-chose de l'île, rien que des rochers dans la brume, mais l'eau charriait des bouts de bois et de fibre de verre, débris de vieux naufrages, et même des flotteurs d'avion.

Comment la musique pouvait-elle infléchir la trajectoire de tant de vies ? Certes, il y avait des chansons du Top 50 qui me donnaient envie de casser la baraque, mais quand même... De quoi pouvaient bien parler les chants des Sirènes ?

Un court et dangereux instant, j'ai compris la curiosité d'Annabeth. J'ai été tenté de retirer mes boules de cire, juste pour avoir une idée des chants. Je sentais les voix des Sirènes qui faisaient vibrer la charpente du bateau, à l'unisson avec le sang qui battait à mes oreilles.

Annabeth me suppliait. Les larmes coulaient sur ses joues. Elle se démenait de toutes ses forces dans ses liens, comme s'ils l'empêchaient de rejoindre tout ce qui comptait pour elle.

Comment peux-tu être aussi cruel ? semblait-elle me demander. *Je croyais que tu étais mon ami.*

Je regardais l'île voilée de brume d'un œil mauvais. J'avais envie de dégainer mon épée, mais il n'y avait rien à combattre. Comment voulez-vous combattre un chant ?

J'ai pris sur moi pour ne pas regarder Annabeth. J'y suis parvenu pendant cinq minutes.

Grossière erreur.

Quand, n'y tenant plus, j'ai tourné la tête, j'ai découvert... un tas de cordes tranchées. Un mât vide. Le poignard de bronze d'Annabeth, gisant sur le pont. Elle était arrivée à l'attraper à force de gesticuler. J'avais complètement oublié de la désarmer.

J'ai couru au bastingage et je l'ai vue qui nageait frénétiquement vers l'île, poussée par les vagues en direction des rochers déchiquetés.

J'ai hurlé son nom, mais si elle m'a entendu, ça ne lui a fait aucun effet. Elle était en transe et nageait vers sa mort.

J'ai tourné la tête vers la roue du gouvernail et j'ai hurlé : « Tiens le cap ! »

Puis j'ai sauté par-dessus bord.

J'ai fendu l'eau et intimé aux courants de se regrouper autour de moi pour former un jet-stream qui m'a propulsé en avant.

Ensuite je suis remonté à la surface et j'ai repéré Annabeth, mais une vague l'a happée et emportée entre deux crocs de pierre pointus comme des poignards.

Je n'avais pas le choix. J'ai plongé à sa poursuite.

J'ai nagé sous la coque d'un yacht naufragé, louvoyé entre une série de boules de métal flottantes attachées à des chaînes – c'étaient des mines, comme je l'ai compris plus tard. Je devais faire appel à tout mon pouvoir sur l'eau pour ne pas me retrouver écrasé contre des rochers ni pris dans les filets de barbelés tendus juste sous la surface des vagues.

J'ai foncé entre les deux crocs rocheux et débouché dans une baie en forme de demi-lune. L'eau était hérissée d'autres rochers, pleine de débris de bateaux et de mines flottantes. La plage était en sable volcanique noir.

J'ai cherché désespérément Annabeth du regard.

Elle était là.

Pour sa chance ou son malheur, c'était une excellente nageuse. Elle avait franchi les mines et les rochers. Elle allait atteindre la plage de sable noir.

C'est alors que la brume s'est dissipée et que je les ai vues – les Sirènes.

Imaginez une bande de vautours de taille humaine, plumage noir et sale, serres grises, cous roses et plissés. Maintenant imaginez des têtes humaines perchées sur ces cous, mais des têtes qui changeraient sans arrêt.

Je ne les entendais pas mais je voyais qu'elles chantaient. Tandis que leurs lèvres bougeaient, leurs visages prenaient les traits des gens que je connaissais : ma mère, Poséidon, Grover, Tyson, Chiron. Toutes les personnes que j'avais le plus envie de voir. Elles m'adressaient des sourires rassurants, m'incitaient à me rapprocher. Mais quelle que soit la forme que prenaient les visages, leurs bouches demeuraient grasses et pleines de vestiges de vieux repas. Comme des vautours, elles mangeaient sans s'aider de leurs serres et, visiblement, elles ne se nourrissaient pas de Monstres de beignets.

Annabeth nageait à leur rencontre.

Je savais que je ne devais pas la laisser sortir de l'eau. La mer était mon unique avantage. Elle m'avait toujours protégé, d'une façon ou d'une autre. Je me suis projeté en avant et j'ai attrapé Annabeth par la cheville.

À l'instant où je l'ai touchée, une onde de choc a parcouru mon corps et j'ai vu les Sirènes comme elle devait les voir.

Trois personnes, assises sur un plaid, pique-niquaient à Central Park, l'immense jardin public de New York. Un festin était dressé devant elles. J'ai reconnu le père d'Annabeth d'après les photos de lui qu'elle m'avait montrées : un type à l'allure sportive, d'une quarantaine d'années, aux cheveux blond cendré. Il tenait par la main une femme ravissante qui ressemblait beaucoup à Annabeth. Elle avait un style décontracté – blue-jean, chemise de toile, chaussures de randonnée – mais elle irradiait la puissance. Je savais que j'avais devant moi la déesse Athéna. Un jeune homme était assis à côté d'eux... Luke.

La scène baignait dans une lumière chaude et dorée. Tous les trois bavardaient en riant et, quand ils ont aperçu Annabeth, leurs visages se sont éclairés. Les parents d'Annabeth lui ont tendu les bras. Luke, avec un large sourire, lui a fait signe de venir s'asseoir à côté de lui – comme s'il ne l'avait jamais trahie, comme s'il était toujours son ami.

Derrière les arbres de Central Park se dessinaient les immeubles d'une ville. J'ai retenu mon souffle car c'était Manhattan... et en même temps ça ne l'était pas. La ville avait été entièrement rebâtie en marbre blanc étincelant, plus grande et plus majestueuse que jamais, avec des fenêtres dorées et des toits-terrasses. Elle était plus belle que New York. Plus belle que le mont Olympe.

J'ai tout de suite compris que c'était Annabeth qui l'avait entièrement conçue. Elle était l'architecte d'un monde nouveau. Elle avait réuni ses parents. Elle avait sauvé Luke. Elle avait accompli tout ce dont elle avait jamais rêvé.

Je me suis frotté les yeux très fort. Lorsque je les ai rouverts, je n'ai plus vu que les Sirènes : des vautours hirsutes à visage humain, qui s'apprêtaient à dévorer une nouvelle victime.

J'ai entraîné Annabeth vers le large. J'avais beau ne pas l'entendre, je savais qu'elle hurlait. Et malgré les coups de pied qu'elle m'envoyait à la figure, je ne l'ai pas lâchée.

J'ai demandé aux courants de nous faire sortir de la baie. Annabeth me criblait de coups de pied et de poing, ce qui rendait la concentration difficile. Elle s'agitait tellement que nous avons failli percuter une mine flottante. Je ne savais pas quoi faire. Nous n'atteindrions jamais le bateau vivants si elle continuait à frapper tous azimuts.

Nous nous sommes enfoncés sous l'eau et Annabeth a cessé de se débattre. Une expression de perplexité s'est peinte sur son visage. Puis nos têtes sont remontées à la surface et elle m'a attaqué à nouveau.

L'eau ! Le son se déplace mal sous l'eau. Si je l'immergeais suffisamment longtemps, je pourrais rompre le sortilège de la musique. Bien sûr, Annabeth ne pourrait pas respirer, mais sur le moment ça m'a paru secondaire.

Je l'ai attrapée par la taille et j'ai ordonné aux vagues de nous enfoncer.

Nous avons coulé dans les profondeurs – trois mètres, six mètres. Je savais que je devais faire attention parce que je pouvais supporter beaucoup plus de pression qu'Annabeth. Elle se débattait, cherchant de l'air, au milieu des bulles qui montaient tout autour de nous.

Des bulles.

J'étais désespéré et prêt à tout. Il fallait maintenir Annabeth en vie. J'ai visualisé toutes les bulles de la mer – toujours en mouvement, montant toujours vers la surface. Je les ai imaginées se rassemblant, venant toutes vers moi.

La mer a obéi. Une rafale blanche m'a aveuglé, j'ai senti un picotement parcourir ma peau et, quand j'ai pu y voir de nouveau, Annabeth et moi étions pris dans une énorme bulle d'air. Seules nos jambes dépassaient dans l'eau.

Elle a hoqueté et toussé. Son corps tout entier a frissonné mais, quand elle m'a regardé, j'ai su que le sortilège était rompu.

Elle s'est alors mise à pleurer à gros sanglots, horribles et déchirants. Elle a posé la tête sur mon épaule et je l'ai serrée dans mes bras.

Des poissons ont afflué pour nous observer – un banc de barracudas, quelques marlins curieux.

Fichez-le camp ! leur ai-je ordonné.

Ils sont repartis, mais je voyais bien que c'était à contre-cœur. Je vous jure que je comprenais leurs intentions. Ils allaient lancer des rumeurs dans la mer sur les ébats du fils de Poséidon avec une fille, au fond de la baie des Sirènes.

– Je vais nous ramener au bateau, ai-je dit à Annabeth. Ça va aller. Tiens bon.

Elle a hoché la tête pour me faire comprendre qu'elle se sentait mieux, à présent, puis elle a murmuré quelque chose que je n'ai pas compris à cause des bouchons de cire dans mes oreilles.

J'ai demandé au courant de guider notre drôle de sous-marin d'air entre les rochers et les barbelés pour rejoindre la coque de *La Revanche de la Reine Anne*, qui s'éloignait toujours à vitesse lente et régulière de l'île.

Nous sommes restés sous l'eau en suivant le trois-mâts jus-

225

qu'au moment où j'ai estimé que nous étions hors de portée des voix des Sirènes. Alors j'ai fait surface et notre bulle a éclaté.

J'ai commandé à une échelle de corde de se dérouler le long de la coque et nous sommes montés à bord.

J'ai gardé mes bouchons de cire par mesure de sécurité. Nous avons navigué jusqu'à ce que l'île se perde à l'horizon. Annabeth était assise sur le pont avant, recroquevillée dans une couverture. Au bout d'un long moment, elle a relevé la tête, l'air triste et sonné, et elle a articulé : *C'est bon.*

J'ai retiré les bouchons de cire. Plus de chant. Seul le clapotis des vagues contre la coque brisait le silence de l'après-midi. Le brouillard s'était dissipé, laissant place à un ciel bleu limpide, comme si l'île des Sirènes n'avait jamais existé.

– Ça va ? ai-je demandé à Annabeth, et à peine avais-je prononcé cette question que j'ai mesuré son ineptie : il était évident que ça n'allait pas.

– Je ne m'étais pas rendu compte, a-t-elle murmuré.

– De quoi ?

Ses yeux avaient la couleur de la brume qui flottait sur l'île des Sirènes.

– De la force qu'aurait la tentation.

Je n'avais pas très envie d'avouer à Annabeth que j'avais vu ce que les Sirènes lui promettaient. Je me faisais l'effet d'un intrus. Mais il m'a semblé que je lui devais la vérité.

– J'ai vu comment tu avais reconstruit Manhattan. Et Luke et tes parents.

Elle a rougi :

– Tu as vu ça ?

– Ce que Luke t'a dit à bord du *Princesse Andromède*, cette histoire de reconstruire entièrement le monde... ça t'a vraiment touchée, hein ?

Elle a resserré la couverture sur ses épaules.

– Mon défaut fatal. C'est ce que les Sirènes m'ont montré. Mon défaut fatal, celui qui pourrait me perdre, c'est l'hubris.

J'ai cligné des yeux.

– Tu veux parler de cette purée beige qu'il y a dans les sandwichs végétariens ?

Annabeth a roulé les yeux.

– Non, Cervelle d'Algues, ça c'est du hommos. L'hubris c'est pire.

– Qu'est-ce qui pourrait être pire que du hommos ?

– Hubris signifie orgueil démesuré, Percy. Quand tu crois que tu pourrais faire les choses mieux que tout le monde... y compris les dieux.

– C'est ton cas ?

Elle a baissé les yeux.

– Tu ne te dis jamais : et si le monde était vraiment foutu ? Si nous pouvions le reconstruire entièrement, en repartant à zéro ? Plus de guerre. Zéro SDF à la rue. Plus de devoirs de vacances.

– Je t'écoute.

– Je veux dire, l'Occident représente un certain nombre des plus belles réussites de l'humanité, c'est pourquoi la flamme brûle encore. C'est pourquoi l'Olympe est encore là. Mais parfois, tu ne vois que ce qui va mal, tu sais ? Et tu te mets à penser comme Luke : Si je pouvais démolir tout ça, je ferais mieux. Tu ne t'es jamais dit ça ? Que toi, si tu dirigeais le monde, tu ferais ça mieux ?

– Euh... non. Pour moi, diriger le monde, ça tiendrait du cauchemar.

– Alors tu as de la chance. L'hubris n'est pas ton défaut fatal.

– C'est quoi, le mien ?

– Je l'ignore, Percy, mais chaque héros en a un. Si tu n'arrives pas à l'identifier et à le contrôler... eh bien, il ne s'appelle pas fatal pour rien.

J'ai réfléchi à cette question. Ça ne m'a pas franchement mis du baume au cœur.

J'ai remarqué aussi qu'Annabeth ne s'était pas étendue sur les changements personnels qu'elle opérerait, comme réunir ses parents ou sauver Luke. Je la comprenais. Je ne voulais pas admettre combien de fois, moi-même, j'avais rêvé de réunir mes parents.

J'ai imaginé ma mère, seule dans notre petit appartement de Manhattan. J'ai essayé de me souvenir de l'odeur de ses gaufres bleues dans la cuisine. Ça me paraissait tellement loin.

– Alors, est-ce que ça en valait la peine ? ai-je demandé à Annabeth. Te sens-tu, euh, grandie en sagesse ?

Elle a regardé au loin.

– Je ne sais pas trop. Mais nous devons sauver la colonie à tout prix. Si nous n'arrêtons pas Luke...

Elle n'avait pas besoin de finir sa phrase. Si la vision de Luke pouvait tenter même Annabeth, il était impossible de prévoir combien d'autres sang-mêlé pourraient adhérer à sa cause.

J'ai repensé à mon rêve sur la fille et le sarcophage doré. Je ne comprenais pas bien ce qu'il signifiait mais j'avais l'impression de passer à côté de quelque chose. Une chose terrible que tramait Cronos. Qu'avait vu la fille en ouvrant ce cercueil ?

Soudain, Annabeth a écarquillé les yeux.

– Percy.

J'ai tourné la tête.

Devant nous se dessinait une autre terre : une île en forme de selle, avec des collines boisées, des plages de sable blanc et des prairies verdoyantes, exactement comme dans mes rêves.

Mon sens nautique l'a confirmé. 30 degrés, 31 minutes nord, 75 degrés, 12 minutes ouest.

Nous étions arrivés au repaire du Cyclope.

14 NOUS RENCONTRONS LES MOUTONS FUNESTES

En général, quand on pense « île de monstres », on imagine des rochers déchiquetés et une plage jonchée d'ossements, comme à l'île des Sirènes.

Rien de tel, sur l'île du Cyclope. Certes, il y avait un pont de corde tendu en travers d'un gouffre, ce qui n'était pas bon signe – autant mettre un panneau annonçant tout de suite la couleur : ICI VIT UNE CRÉATURE MALÉFIQUE. Mais, en dehors de ça, l'île avait tout de la carte postale des Antilles. Des champs verts, des fruits exotiques et des plages de sable blanc. Pendant que nous nous approchions de la côte, Annabeth a humé la douceur de l'air.

– La Toison, a-t-elle murmuré.

J'ai acquiescé de la tête. Je ne voyais pas encore la Toison, mais je sentais déjà son pouvoir. Je la croyais volontiers capable de tout guérir, y compris l'arbre empoisonné de Thalia.

– Si nous l'emportons, l'île mourra-t-elle ?

– Non, a dit Annabeth en secouant la tête. Elle retombera dans son état d'avant, c'est tout.

Je me suis senti un peu coupable à la pensée de détruire ce paradis, mais me suis rappelé que nous n'avions pas le choix.

La Colonie des Sang-Mêlé était en danger. Et Tyson... Tyson serait encore des nôtres, sans cette quête.

Dans la prairie qui s'étendait au pied du ravin, quelques douzaines de moutons paissaient. Ils avaient l'air plutôt inoffensifs, mais ils étaient absolument énormes : de la taille d'hippopotames. Juste derrière eux, un sentier grimpait dans les collines. En haut du sentier, tout près du gouffre, se dressait l'imposant chêne que j'avais vu dans mes rêves. Des reflets dorés dansaient entre ses branches.

– Ça paraît trop facile, ai-je dit. Tu crois qu'on peut monter la décrocher, tout simplement ?

Annabeth a froncé les yeux.

– En principe, il y a un gardien. Un dragon, ou...

À ce moment-là, un cerf est sorti des taillis. Il s'est avancé dans la prairie en trottant, sans doute à la recherche d'un peu d'herbe à brouter. Aussitôt, tous les moutons se sont rués sur lui en bêlant. Tout s'est passé très vite. Le cerf a titubé et disparu dans une mer de laine et de sabots fendus.

Des touffes d'herbe et de fourrure ont volé dans l'air.

Quelques secondes plus tard, les moutons se sont dispersés, retournant tous à leur paisible pâturage. À l'endroit où s'était tenu le cerf gisait maintenant un tas d'os blancs, parfaitement nettoyés.

Annabeth et moi avons échangé un regard.

– Comme des piranhas, a-t-elle dit.

– Des piranhas avec de la laine sur le dos. Comment allons-nous...

– Percy ! (Annabeth m'a agrippé par le bras.) Regarde !

Elle pointait le doigt vers un coin de la plage, juste au-dessous du pré aux moutons, où un petit bateau était échoué... c'était l'autre canot de sauvetage du *Birmingham*.

Nous avons estimé qu'il était impossible de franchir le troupeau de moutons mangeurs d'hommes. Au début, Annabeth voulait emprunter le sentier masquée par sa casquette d'invisibilité et s'emparer de la Toison, mais je suis arrivé à la convaincre qu'il y aurait forcément un problème. Les moutons sentiraient son odeur. Un autre gardien surgirait. Allez savoir. Et si cela se produisait, je serais trop loin pour lui porter secours.

Par ailleurs, notre première tâche était de retrouver Grover ainsi que la ou les personnes qui avaient accosté sur l'île à bord de ce canot de sauvetage, si tant est qu'elles aient survécu aux moutons. J'étais trop inquiet pour dire ce que j'espérais secrètement : que Tyson soit encore en vie.

Nous avons jeté l'ancre sur la côte arrière de l'île, où les falaises se dressaient sur un à-pic d'une bonne soixantaine de mètres. Notre idée était que *La Revanche de la Reine Anne* avait plus de chances de passer inaperçue dans ce mouillage.

Quant aux falaises, il paraissait tout juste possible de les escalader : a priori, elles présentaient le même niveau de difficulté que le mur de lave, à la colonie. Et, au moins, il n'y avait pas de moutons. En espérant que Polyphème n'élève pas aussi des chèvres de montagne carnivores...

Nous avons gagné le pied des falaises en canot de sauvetage puis nous avons entamé notre escalade, très lentement. Annabeth est passée en tête car c'était elle qui grimpait le mieux de nous deux.

Nous avons failli nous tuer six ou sept fois seulement, ce

qui m'a semblé plutôt peinard. Une fois, j'ai perdu prise et je me suis retrouvé suspendu par une main à une saillie rocheuse, quinze mètres au-dessus de l'eau hérissée de rochers. Mais j'ai repéré une nouvelle prise et continué à grimper. Une minute plus tard, le pied d'Annabeth glissait sur une plaque de mousse. Heureusement, elle a trouvé un autre appui. Malheureusement, cet autre appui était ma figure.

– Excuse-moi, a-t-elle murmuré.

– Pas de problème, ai-je grommelé, même si je n'avais pas vraiment souhaité connaître le goût des tennis d'Annabeth.

Pour finir, les doigts gourds comme du plomb fondu, les muscles des bras tremblant de fatigue, je me suis hissé à la suite d'Annabeth au sommet de la falaise. Nous nous sommes écroulés tous les deux.

– Ouf ! ai-je soupiré.

– Ouïe aïe aïe, a gémi Annabeth.

– Grrreuh ! a tonné une autre voix.

Si je n'avais pas été aussi épuisé, j'aurais bondi de plusieurs mètres. J'ai fait volte-face, mais je n'ai pas vu qui avait parlé.

Annabeth a plaqué la main sur ma bouche. Elle a pointé du doigt.

La saillie rocheuse sur laquelle nous étions juchés était plus étroite que je ne l'avais remarqué de prime abord. Elle tombait en à-pic de l'autre côté, et c'est de là que provenait la voix : juste au-dessous de nous.

– Tu es une fougueuse, toi ! a grondé la voix grave.

– Affronte-moi ! (C'était la voix de Clarisse, sans l'ombre d'un doute.) Rends-moi mon épée et je te combattrai !

Le monstre a hurlé de rire.

233

Annabeth et moi avons rampé à plat ventre au bord de la saillie rocheuse. Nous étions juste au-dessus de l'entrée de la grotte du Cyclope, où se tenaient Polyphème et Grover, toujours en robe de mariée. Clarisse, ligotée, était suspendue par le pieds au-dessus d'une marmite d'eau bouillante. J'espérais confusément que Tyson soit là, lui aussi. Il aurait été en danger, bien sûr, mais au moins j'aurais su qu'il était vivant. Aucune trace de lui, pourtant.

– Hum, a dit Polyphème d'un ton songeur. Manger la fille grande gueule tout de suite, ou attendre le banquet de mariage ? Qu'en pense la future mariée ?

Il s'est tourné vers Grover, qui a reculé de quelques pas et failli se prendre les pieds dans sa traîne.

– Oh, euh, je n'ai pas faim pour le moment, mon chéri. Peut-être...

– Tu as bien dit « future mariée » ? a demandé Clarisse. Qui ça... Grover ?

Annabeth, à côté de moi, a marmonné :

– La ferme. Il faut qu'elle la ferme.

– Quel Grover ? a tonné Polyphème, l'œil mauvais.

– Le satyre ! a crié Clarisse.

– Oh ! a glapi Grover. La pauvre fille a le cerveau en ébullition, dans ces vapeurs d'eau chaude. Décroche-la, mon chéri !

Les paupières de Polyphème se sont plissées sur son sinistre œil laiteux, comme s'il essayait de voir Clarisse plus distinctement.

Le Cyclope était encore plus horrible que dans mes rêves. En partie parce que son odeur rance était présente, maintenant, intime. En partie parce qu'il était affublé de sa tenue de mariage : un kilt et un gilet faits de smokings bleu clair grossièrement assemblés, comme s'il avait dépouillé tous les invités d'une noce.

– Quel satyre ? a demandé Polyphème. Les satyres sont bons à manger. Tu m'as apporté un satyre ?

– Non, grand imbécile ! a braillé Clarisse. Ce satyre-là ! Grover ! Celui qui a la robe de mariée !

J'aurais voulu tordre le cou de Clarisse, mais il était trop tard. Je n'ai pu que regarder, impuissant, Polyphème se retourner et arracher le voile de mariée de Grover, découvrant ses cheveux bouclés, sa barbichette d'adolescent et ses minuscules cornes.

Polyphème a soupiré bruyamment, s'efforçant de contenir sa colère.

– Je n'y vois pas bien, a-t-il grondé, depuis que l'autre héros m'a crevé l'œil il y a de nombreuses années. Il n'empêche que TU N'ES PAS UNE DAME CYCLOPE !

Sur ces mots, il a empoigné la robe de Grover et tiré d'un coup sec.

L'ancien Grover est réapparu, en jean et tee-shirt. Avec un glapissement, il s'est jeté de côté pour éviter le poing du monstre.

– Arrête ! a-t-il supplié. Ne me mange pas cru ! J'ai une très bonne recette !

J'ai porté la main à mon épée mais Annabeth m'a soufflé à l'oreille :

– Attends !

Polyphème hésitait, un rocher à la main, prêt à écraser sa fiancée.

– Recette ? a-t-il demandé.

– Oui, oui ! Tu ne dois pas me manger cru ! Tu attraperais

la colibacillose, le botulisme et tout un tas d'horreurs. Je serai bien meilleur grillé à feu doux. Avec une compotée de mangues ! Tu pourrais aller cueillir des mangues tout de suite, dans les bois. Je t'attendrai ici.

Le monstre a réfléchi à la question. Mon cœur tambourinait contre mes côtes. Je savais que je mourrais si je passais à l'attaque. Mais je ne pouvais pas laisser le Cyclope tuer Grover.

– Satyre grillé à la compotée de mangues, a dit Polyphème d'un ton songeur. (Il s'est tourné vers Clarisse, toujours suspendue au-dessus de la marmite d'eau bouillante.) Tu es un satyre, toi aussi ?

– Non, gros tas de fumier ! Je suis une fille ! a-t-elle hurlé. La fille d'Arès ! Maintenant détache-moi, que je te tranche les bras !

– Me trancher les bras, a répété Polyphème.

– Pour te les fourrer dans le gosier !

– Tu as du cran.

– Décroche-moi !

Polyphème a attrapé Grover comme si c'était un chiot indiscipliné.

– Faut que j'aille faire pâturer les moutons. Mariage reporté à ce soir. Nous mangerons du satyre en plat principal !

– Mais... tu vas te marier quand même ? a demandé Grover d'une voix offensée. Qui est la mariée ?

Polyphème a tourné la tête vers la marmite.

Clarisse a émis un son étranglé.

– Oh non ! Tu ne parles pas sérieusement ! Je ne...

Avant qu'Annabeth et moi ayons pu faire quoi que ce soit, Polyphème l'a arrachée de la corde comme s'il cueillait une pomme mûre et l'a jetée à l'intérieur de la grotte avec Grover.

– Faites comme chez vous ! Je reviens au coucher du soleil pour le grand événement !

Là-dessus, le Cyclope a sifflé et un troupeau de chèvres et de moutons (plus petits que les mangeurs d'hommes) est sorti de la grotte pour aller paître. Au passage des bêtes, Polyphème en tapotait certaines sur le dos en les appelant par leurs noms : Big Mac, Tammany, Lockhart, etc.

Une fois le dernier mouton sorti, Polyphème a fait rouler un rocher rond devant l'entrée de la grotte aussi facilement que j'aurais refermé un frigo, coupant net aux cris de Clarisse et de Grover.

– Des mangues, a grommelé Polyphème. Qu'est-ce que c'est que des mangues ?

Il s'est mis à descendre le flanc de la montagne d'un pas tranquille, dans sa tenue de marié bleu clair, nous laissant avec une marmite d'eau bouillante et un rocher de six tonnes.

Annabeth et moi nous sommes escrimés tant et plus, en vain. Le rocher refusait de bouger. Nous avons crié par les interstices, tapé sur la pierre, fait tout ce que nous pouvions imaginer pour faire passer un signal à Grover mais nous étions incapables de savoir s'il nous entendait ou non.

Même si, par je ne sais quel miracle, nous parvenions à tuer Polyphème, cela ne nous avancerait à rien. Clarisse et Grover mourraient à l'intérieur de cette grotte scellée. La seule façon de déplacer le rocher, c'était de pousser le Cyclope à le faire.

En proie à une extrême frustration, j'ai abattu Turbulence sur le rocher. Une gerbe d'étincelles a jailli, rien de plus. Un gros rocher rond n'appartient pas au type d'ennemis que les épées magiques peuvent combattre.

Désespérés, Annabeth et moi nous sommes assis sur la corniche et avons suivi du regard la silhouette bleu clair du Cyclope, au loin, qui se mouvait entre ses bêtes. Il avait eu la sagesse de séparer ses animaux ordinaires de ses moutons mangeurs d'hommes, plaçant chaque troupeau de part et d'autre de l'énorme gouffre qui divisait l'île en deux. La seule façon de passer de l'un à l'autre était d'emprunter le pont de corde, dont les planches étaient beaucoup trop espacées pour des sabots d'ovins.

Polyphème est allé voir son troupeau carnivore, de l'autre côté de la passerelle. Malheureusement les moutons ne l'ont pas mangé. En fait, ils ne semblaient même pas l'embêter. Le Cyclope leur distribuait de gros morceaux d'une viande mystérieuse qu'il prélevait dans un gigantesque panier d'osier, ce qui n'a fait que renforcer le sentiment que j'avais depuis que Circé m'avait transformé en cochon d'Inde : il était peut-être temps que je suive l'exemple de Grover et me fasse végétarien.

– La ruse, a déclaré Annabeth. Si nous ne pouvons pas le battre par la force, nous l'aurons par la ruse.

– D'accord. Quelle ruse ?

– Je n'ai pas encore trouvé cette partie du plan.

– Super.

– Polyphème va devoir déplacer le rocher pour faire rentrer les moutons.

– Au coucher du soleil. Et c'est alors qu'il épousera Clarisse et mangera Grover. Je ne sais pas ce qui est le plus répugnant des deux.

– Je pourrais en profiter pour entrer, en me rendant invisible.

– Et moi ?

Annabeth a réfléchi.

– Les moutons... (Elle m'a lancé un de ses regards narquois qui avaient le don d'éveiller ma méfiance.) Tu aimes bien les moutons, hein ?

– Surtout ne lâche pas prise ! a dit Annabeth, qui se tenait quelque part sur ma droite, dissimulée par le sortilège d'invisibilité de sa casquette.

Facile à dire... Ce n'était pas elle qui était accrochée au ventre d'un mouton !

En fait, je dois reconnaître que c'était moins difficile que je ne l'aurais cru. Il m'était déjà arrivé de ramper sous une voiture, pour changer l'huile de la voiture de maman, par exemple, et là, c'était un peu pareil. Le mouton se moquait pas mal de ma présence. Même le plus petit des moutons du Cyclope aurait supporté facilement mon poids, et ils avaient tous une laine très épaisse. J'ai entortillé deux grosses mèches pour en faire des poignées auxquelles m'accrocher, coincé mes pieds en équerre contre les cuisses du mouton – et en voiture. J'avais l'impression d'être un bébé kangourou, plaqué comme je l'étais au ventre de l'animal, et je m'efforçais de ne pas me mettre de la laine dans la bouche et dans le nez.

Au cas où vous vous poseriez la question, un ventre de mouton, ça ne sent pas la rose. Imaginez un pull d'hiver qui a traîné dans la boue, avant de séjourner une bonne semaine dans le panier de linge sale, et vous serez assez proche de la réalité.

Le soleil se couchait.

À peine arrimé, j'ai entendu le Cyclope rugir :

– Ouhou ! Les chevrettes ! Les petits moutons !

Docilement, le troupeau s'est rassemblé au pied de la pente pour regagner la grotte.

– Ça y est ! a murmuré Annabeth. Je serai à côté. Ne t'inquiète pas.

J'ai fait aux dieux la promesse silencieuse que, si nous en réchappions, je dirais à Annabeth qu'elle était un génie. Le plus effrayant, c'était que je savais que les dieux me feraient tenir parole.

Mon taxi-mouton s'est engagé sur le flanc de la colline. Au bout d'une centaine de mètres, j'ai commencé à avoir mal aux mains et aux pieds. J'ai resserré ma prise sur la laine du mouton, qui a poussé un grognement. Je le comprenais. Moi non plus, ça ne me plairait pas d'avoir quelqu'un de pendu à mes cheveux. Mais si je ne m'agrippais pas, j'allais tomber, c'était sûr, et pile sous le nez du monstre.

– Hasenpfeffer ! a appelé le Cyclope en tapotant un des moutons qui nous devançait. Einstein ! Bidule ! Hé, dis donc, Bidule !

Polyphème a tapoté mon mouton et failli me décrocher.

– On s'enrobe, mon grand ?

Aïe aïe aïe, ai-je pensé. *Je suis cuit.*

Mais Polyphème s'est contenté de rire et de mettre une claque sur l'arrière-train du mouton, ce qui nous a propulsés en avant.

– Vas-y, mon gros ! Bientôt Polyphème te mangera pour son petit déj' !

Et voilà comment je me suis retrouvé à l'intérieur de la grotte.

J'ai vu le dernier mouton entrer. Si Annabeth ne lançait pas vite sa diversion...

Le Cyclope allait remettre le rocher à sa place quand Annabeth a crié, de l'extérieur :

– Salut, affreux !

Polyphème s'est raidi.

– Qui a dit ça ?

– Personne ! a hurlé Annabeth.

Réponse qui a déclenché exactement la réaction voulue : le monstre est devenu rouge de colère.

– Personne ! a-t-il rugi. Je me souviens de toi !

– Tu es bien trop stupide pour te souvenir de qui que ce soit ! l'a provoqué Annabeth. Et encore moins de Personne.

J'ai prié les dieux qu'elle ait déjà commencé à se déplacer car Polyphème a poussé un rugissement de rage, saisi le rocher le plus proche (en l'occurrence sa porte d'entrée) et l'a projeté dans la direction de la voix d'Annabeth. J'ai entendu le rocher voler en éclats.

Il s'est fait un silence bref, mais terrible. Puis Annabeth a crié :

– Tu n'as toujours pas appris à viser !

– Viens ici ! a hurlé Polyphème, viens que je te tue, Personne !

– Tu ne peux tuer Personne, gros balourd ! Viens me chercher !

Polyphème a dévalé la colline, vers le son de sa voix.

Cette histoire de « Personne » aurait paru absurde à n'importe qui d'autre, mais Annabeth m'avait expliqué que c'était le nom dont Ulysse s'était servi pour berner Polyphème il y avait de cela plusieurs siècles, juste avant de lui crever l'œil avec un pieu brûlant. Annabeth s'était dit que ce nom réveillerait la colère de Polyphème et elle avait vu juste. Ne pensant plus qu'à retrouver son vieil ennemi, le Cyclope a oublié de refermer l'entrée de la grotte. Il n'a même pas pris le temps, visiblement, de se rendre compte que la voix d'Annabeth était une voix féminine, alors que le premier Personne était un homme. Cela dit, il avait été prêt à épouser Grover, alors peut-être ne maîtrisait-il pas très bien la distinction mâle/femelle.

J'espérais juste qu'Annabeth resterait en vie et détournerait l'attention de Polyphème assez longtemps pour me permettre de retrouver Clarisse et Grover.

Je me suis laissé tomber au sol et j'ai donné une petite tape sur la tête de Bidule en m'excusant. J'ai fouillé la grotte principale, sans apercevoir aucune trace de Grover ni de Clarisse. J'ai traversé la marée de moutons et de chèvres pour m'enfoncer dans la grotte.

Bien que j'aie vu les lieux en rêve, j'avais du mal à m'orienter dans ce dédale. J'ai longé des tunnels jonchés d'os, des cavernes pleines de peaux de mouton et de moutons en ciment grandeur nature, où j'ai reconnu le travail de Méduse. Il y avait des piles de tee-shirts avec des images de moutons, des baquets de crème à la lanoline, des chaussettes et des manteaux de laine, des chapeaux ornés de cornes de bélier. J'ai fini par tomber sur la salle de tissage où Grover, recroquevillé dans un coin, essayait de couper les liens de Clarisse avec des ciseaux à bouts ronds.

– Ça sert à rien, disait Clarisse. Cette corde est comme du fer !

– Encore quelques minutes !

242

– Grover ! s'est-elle écriée, exaspérée. Ça fait des heures que tu essaies !

C'est alors qu'ils m'ont vu.

– Percy ? ! a fait Clarisse. Je croyais que t'avais sauté !

– Moi aussi, je suis ravi de te voir, Clarisse. Maintenant ne bouge pas, le temps que...

– Perrrrcy ! a bêlé Grover, qui m'a sauté au cou. Tu m'as entendu ! Tu es venu !

– Ouais, mon pote. Bien sûr que je suis venu.

– Où est Annabeth ?

– Dehors. Mais on n'a pas le temps de parler. Clarisse, ne bouge pas.

J'ai retiré le capuchon de Turbulence et tranché les liens de Clarisse. Elle s'est dépliée avec raideur et s'est frotté les poignets. Elle m'a gratifié d'un regard noir, puis elle a baissé les yeux vers le sol et bougonné :

– Merci.

– Pas de quoi, ai-je répondu. Dis-moi un truc, est-ce qu'il y avait quelqu'un d'autre avec toi dans ton canot de sauvetage ?

Clarisse a eu l'air étonnée.

– Non, rien que moi. Tous les autres à bord du *Birmingham*... enfin, je ne savais même pas que vous aviez survécu, vous autres.

J'ai détourné le regard, refusant d'admettre que mon dernier espoir de revoir Tyson vivant venait d'être anéanti.

– Bon. Venez. Il faut qu'on aille aider...

Une explosion a retenti dans les tunnels de la grotte, suivie d'un cri qui me disait que nous arriverions peut-être trop tard. C'était Annabeth, qui hurlait de peur.

15 LA TOISON TOMBE ENTRE LES MAINS DE PERSONNF

– J'ai eu Personne ! a jubilé Polyphème

Nous nous sommes faufilés sans bruit jusqu'à l'orée de la grotte. Le Cyclope se tenait debout devant nous, souriant de toutes ses dents, empoignant d'une main l'air vide. Il a secoué le poing et une casquette de base-ball est tombée par terre en tourbillonnant. Annabeth pendait par les pieds entre les doigts du monstre.

– Ha ! s'est-il écrié. Méchante fille invisible ! J'ai déjà une fille fougueuse comme femme. Alors peut-être que, toi, je vais te griller avec compotée de mangues !

Annabeth se débattait mais elle semblait sonnée. Une vilaine plaie lui entaillait le front. Elle avait le regard vitreux

– Je vais l'attaquer, ai-je glissé à l'oreille de Clarisse. Notre bateau est à l'arrière de l'île. Grover et toi...

– Pas question, ont-ils dit tous les deux à la fois.

Clarisse s'était armée d'une lance en corne de bélier, très « collector », qu'elle avait dégotée dans la grotte du Cyclope. Grover avait trouvé un fémur de mouton, ce qui n'avait pas l'air de lui faire plaisir, mais il le brandissait comme une massue, prêt à frapper.

244

– Nous allons l'attaquer ensemble, a grogné Clarisse.

– Ouais, a acquiescé Grover, qui a ensuite cligné des yeux, comme s'il n'en revenait pas d'être tombé d'accord avec Clarisse.

– Très bien, ai-je dit. Plan d'attaque Macédoine.

Ils ont hoché la tête. Nous avions tous suivi les mêmes entraînements à la Colonie des Sang-Mêlé. Ils savaient de quoi je parlais. Ils se faufileraient de chaque côté du Cyclope et l'attaqueraient par les flancs, tandis que je retiendrais son attention sur le devant. Ce qui signifiait sans doute que nous mourrions tous, et pas seulement moi, mais je leur étais reconnaissant de leur aide.

J'ai brandi mon épée et crié :

– Hé, Affreux !

Le géant a fait volte-face vers moi ·

– Quoi, un autre ? Qui es-tu ?

– Pose mon amie par terre. C'est moi qui t'ai insulté.

– Tu es Personne ?

– Exact, gros seau de morve qui pue ! (Ça n'avait pas la classe des invectives d'Annabeth, mais c'est tout ce qui m'était venu à l'esprit.) Je suis Personne et fier de l'être ! Maintenant pose-la par terre et amène-toi par ici, que je te crève l'œil de nouveau.

– RAAARRRR !

Bonne nouvelle : il a lâché Annabeth. Mauvaise nouvelle : il l'a lâchée tête la première sur les rochers, où elle est restée inerte comme une poupée de chiffon.

Autre mauvaise nouvelle : Polyphème a foncé droit sur moi, cinq cents kilos de Cyclope puant que j'allais devoir combattre avec une très petite épée.

– Prends ça pour Pan ! a crié Grover, en attaquant par la droite.

Il a lancé son os de mouton, qui a ricoché sur le front du monstre comme une brindille inoffensive. Clarisse a accouru par la gauche et placé sa lance debout sur le sol juste à temps pour que le Cyclope marche dessus. Il a poussé un gémissement de douleur et Clarisse s'est jetée sur le côté pour ne pas être écrasée sous son pied. Mais le Cyclope a retiré la lance comme si ce n'était qu'une écharde et continué d'avancer vers moi.

J'ai brandi Turbulence.

Le monstre a tenté de m'attraper. Je l'ai esquivé d'un bond et j'ai planté ma lame dans sa cuisse.

J'espérais le voir se désintégrer, mais ce monstre-là était beaucoup trop grand et trop puissant.

– Va chercher Annabeth ! ai-je crié à Grover.

Il a foncé, ramassé la casquette d'invisibilité et pris Annabeth dans ses bras, pendant que Clarisse et moi nous efforcions de retenir l'attention de Polyphème.

Je dois reconnaître que Clarisse était courageuse. Sans relâche, elle assaillait le Cyclope. Il piétinait le sol, jetait le bras vers elle, tentait de l'écraser sous son pied, mais elle était trop rapide. Et dès qu'elle l'attaquait, je venais à la rescousse en plantant mon épée dans son orteil, sa cheville ou sa main.

Mais nous ne pouvions pas tenir éternellement. Nous allions finir par fatiguer, ou le Cyclope aurait un coup de chance. Il lui suffirait de viser juste une seule fois pour nous tuer.

Du coin de l'œil, j'ai vu Grover qui traversait le pont de corde en portant Annabeth. Ça n'aurait pas été mon premier choix, vu la présence des moutons mangeurs d'hommes, mais sur le moment cela m'a paru plus sûr que notre côté du gouffre et ça m'a donné une idée.

– Repli ! ai-je ordonné à Clarisse.

Elle a roulé sur elle-même tandis que le poing du Cyclope écrasait un olivier, tout près d'elle.

Nous avons couru vers le pont, Polyphème sur nos talons. Il boitait à cause des nombreuses blessures que nous lui avions infligées, mais tout ce que nous avions réussi à faire, c'était le ralentir et le mettre en rage.

– Je vais vous hacher menu pour mes moutons ! a-t-il promis. Sois maudit mille fois, Personne !

– Plus vite ! ai-je dit à Clarisse.

Nous avons dévalé la colline à toute vitesse. Le pont était notre unique chance. Grover venait d'arriver de l'autre côté et déposait Annabeth au sol. Il fallait que nous traversions, nous aussi, avant que le géant ne nous rattrape.

– Grover ! ai-je hurlé. Prends le poignard d'Annabeth !

Il a écarquillé des yeux en apercevant le Cyclope à nos trousses, mais hoché la tête pour me dire qu'il avait compris. Tandis que Clarisse et moi crapahutions sur la passerelle, Grover s'est attaqué aux cordes.

Clac ! a fait la première.

Polyphème a sauté derrière nous, faisant valser la passerelle.

Les cordes étaient à moitié coupées, à présent. Clarisse et moi avons plongé vers la terre ferme et atterri à côté de Grover. D'un grand coup d'épée, j'ai tranché les dernières cordes.

Le pont est tombé dans le gouffre et le Cyclope a hurlé... de joie, car il se tenait juste à côté de nous.

– Raté ! a-t-il crié avec jubilation. Personne a raté !

Clarisse et moi avons tenté de l'attaquer, mais il nous a repoussés comme des mouches.

J'ai senti la colère monter en moi. Je ne voulais pas croire que j'avais fait tout ce chemin, perdu Tyson, subi tant d'épreuves, pour échouer – arrêté par un gros monstre stupide en kilt bleu layette. Personne ne pouvait écraser mes amis comme des mouches ! Je veux dire *personne*, pas Personne. Enfin, vous voyez ce que je veux dire.

La force s'est répandue dans mon corps. J'ai brandi mon épée et attaqué, oubliant que je ne faisais vraiment pas le poids. J'ai planté ma lame dans le ventre du Cyclope. Quand il s'est plié en deux, je lui ai asséné un coup sur le nez avec le pommeau. J'ai pourfendu, tapé, cogné, tant et si bien que soudain j'ai vu Polyphème allongé sur le dos, sonné, gémissant. J'étais debout au-dessus de lui, la pointe de ma lame juste au-dessus de son œil.

– Ouhououhhhh, a fait Polyphème.

– Percy ! a hoqueté Grover. Comment as-tu...

– S'il te plaît, non ! a supplié le Cyclope, en me regardant d'un air pitoyable. (Il saignait du nez. Une larme a perlé au coin de son œil à moitié aveugle.) Mes petits moutons ont besoin de moi. J'essaie juste de protéger mes moutons !

Il a éclaté en sanglots.

J'avais gagné. Il ne me restait plus qu'à frapper – un seul coup d'épée rapide.

– Tue-le ! a hurlé Clarisse. Qu'est-ce que tu attends ?

Le Cyclope avait tant de chagrin dans la voix, exactement comme... comme Tyson.

– C'est un Cyclope ! Ne lui fais pas confiance ! m'a averti Grover.

Je savais qu'il avait raison. Je savais qu'Annabeth aurait dit la même chose.

Mais Polyphème sanglotait... et pour la première fois j'ai réalisé que c'était un fils de Poséidon, lui aussi. Comme Tyson. Comme moi. Alors comment pouvais-je le tuer de sang-froid ?

– Nous voulons seulement la Toison, ai-je dit au monstre. Vas-tu nous laisser l'emporter ?

– Non ! a crié Clarisse. Tue-le !

Le monstre a reniflé.

– Ma superbe Toison ! Joyau de ma collection. Prends-la, cruel humain. Prends-la et va en paix.

– Je vais reculer lentement. Un seul geste et...

Polyphème a hoché la tête comme s'il comprenait.

J'ai reculé d'un pas... Rapide comme un cobra, Polyphème m'a envoyé valdinguer au bord de la falaise.

– Stupide mortel ! a-t-il rugi en se relevant. Toi, prendre ma Toison ? Ha ! Je te mangerai d'abord !

Il a ouvert son énorme bouche et j'ai su que ses molaires pourries seraient la dernière image que j'emporterais avec moi.

Alors quelque chose a fait *pfuitt* ! au-dessus de ma tête et *bing* !

Une pierre de la taille d'un ballon de basket-ball a piqué dans la gorge de Polyphème – un sublime tir à trois points, panier marqué sans toucher le cercle. Le Cyclope s'est étranglé en essayant d'avaler cette pilule-surprise. Il a titubé en arrière, mais il n'y avait nulle part où tituber. Son talon a glissé, le bord de la falaise s'est éboulé et le grand Polyphème s'est mis à agiter les bras comme un poulet qui bat des ailes, ce qui ne l'a pas beaucoup aidé à voler quand il est tombé dans le gouffre.

Je me suis retourné.

À mi-chemin du sentier qui menait à la plage, debout au milieu d'un troupeau de moutons mangeurs d'hommes qui ne lui faisaient pas le moindre mal, se tenait un vieil ami.

– Vilain Polyphème, a dit Tyson. Les Cyclopes sont pas tous aussi gentils que nous en avons l'air.

Tyson nous a donné la version courte : Arc-en-ciel l'hippocampe, qui, apparemment, nous avait suivis depuis le détroit de Long Island en attendant que Tyson revienne jouer avec lui, l'avait vu couler sous l'épave du *Birmingham* et l'avait porté en lieu sûr. Depuis, Tyson et lui avaient sillonné la mer des Monstres pour nous retrouver. Jusqu'au moment où Tyson avait senti l'odeur des moutons et abouti à l'île de Polyphème.

J'aurais voulu serrer le gros balourd dans mes bras, mais il était entouré de moutons mangeurs d'hommes.

– Tyson, les dieux soient loués ! Annabeth est blessée.

– Tu remercies les dieux qu'elle soit blessée ? a-t-il demandé avec perplexité.

– Non !

Je me suis agenouillé à côté d'Annabeth et ce que j'ai vu m'a terriblement inquiété. Elle avait la peau blême et moite. La blessure à son front était beaucoup plus grave que je ne croyais. Ses cheveux étaient imbibés de sang.

Grover et moi avons échangé un regard paniqué. Puis une idée m'est venue.

– Tyson. La Toison. Peux-tu aller la chercher pour moi ?

– Laquelle ? a demandé Tyson en regardant les centaines de moutons.

– Dans l'arbre ! La dorée !

– Ah. Joli. Oui.

Tyson s'est mis à grimper à pas lourds, en faisant attention à ne pas piétiner les moutons. Si l'un de nous avait tenté de s'approcher de la Toison, les moutons carnivores l'auraient dévoré, mais Tyson devait avoir la même odeur que Polyphème puisqu'ils ne l'ont pas embêté du tout. Au contraire, ils se pressaient contre lui en bêlant affectueusement, comme s'ils espéraient recevoir des gourmandises du grand panier d'osier. Tyson a tendu la main et décroché la Toison de sa branche. Immédiatement, les feuilles du chêne ont jauni. Tyson a tourné les talons pour revenir vers moi, mais je lui ai crié :

– Pas le temps ! Lance-la !

La toison du bélier d'or a fendu l'air comme un scintillant frisbee à longs poils. Je l'ai cueillie au vol. Un grognement m'a échappé : je ne m'étais pas attendu à ce qu'elle soit si lourde. Trente à trente-cinq kilos de précieuse laine d'or.

J'ai couvert Annabeth avec la Toison, ne laissant que le bout de son nez dépasser, et j'ai adressé des prières silencieuses à tous les dieux auxquels j'ai pu penser, même ceux que je n'aimais pas.

S'il vous plaît. S'il vous plaît.

Son visage a repris des couleurs. Elle a ouvert les yeux en

battant des paupières. La plaie à son front a commencé à se refermer. Elle a vu Grover et dit d'une petite voix :

– Tu... n'es pas marié ?

Grover a souri :

– Mes amis m'en ont dissuadé.

– Annabeth, ai-je dit. Reste tranquille.

Mais, malgré nos protestations, elle s'est redressée et j'ai remarqué que sa blessure était presque complètement cicatrisée. Elle avait bien meilleure mine. En fait, elle irradiait la santé, comme si on lui avait injecté des paillettes.

De son côté, Tyson avait maintenant des problèmes avec les moutons.

– Couchés ! lançait-il à ceux, de plus en plus nombreux, qui essayaient de grimper sur lui en cherchant à manger. (Certains reniflaient dans notre direction.) Non, les petits moutons. Par ici ! Venez !

Ils l'écoutaient mais il était clair qu'ils avaient faim et comprenaient peu à peu que Tyson n'avait rien pour eux. Ils n'allaient pas attendre éternellement avec autant de viande fraîche à portée de crocs.

– Nous devons partir, ai-je dit. Notre bateau...

La Revanche de la Reine Anne était très loin. Le plus court chemin aurait été de traverser le gouffre, mais nous venions de détruire l'unique pont. La seule possibilité qui nous restait, c'était de passer entre les moutons.

– Tyson, lui ai-je crié. Peux-tu éloigner le troupeau au maximum ?

– Les moutons veulent à manger.

– Je sais ! Ils veulent des gens à manger ! Écarte-les du sentier, c'est tout. Donne-nous le temps d'aller à la plage et puis rejoins-nous là-bas.

Tyson a paru hésitant, mais il a sifflé.

– Venez, les petits moutons ! Euh, les gens à manger, c'est par là !

Il est parti en trottant dans la prairie, suivi des moutons.

– Garde la Toison sur tes épaules, ai-je conseillé à Annabeth. Au cas où tu ne serais pas encore entièrement rétablie. Tu peux te lever ?

Elle a essayé, mais son visage a blêmi de nouveau.

– Ooh, pas entièrement rétablie, comme tu dis.

Clarisse s'est agenouillée près d'elle et lui a palpé la poitrine, ce qui a fait hoqueter Annabeth.

– Côtes cassées, a déclaré Clarisse. Elles sont en train de se consolider, mais elles sont cassées, aucun doute là-dessus.

– Comment tu le sais ? lui ai-je demandé.

Clarisse m'a fusillé du regard :

– Parce que je m'en suis cassé un paquet, nabot ! Je vais devoir la porter.

Sans me laisser le temps de discuter, Clarisse a jeté Annabeth sur son épaule comme un sac de farine et pris le chemin de la plage. Grover et moi lui avons emboîté le pas.

Aussitôt arrivé au bord de l'eau, je me suis concentré sur *La Revanche de la Reine Anne*. Je lui ai intimé de lever l'ancre et de venir à moi. Au bout de quelques minutes d'angoisse, j'ai vu le bateau doubler la pointe de l'île.

– J'arrive ! a crié Tyson.

Il dévalait le sentier pour nous rattraper. Les moutons, à une cinquantaine de mètres derrière lui, poussaient des bêle ments de frustration en voyant leur ami Cyclope se sauver sans les nourrir.

– Ils ne nous suivront sans doute pas dans l'eau, ai-je dit aux autres. Il ne nous reste plus qu'à gagner le bateau à la nage.

– Avec Annabeth dans cet état ? a protesté Clarisse.

– C'est jouable, ai-je insisté. (J'étais de retour sur mon terrain, la mer, et je commençais à reprendre confiance.) Une fois à bord, nous serons hors de danger.

Nous avons bien failli y parvenir.

Nous étions entrés dans l'eau et passions juste devant l'orée du gouffre quand nous avons entendu un rugissement formidable et vu Polyphème, égratigné et blessé de partout mais bien vivant, son costume de marié bleu layette en lambeaux, qui avançait vers nous en soulevant des gerbes d'eau, un rocher rond dans chaque main.

16 JE COULE AVEC LE NAVIRE

– Jamais il tombe en panne de rochers, celui-là ? ai-je bougonné.

– Nagez ! a crié Grover.

Clarisse et lui ont plongé dans les vagues. Annabeth s'est accrochée au cou de Clarisse et a tenté de pagayer d'une main, mais le poids de la Toison gorgée d'eau la handicapait.

Ce n'était pas la Toison, pourtant, qui retenait l'attention du monstre.

– Toi, le jeune Cyclope ! a rugi Polyphème. Traître à ta famille !

Tyson s'est immobilisé.

– Ne l'écoute pas ! l'ai-je supplié. Viens !

Je l'ai tiré par le bras, mais il est resté aussi inébranlable qu'une montagne.

– Je ne suis pas un traître ! a-t-il déclaré en se tournant vers Polyphème.

– Tu sers des mortels ! a crié ce dernier. Des humains voleurs !

Sur ces mots, il a projeté le premier rocher. Tyson l'a écarté d'un revers de main.

– Pas un traître ! Et tu n'es pas ma famille !

– Vaincre ou mourir !

Polyphème a chargé, mais son pied était encore blessé. Il a tout de suite titubé et s'est étalé à plat ventre dans l'eau. Ce qui aurait pu être drôle, sauf qu'il s'est immédiatement relevé en crachant de l'eau de mer et en grondant.

– Percy ! a hurlé Clarisse. Viens !

Ils étaient presque arrivés au bateau avec la Toison. Si je pouvais distraire le monstre juste un peu plus longtemps...

– Vas-y, m'a dit Tyson. Je vais occuper Gros Affreux.

– Non ! Il te tuera. (J'avais déjà perdu Tyson une fois. Je n'étais pas prêt à le perdre de nouveau.) Nous allons le combattre ensemble.

– Ensemble, a acquiescé Tyson.

J'ai dégainé mon épée.

Polyphème avançait à pas prudents, boitant plus que jamais. En revanche, il n'avait aucun problème avec ses bras. Il a projeté le second rocher. J'ai plongé sur le côté, mais j'aurais quand même été écrasé si Tyson ne l'avait pas intercepté d'un coup de poing et fait voler en éclats.

J'ai intimé aux flots l'ordre de se lever. Une vague de six mètres s'est formée, me hissant sur sa crête. Je l'ai laissée me porter vers le Cyclope à qui j'ai donné un coup de pied dans l'œil, puis j'ai sauté par-dessus sa tête tandis que la vague le jetait sur la plage.

– Je vais te massacrer ! a bafouillé Polyphème en crachotant. Voleur de Toison !

– C'est toi qui as volé la Toison ! ai-je hurlé. Tu t'en sers pour attirer les satyres dans ton piège mortel !

– Et alors ? C'est bon à manger, le satyre !

– La Toison doit servir à guérir ! Elle appartient aux enfants des dieux !

– Je suis un enfant des dieux, figure-toi ! (Polyphème m'a balancé une droite, que j'ai esquivée d'un bond sur le côté.) Poséidon, mon père, maudis ce voleur !

Le Cyclope clignait sans cesse de l'œil, à présent, comme s'il n'y voyait plus rien, et je me suis rendu compte qu'il se guidait à l'oreille pour viser.

– Poséidon ne me maudira pas, ai-je dit en reculant, tandis que la main du Cyclope se refermait sur du vide. Je suis son fils, moi aussi. Il n'a pas de préféré.

Polyphème a rugi. Il a arraché un olivier du flanc de la colline et l'a asséné à l'endroit où je me tenais un instant plus tôt.

– Les humains, c'est pas pareil ! Méchants, rusés, menteurs !

Grover aidait Annabeth à monter à bord du bateau. Quant à Clarisse, elle m'adressait des gestes frénétiques en me criant de venir.

Tyson a contourné le grand Cyclope pour tenter de se placer derrière lui.

– Petit ! a appelé Polyphème. Où es-tu ? Aide-moi !

Tyson s'est figé.

– Tu n'as pas été élevé comme il faut ! a poursuivi Polyphème d'un ton geignard, en agitant l'olivier qui lui servait de massue. Pauvre frère orphelin ! Aide-moi !

Personne n'a bougé. Seuls le bruit de la mer et les battements de mon cœur troublaient le silence. Alors Tyson s'est avancé, les mains levées en geste de défense.

– Ne frappe pas, frère Cyclope. Dépose...

Polyphème a pivoté dans la direction de sa voix.

– Tyson ! ai-je crié.

L'arbre s'est abattu sur lui avec une force qui m'aurait réduit en pizza Percy aux olives. Tyson a voltigé en arrière, creusant une tranchée dans le sable. Polyphème a chargé mais j'ai crié « Non ! » et bondi le plus loin que j'ai pu, Turbulence à bout de bras. J'espérais piquer Polyphème à l'arrière de la cuisse mais je suis arrivé à sauter un petit peu plus haut.

— Bêêêh ! a bêlé le grand Cyclope, exactement comme ses moutons.

Là-dessus, il a asséné l'arbre de nouveau. J'ai plongé, mais plusieurs branches m'ont quand même éraflé le dos. Je saignais, j'avais des contusions partout et j'étais à bout de forces. Le cochon d'Inde en moi voulait prendre la fuite, mais j'ai ravalé ma peur.

Une troisième fois, Polyphème a balancé l'arbre, mais là j'étais prêt. J'ai saisi une branche au passage, ignorant la douleur qui a irradié dans mes mains quand j'ai été soulevé d'une secousse, et j'ai laissé le Cyclope me hisser dans les airs. Au sommet de l'arc de cercle, j'ai lâché prise et suis tombé pile sur la figure du géant, à pieds joints sur son œil déjà blessé.

Polyphème a hurlé de douleur. Tyson l'a saisi à bras-le-corps et l'a plaqué au sol. Je me suis posé à côté d'eux, l'épée à la main, assez près pour planter ma lame dans le cœur du monstre. Mais alors, j'ai croisé le regard de Tyson et compris que je ne pourrais pas me résoudre à faire cela. Quelque part, ce n'était pas bien.

— Laisse-le partir, ai-je dit à Tyson. Cours.

Rassemblant ses forces, Tyson a poussé au loin le Cyclope qui jurait et pestait, et nous avons couru à toutes jambes vers la mer.

— Je vais t'écrabouiller ! a hurlé Polyphème, plié en deux par la douleur, couvrant son œil blessé de ses deux énormes paluches.

Tyson et moi nous sommes jetés dans les vagues.

– Où êtes-vous ? a rugi le monstre.

Il a ramassé son olivier et l'a lancé dans l'eau. L'arbre s'est abattu à notre droite.

J'ai fait appel à un courant pour qu'il nous porte et, en quelques instants, nous avons pris de la vitesse. Je commençais à me dire que nous allions parvenir au bateau sains et saufs quand Clarisse a crié depuis le pont :

– Bien joué, Jackson ! Tu l'as dans le baba, Cyclope !

La ferme, avais-je envie de hurler.

– Rarrrr !

Polyphème a ramassé un rocher rond. Il l'a lancé dans la direction de la voix de Clarisse, mais l'a manquée de peu : le projectile s'est abattu dans l'eau, tout près de Tyson et moi.

– Na na nère ! l'a provoqué Clarisse. Tu vises comme une mauviette ! Ça t'apprendra à vouloir m'épouser, gros imbécile !

– Clarisse, ai-je crié, n'y tenant plus. Ferme-la !

Trop tard. Polyphème a lancé un autre rocher et, cette fois-ci, je n'ai pu que le regarder avec impuissance dessiner un arc de cercle au-dessus de ma tête et venir fracasser la coque de *La Revanche de la Reine Anne*.

Vous seriez surpris par la vitesse à laquelle un bateau coule. Dans un concert de craquements, *La Revanche de la Reine Anne* a piqué du nez comme si elle s'engageait sur un toboggan.

J'ai juré, pressant les flots de nous pousser plus vite, mais les mâts du bateau disparaissaient déjà.

– Plonge ! ai-je dit à Tyson.

Alors qu'un autre rocher passait au-dessus de nos têtes, nous avons plongé sous l'eau.

Mes amis coulaient à toute vitesse, emportés dans le sillage bouillonnant de l'épave du bateau, malgré leurs efforts pour nager.

Peu de gens mesurent la force d'aspiration d'un bateau qui coule : agissant comme un entonnoir naturel, l'épave entraîne dans sa chute tout ce qui l'entoure. Même Clarisse, qui était une excellente nageuse, n'avançait pas. Grover donnait des coups de sabot. Annabeth s'accrochait à la Toison, qui brillait sur l'eau comme une vague de centimes neufs.

Je nageais vers eux tout en sachant que je n'aurais peut-être pas la force de ramener mes amis à la surface. Pire, des bouts de bois tourbillonnaient autour d'eux : mes pouvoirs sur l'eau ne nous avanceraient pas à grand-chose, si je prenais un coup sur la tête.

Nous avons besoin d'aide, ai-je pensé.

Oui. C'était la voix de Tyson, bien claire et distincte dans ma tête.

Je l'ai regardé avec stupéfaction. J'avais déjà entendu des néréides et d'autres esprits aquatiques me parler sous l'eau, mais il ne m'était jamais venu à l'idée... Tyson était un fils de Poséidon. Nous pouvions communiquer.

Arc-en-ciel, a dit Tyson.

J'ai hoché la tête, puis j'ai fermé les yeux et je me suis concentré, ajoutant ma voix à celle de Tyson :

ARC-EN-CIEL ! Nous avons besoin de toi !

Aussitôt, des formes ont scintillé dans l'obscurité des profondeurs – trois chevaux à queue de poisson, qui ont grimpé vers nous plus vite que des dauphins. Arc-en-ciel et ses compagnons ont lancé un coup d'œil dans notre direction et paru lire nos pensées. Ils ont piqué vers l'épave et, un instant plus tard, sont remontés à la surface dans un nuage de bulles. Grover, Annabeth et Clarisse s'agrippaient chacun au cou d'un hippocampe.

Arc-en-ciel, le plus grand des trois, portait Clarisse. Il a foncé vers nous et permis à Tyson de s'accrocher à sa crinière. Son camarade qui avait pris Annabeth en croupe en a fait autant pour moi.

Et nous avons foncé en fendant les flots, laissant derrière nous l'île de Polyphème. Dans mon dos, j'entendais les cris de triomphe du Cyclope :

– J'y suis arrivé ! J'ai enfin coulé Personne !

J'ai espéré qu'il ne découvre jamais son erreur.

Nous rasions les flots et, rapidement, l'île n'a plus été qu'un point à l'horizon, pour bientôt disparaître.

– On y est arrivés, a bafouillé Annabeth, à bout de forces. On a...

Elle s'est effondrée contre le cou de l'hippocampe et s'est endormie instantanément.

J'ignorais jusqu'où les hippocampes pourraient nous emmener. J'ignorais où nous allions. J'ai redressé Annabeth pour qu'elle ne tombe pas, je l'ai couverte de la Toison d'or que nous avions acquise au prix de tant d'épreuves et j'ai adressé une prière de remerciements silencieuse aux dieux.

Ce qui m'a rappelé quelque chose... J'avais encore une dette envers eux.

– Tu es un génie, ai-je dit calmement à Annabeth.

Et puis j'ai posé la tête contre la Toison et je me suis endormi en un clin d'œil, moi aussi.

17 UNE SURPRISE NOUS ATTEND
À MIAMI

– **P**ercy, réveille-toi.

De l'eau de mer m'éclaboussait la figure ; Annabeth me secouait par l'épaule.

Au loin, le soleil se couchait sur une ville. J'ai aperçu une promenade de bord de mer plantée de palmiers, des néons rouges et bleus, un port plein de voiliers et de bateaux de croisière.

– C'est Miami, je crois, a dit Annabeth. Mais nos amis se comportent bizarrement.

Le fait est que les hippocampes avaient ralenti l'allure et décrivaient des cercles en hennissant et en reniflant l'eau. Ils n'avaient pas l'air heureux. L'un d'eux a éternué. J'ai compris ce qu'ils pensaient.

– Ils ne nous emmèneront pas plus loin, ai-je expliqué. Trop d'êtres humains. Trop de pollution. Nous allons devoir gagner la plage à la nage.

Aucun de nous n'était emballé par cette perspective, mais nous avons remercié Arc-en-ciel et ses amis de nous avoir portés jusque-là. Tyson a versé quelques larmes. Il a détaché la besace de selle qu'il s'était improvisée et qui contenait sa trousse à outils ainsi que les deux ou trois choses qu'il avait sauvées de l'épave du *Birmingham*, puis il a serré Arc-en-ciel dans ses bras, lui a donné une mangue molle qu'il avait cueillie sur l'île et lui a dit au revoir.

Dès que les flots se sont refermés sur les crinières blanches des hippocampes, nous sommes partis à la nage vers le rivage. Poussés par les vagues, nous avons rejoint le monde des mortels en un rien de temps. Nous nous sommes mis à déambuler sur les quais, fendant la foule des vacanciers qui descendaient des paquebots. Des portiers allaient et venaient en poussant des chariots de bagages. Des chauffeurs de taxi s'interpellaient en espagnol et essayaient de se piquer des clients. Si des gens nous remarquaient – cinq jeunes dégoulinants d'eau qui avaient l'air réchappés d'un combat contre un monstre – ils n'en montraient rien.

Maintenant que nous étions de retour parmi les mortels, l'œil unique de Tyson était de nouveau caché par la Brume. Grover avait mis sa casquette et ses baskets. Même la Toison s'était transformée : la peau de bélier magique avait pris l'apparence d'un blouson rouge et doré.

Annabeth a couru au kiosque le plus proche pour regarder la date sur le *Miami Herald*. Elle a étouffé un juron.

– 18 juin ! Ça fait dix jours que nous sommes partis de la colonie !

– Impossible ! s'est écriée Clarisse.

Mais je savais bien que non. Le temps s'écoule différemment dans les lieux monstrueux.

– L'arbre de Thalia doit être presque mort, a gémi Grover. Nous devons à tout prix rapporter la Toison ce soir.

Clarisse s'est laissée tomber sur le trottoir.

– Comment veux-tu qu'on fasse ? (Sa voix tremblait.) On est à des centaines de kilomètres. On n'a pas d'argent. Pas de moyen de transport. Exactement comme l'Oracle l'avait dit. C'est ta faute, Jackson ! Si tu ne t'étais pas mêlé...

– La faute de Percy ? a explosé Annabeth. Clarisse, comment peux-tu dire ça ? Tu es la plus grande...

– Arrêtez ! ai-je crié.

Clarisse s'est pris la tête dans les mains. Annabeth a tapé du pied avec frustration.

La vérité, c'était que j'avais perdu de vue que cette quête était censée être celle de Clarisse. Un court et inquiétant moment j'ai vu les choses de son point de vue. Comment le prendrais-je, si une poignée de héros s'immisçaient dans ma quête et me discréditaient ?

J'ai repensé à la conversation que j'avais surprise dans la chaufferie du *Birmingham* – Arès qui passait un savon à Clarisse, en l'avertissant qu'elle n'avait pas intérêt à échouer. Arès se moquait pas mal de la colonie, mais si Clarisse lui faisait perdre la face...

– Clarisse, ai-je demandé, que t'a dit l'Oracle, au juste ?

Elle a levé la tête. J'ai cru qu'elle allait m'envoyer promener, mais elle a pris une grande inspiration et récité sa prophétie :

> *À bord du vaisseau de fer aux guerriers d'os tu navigueras,*
> *Ce que tu cherches tu trouveras et tu t'approprieras*
> *Mais enfermée dans la pierre tu croiras à ton trépas,*
> *Sans amis tu échoueras ; par vol seule tu rentreras.*

– Aïe, a grommelé Grover.

Non, non, ai-je dit. Attendez une minute. J'ai compris.

J'ai fouillé mes poches, mais n'y ai trouvé qu'une drachme en or.

– Quelqu'un a de l'argent ? ai-je demandé.

Annabeth et Grover ont secoué tristement la tête. Clarisse a extirpé de sa poche un dollar sudiste détrempé, puis poussé un soupir.

– De l'argent ? a fait Tyson d'une voix hésitante. Tu veux dire... le papier vert ?

Je l'ai regardé :

– Ouais, c'est ça.

– Comme dans les sacs marins ?

– Oui, mais on a perdu ces sacs depuis...

Je suis resté bouche bée en voyant Tyson fourrager dans sa besace et en extirper la pochette plastique pleine de dollars qu'Hermès avait mise dans nos bagages.

– Tyson, me suis-je exclamé, comment as-tu...

– Il flottait sur l'eau. J'ai cru que c'était un sac de fourrage pour Arc-en-ciel, mais il n'y a que du papier dedans. Désolé.

Il m'a tendu la pochette. En coupures de cinq et de dix, il y avait au moins trois cents dollars.

J'ai couru au bord du trottoir et arrêté un taxi qui venait de décharger une famille de vacanciers.

– Clarisse, ai-je crié. Viens. Tu vas à l'aéroport. Annabeth, donne-lui la Toison.

Je ne sais pas laquelle des deux a été la plus sidérée en me voyant retirer le blouson-Toison des mains d'Annabeth, fourrer l'argent dans la poche et le mettre dans les bras de Clarisse.

– Tu me laisserais... a commencé Clarisse.

– C'est ta quête l'ai-je interrompue. Nous avons juste de

265

quoi payer un billet. En plus, je ne peux pas prendre l'avion, Zeus me taillerait en pièces. C'est ce que signifiait la prophétie : que tu échouerais sans amis, ce qui veut dire que tu as besoin de notre aide, mais que tu devrais rentrer seule et par avion. Il faut que tu apportes la Toison à bon port.

Je voyais les rouages de son esprit s'activer : d'abord méfiante, elle s'est demandé ce que je tramais, puis elle a fini par trancher que j'étais sincère.

Elle a sauté dans le taxi.

– Tu peux compter sur moi. Je n'échouerai pas.

– Ouais, ce serait plutôt bien de ne pas échouer.

Le taxi s'est éloigné en laissant derrière lui un panache de gaz d'échappement. La Toison d'or commençait son voyage.

– Percy, a dit Annabeth. C'est tellement...

– Généreux ? a suggéré Grover.

– Fou, a rectifié Annabeth. Tu mises la vie de toute la colonie sur la capacité de Clarisse à apporter la Toison là-bas d'ici ce soir ?

– C'est sa quête, ai-je répondu. Elle mérite une chance.

– Percy est gentil, a dit Tyson.

– Percy est trop gentil, a bougonné Annabeth, mais je n'ai pas pu m'empêcher de penser que peut-être, peut-être, elle était un petit peu impressionnée – je l'avais étonnée, en tout cas, ce qui n'était pas facile.

– Venez, ai-je dit à mes amis. Cherchons un autre moyen de rentrer à la maison.

Alors je me suis retourné et j'ai senti la pointe d'une épée contre ma gorge.

– Salut, cousin, a lancé Luke Bon retour aux États-Unis.

Ses hommes-ours ont surgi à ses côtés. L'un d'eux a saisi

Annabeth et Grover par leurs cols de tee-shirt. L'autre a voulu attraper Tyson, mais ce dernier l'a envoyé valser contre une pile de valises et s'est tourné vers Luke en grondant.

– Percy, a articulé Luke d'un ton glacial, dis à ton géant d'arrêter son cirque ou j'ordonnerai à Orios de concasser les têtes de tes amis.

Orios a souri et souleve en l'air Annabeth et Grover, qui se sont mis à hurler et à battre des pieds.

– Qu'est-ce que tu veux, Luke ? ai-je grondé.

Il a souri, plissant la cicatrice qui barrait sa joue.

D'un geste de la main vers le bout du quai, il a montré ce qui aurait dû nous sauter aux yeux. Le plus grand bateau du port était le *Princesse Andromède*.

– Voyons, Percy, vous offrir l'hospitalité, bien sûr.

Les jumeaux-ours nous ont fait monter à bord du *Princesse Andromède*. Ils nous ont jetés sur le pont arrière, devant une piscine agrémentée de jets d'eau étincelants. Une douzaine des sbires de Luke – créatures reptiliennes, Lestrygons et demi-dieux en armure de combat – s'étaient assemblés pour nous voir jouir de « l'hospitalité » de Luke.

– Alors, cette Toison, a dit Luke d'un ton songeur. Où est-elle ?

Il nous a scrutés de la tête aux pieds, piquant ma chemise du bout de son épée, enfonçant la pointe dans le jean de Grover.

– Hé ! s'est écrié Grover. C'est de la vraie fourrure de chèvre là-dessous !

– Excuse-moi, vieux frère, a dit Luke en souriant. Donne-moi juste la Toison et je te laisserai retourner à ta, euh, petite quête.

– Bêh ! a protesté Grover. Tu parles d'un vieux frère !

– Il me semble que vous ne m'avez bien pas entendu. (La voix de Luke était d'un calme inquiétant.) Où-est-la-Toison ?

– Pas ici, ai-je répondu. (J'aurais sans doute dû m'abstenir, mais c'était trop tentant de lui jeter la vérité à la figure.) Nous l'avons déjà expédiée. Tu as foiré.

Luke a plissé les yeux.

– Tu mens. Vous n'auriez pas pu... (Soudain son visage s'est empourpré tandis qu'une horrible possibilité lui venait à l'esprit.) Clarisse ?

J'ai fait oui de la tête.

– Tu as fait confiance... tu as donné...

– Eh ouais.

– Agrios !

Le géant-ours a tressailli :

– Ou...oui ?

– Descends préparer mon coursier. Amène-le-moi sur le pont. Il faut que je vole à l'aéroport, et vite !

– Mais, patron...

– Obéis ! Ou je te donne en pâture au drakon !

L'homme-ours a ravalé sa salive et s'est engouffré dans l'escalier. Luke s'est mis à arpenter le bord de la piscine en jurant en grec ancien, serrant le pommeau de son épée si fort que ses jointures blanchissaient.

Ses autres sbires paraissaient mal à l'aise. Peut-être n'avaient-ils jamais vu leur maître aussi démonté.

J'ai réfléchi. Si je pouvais me servir de la colère de Luke et le faire parler pour que la folie de ses plans soit connue de tout le monde...

J'ai regardé la piscine et ses jets d'eau qui diffusaient une brume de gouttelettes, dans laquelle les derniers rayons du soleil dessinaient un arc-en-ciel. Et j'ai eu une idée.

– Tu nous manipules tous depuis le début, ai-je dit. Tu voulais que nous t'apportions la Toison d'or pour t'épargner la peine de la chercher.

Luke a grimacé.

– Bien sûr, imbécile ! Et tu as tout fait foirer !

– Traître !

J'ai repêché ma dernière drachme d'or du fond de ma poche et je l'ai lancée à Luke. Comme je l'escomptais, il l'a esquivée facilement. La pièce a fusé dans le jet d'eau nimbé des couleurs de l'arc-en-ciel.

J'ai espéré que ma prière serait acceptée, même muette. Je l'ai pensée de tout mon cœur : *Ô déesse, accepte mon offrande.*

– Tu nous as tous trompés ! ai-je hurlé à Luke. Même DIONYSOS à la COLONIE DES SANG-MÊLÉ !

Derrière Luke, le jet d'eau a scintillé mais, comme j'avais besoin de capter l'attention de tout le monde, j'ai dégainé Turbulence.

Luke s'est contenté de ricaner.

– Ce n'est pas le moment de jouer au héros, Percy. Lâche ta pitoyable petite épée, ou je te ferai tuer plus tôt qu'à ton heure.

– Qui a empoisonné l'arbre de Thalia, Luke ?

– Moi, bien sûr. Je te l'ai déjà dit. Je me suis servi de venin de python des Enfers, droit venu des profondeurs du Tartare.

– Chiron n'avait rien à voir là-dedans ?

– Tu parles ! Tu sais bien qu'il n'aurait jamais les tripes de faire une chose pareille, ce vieil imbécile.

– Tu appelles ça avoir des tripes ? Trahir tes amis ? Mettre toute la colonie en danger ?

Luke a levé son épée.

– Tu ne comprends que la moitié. Je t'aurais laissé prendre la Toison... après m'en être servi.

Ça m'a fait hésiter. Pourquoi m'aurait-il laissé reprendre la Toison ? Il devait mentir. Mais je ne pouvais pas me permettre de perdre son attention.

– Tu allais guérir Cronos, ai-je dit.

– Oui ! La magie de la Toison d'or aurait décuplé la vitesse de son rétablissement. Mais tu ne nous as pas arrêtés, Percy. Tu nous as juste un peu ralentis.

· Alors tu as empoisonné l'arbre, tu as trahi Thalia et tu nous as manipulés – tout ça pour aider Cronos à détruire les dieux.

Luke a serré les dents.

– Tu sais tout ça ! Pourquoi me poses-tu toutes ces questions ?

– Parce que je veux que tout le monde dans le public t'entende.

– Quel public ?

Luke a plissé les yeux. Il a tourné la tête, imité de tous ses sbires. Ils ont tous reculé en titubant, le souffle coupé.

Au-dessus de la piscine, miroitant dans la brume de l'arc-en-ciel, flottait une image-Iris de Dionysos, Tantale et tous les pensionnaires de la colonie, rassemblés au pavillon-réfectoire. Sidérés, ils nous regardaient en silence.

– Eh bien, a lancé Dionysos d'un ton sec. Voici un divertissement imprévu.

– Monsieur D., ai-je dit, vous l'avez entendu. Vous avez tous entendu Luke. Chiron n'est pas responsable de l'empoisonnement de l'arbre.

Monsieur D. a soupiré :

– Non, à ce qu'il paraît.

– L'Iris-mail pourrait être un piège, a suggéré Tantale, un peu distraitement car son attention était focalisée sur un cheeseburger qu'il essayait de coincer des deux mains.

– J'ai bien peur que non, a rétorqué Monsieur D. avec un regard méprisant pour Tantale. Je vais devoir rétablir Chiron dans ses fonctions de directeur des activités, semble-t-il. Du reste, les parties de belote de ce vieux cheval me manquent, il faut bien le dire.

Tantale a attrapé le cheeseburger, qui ne lui a pas glissé des mains. Stupéfait, il l'a levé de son assiette et l'a regardé en le retournant comme si c'était le plus gros diamant du monde.

– Je le tiens ! a-t-il gloussé.

– Nous n'avons plus besoin de vos services, Tantale, a annoncé Monsieur D.

– Quoi ? s'est écrié Tantale, abasourdi. Mais...

– Vous pouvez retourner aux Enfers. Vous êtes congédié.

– Non ! Mais... Nooooon !

Alors même qu'il se dissipait dans l'air, ses doigts s'accrochaient au cheeseburger et tentaient de le porter à sa bouche. Trop tard. Tantale a disparu et le cheeseburger est retombé sur l'assiette. Les pensionnaires ont applaudi à tout rompre.

Luke a poussé un cri de rage. Il a pourfendu le jet d'eau

271

d'un coup d'épée et l'image-Iris s'est dissipée, mais le mal était déjà fait...

Je me suis senti assez content de moi, jusqu'au moment où Luke s'est retourné et m'a lancé un regard assassin.

– Cronos avait raison, Percy. Tu n'es pas une arme fiable. Il va falloir te remplacer.

Je n'ai pas très bien compris ce qu'il voulait dire, mais je n'ai pas eu le temps de réfléchir à la question. Un de ses sbires a donné un coup de sifflet et les portes du pont se sont ouvertes. Une douzaine de guerriers supplémentaires a déferlé et nous a encerclés, entrechoquant les pointes de laiton de leurs lances.

Luke m'a souri :

– Tu ne quitteras pas ce bateau vivant.

18 L'INVASION DES PONEYS FÊTARDS

– **A**ffronte-moi en duel, ai-je dit à Luke. De quoi as-tu peur ?

Luke a grimacé avec mépris. Les soldats qui étaient sur le point de nous tuer ont hésité, attendant son ordre.

Avant qu'il ait pu prendre la parole, Agrios, l'homme-ours, a déboulé sur le pont en tenant un cheval ailé par la bride. C'était le premier pégase noir jais que je voyais de ma vie, une jument pégase aux ailes de corbeau géant. Elle se cabrait et hennissait. Je comprenais ses pensées. Elle traitait Luke et Agrios de noms tellement grossiers que Chiron lui aurait lavé le museau au savon spécial cuir.

– Mon commandant ! s'est écrié Agrios, esquivant un coup de sabot. Votre monture est prête !

Luke gardait les yeux rivés sur moi.

– Je te l'ai déjà dit l'été dernier, Percy. Tu n'arriveras pas à m'attirer dans un duel.

– Et toi, tu passes ton temps à éviter de m'affronter. As-tu peur que tes guerriers te voient te faire battre ?

Luke a jeté un coup d'œil à ses hommes et j'ai vu que je l'avais piégé. S'il refusait le duel, maintenant, il aurait l'air

273

faible aux yeux de ses sbires. Mais s'il m'affrontait, il perdrait un temps précieux pour poursuivre Clarisse. Quant à moi, je ne pouvais espérer, au mieux, que détourner son attention et donner ainsi une chance à mes amis de s'enfuir. Si quelqu'un était capable de concevoir un plan pour se sauver de ce bateau, c'était Annabeth. L'inconvénient, c'est que je savais que Luke était un épéiste remarquable.

– Je vais te tuer vite fait, a-t-il finalement décidé en levant son arme.

Perfide faisait trente bons centimètres de plus que mon épée. Sa lame luisait d'un éclat or et gris maléfique à l'endroit où l'acier humain se fondait dans le bronze céleste. Je sentais presque le combat interne que se livrait la lame, comme celui de deux aimants opposés réunis de force. J'ignorais comment cette lame avait pu être fabriquée, mais je pressentais une tragédie derrière sa conception. Quelqu'un était mort dans le processus. Luke a sifflé et un de ses sbires lui a lancé un bouclier rond en cuir et bronze.

Il m'a décoché un sourire cruel.

– Luke, a dit Annabeth, donne-lui un bouclier, au moins.

– Désolé, Annabeth, ici, chacun apporte son matos.

L'absence de bouclier posait problème. Se battre à deux mains avec seulement son épée donne plus de puissance, mais se battre d'une main en se protégeant avec un bouclier de l'autre donne une meilleure défense et de la souplesse. On dispose de plus de stratégies, de plus de mouvements, de plus de façons de faire mouche. J'ai repensé à Chiron qui m'avait dit de rester à la colonie quoi qu'il arrive et d'apprendre à me battre. Je ne l'avais pas écouté et, maintenant, j'allais le payer.

Luke s'est élancé et a failli me tuer à la première estocade. Son épée a plongé sous mon bras, déchiré mon tee-shirt et éraflé mes côtes.

J'ai reculé d'un bond et contre-attaqué avec Turbulence, mais Luke a paré ma botte avec son bouclier.

– Par les dieux, Percy, m'a-t-il lancé d'un ton railleur, tu manques d'entraînement.

Il m'a assailli de nouveau, visant ma tête. J'ai paré le coup et je lui ai retourné une estocade, qu'il a esquivée sans peine.

Mon estafilade aux côtes me brûlait. J'avais le cœur qui battait à se rompre. Quand Luke s'est à nouveau jeté vers moi, j'ai sauté en arrière et suis tombé dans la piscine. Immédiatement, j'ai senti un regain de force. J'ai tournoyé sous l'eau, créant un entonnoir, et rejailli à l'autre bout, juste sous le nez de Luke.

La force de l'eau l'a envoyé à terre, aveuglé et crachotant. Mais avant que je puisse le frapper, il a roulé sur lui-même et s'est relevé.

Je l'ai attaqué, tranchant le bord de son bouclier d'un coup d'épée, mais ça n'a pas eu l'air de lui faire le moindre effet. Il s'est accroupi et m'a porté une botte à la jambe. Soudain ma cuisse s'est mise à brûler, d'une douleur si vive que je me suis écroulé. Mon jean était déchiré au-dessus du genou. J'étais blessé et j'ignorais à quel point c'était grave. Luke a asséné son épée et j'ai roulé derrière une chaise longue. J'ai voulu me lever, ma jambe a refusé de soutenir mon poids.

– Perrrcy ! a bêlé Grover.

J'ai roulé de nouveau sur moi-même tandis que l'épée de Luke s'abattait et tranchait la chaise longue en deux, tubes métalliques compris.

Je me suis mis à ramper vers la piscine, luttant de toutes mes forces pour ne pas m'évanouir. Je n'allais jamais y arriver. Luke le savait, lui aussi. Il s'est avancé lentement, sourire aux lèvres. Le bord de son épée était teinté de rouge.

– Il y a une chose que j'aimerais que tu regardes avant de mourir, Percy. (Il a tourné la tête vers Orios, l'homme-ours, qui tenait toujours Annabeth et Grover par le cou.) Tu peux prendre ton dîner, maintenant, Orios. Bon appétit.

– Hé hé ! Hé hé ! a ricané l'homme-ours en soulevant mes amis et en retroussant les babines.

C'est là qu'une pagaille monstrueuse a éclaté.

Zzzzip !

Une flèche ornée de plumes rouges s'est fichée dans la bouche ouverte d'Orios. Une expression de surprise sur son visage couvert de fourrure, il s'est écroulé sur le pont.

– Mon frère ! a gémi Agrios, qui a relâché les rênes juste assez longtemps pour que la jument pégase le propulse dans la baie de Miami d'un coup de sabot à la tête.

Une fraction de seconde, les sbires de Luke sont restés trop stupéfaits pour faire autre chose que regarder les corps des jumeaux se dissiper en fumée.

Puis a retenti un fracas de cris de guerre et de sabots heurtant le métal. Une douzaine de centaures a chargé, déboulant de l'escalier principal.

– Des dadas ! s'est écrié Tyson, au comble du ravissement.

À ce stade, mon cerveau moulinait dur pour traiter toutes les informations visuelles qui lui parvenaient. Chiron se trouvait dans la bande, mais ses compagnons n'avaient presque aucun point commun avec lui. Il y avait parmi eux des centaures au corps d'étalon arabe noir, d'autres au corps d'alezan doré à crins blancs, d'autres à la robe constellée de grosses taches fauves et blanches. Certains portaient des tee-shirts de couleur vive, avec une inscription annonçant en lettres fluo : PONEYS FÊTARDS – DIVISION DE FLORIDE SUD. Certains étaient armés d'arcs, d'autres de battes de base-ball, d'autres encore de lanceurs de paint-ball. L'un d'eux s'était peint le visage comme un guerrier comanche et agitait une énorme main en polystyrène orange. Un autre était torse nu et entièrement peint en vert. Un troisième avait des lunettes de farces et attrapes, avec de faux yeux qui rebondissaient au bout de ressorts en plastique, et une de ces casquettes de base-ball avec porte-cannette intégré sur chaque côté de la tête.

Ils ont tous débarqué sur le pont avec une telle férocité, dans une telle explosion de couleurs, que l'espace d'un moment même Luke est resté paralysé. Je n'arrivais pas à comprendre s'ils venaient faire la fête ou attaquer

Apparemment les deux. Au moment où Luke levait son épée pour rassembler ses troupes, un centaure lui a envoyé une flèche personnalisée, coiffée d'un gant de boxe en cuir. Luke l'a reçue en pleine figure et il est tombé à la renverse dans la piscine.

Ses guerriers se sont dispersés. Difficile de le leur reprocher ; c'est déjà assez effrayant de se retrouver face aux sabots d'un étalon qui rue mais, devant un centaure armé d'un arc, qui pousse des cris de joie en agitant sa tête coiffée d'une casquette de base-ball, une cannette de soda au-dessus de chaque oreille, même le plus vaillant des guerriers battrait en retraite.

– Venez, on va en dégommer quelques-uns ! a crié un des poneys fêtards.

Ils se sont tous mis à tirer avec leurs pistolets de paint-ball. Une vague de bleu et de jaune s'est abattue sur les guerriers de Luke, les aveuglant et les éclaboussant de la tête aux pieds. Ils ont tenté de fuir en courant, mais ont glissé et se sont étalés sur le pont.

Chiron a rejoint Annabeth et Grover au galop, les a cueillis délicatement et déposés sur sa croupe.

J'ai essayé de me lever, mais ma jambe blessée me brûlait plus que jamais.

Luke s'extirpait de la piscine.

– Attaquez, bande d'imbéciles ! a-t-il ordonné à ses guerriers.

Quelque part sous le pont, une sonnerie d'alarme s'est déclenchée.

D'une seconde à l'autre, les renforts de Luke arriveraient et nous submergeraient par leur nombre. Déjà, ses sbires se remettaient de leur surprise et attaquaient les centaures en brandissant des lances et des épées.

Tyson en a envoyé valser une demi-douzaine par-dessus le bastingage, dans la baie de Miami, mais d'autres guerriers déboulaient de l'escalier.

– Repliez-vous, mes frères ! a ordonné Chiron.

– Tu me revaudras ça, l'homme-cheval ! a crié Luke.

Il a brandi son épée, mais une autre flèche-gant de boxe l'a frappé en pleine figure et il est tombé assis dans une chaise longue.

Un centaure palomino m'a hissé sur sa croupe.

– Hé, mec ! Récupère ton gros copain !

– Tyson ! ai-je hurlé. Viens vite !

Tyson a lâché les deux guerriers dont il s'apprêtait à faire un nœud et nous a rejoints en courant. Il a sauté sur le dos du centaure.

– Hé, mec ! a grogné le centaure, flanchant presque sous le poids de Tyson. Tu sais pas ce que ça veut dire, « régime basses calories » ?

Les guerriers de Luke se disposaient en phalange. Le temps qu'ils soient prêts à avancer, cependant, les centaures avaient galopé jusqu'au bord du pont et sauté témérairement par-dessus le bastingage comme si c'était une haie à franchir, et non dix étages au-dessus du sol. J'étais persuadé que nous allions mourir. Nous sommes tombés en flèche vers le quai, mais les centaures ont touché le bitume avec à peine une secousse puis ils ont lancé une dernière bordée de railleries à l'intention du *Princesse Andromède,* avant de partir au galop vers le centre de Miami.

Je n'avais aucune idée de ce que pensaient les habitants de Miami en nous voyant débouler au galop, dans un concert de cris.

Bientôt, les rues et les immeubles ont été gommés par la vitesse des centaures. J'avais l'impression que l'espace se resserrait – comme si chaque foulée de centaure nous faisait parcourir des kilomètres et des kilomètres. En un rien de temps, nous avons laissé la ville loin derrière nous. Nous traversions maintenant des étendues marécageuses couvertes de hautes herbes, parsemées d'étangs et d'arbres rabougris.

Pour finir, nous nous sommes arrêtés dans un village de mobile homes au bord d'un lac. Les mobile homes étaient tous des fourgons à chevaux équipés de télévisions, de mini-réfrigérateurs et de moustiquaires.

279

– Mec! s'est écrié un poney fêtard en déchargeant son matériel. T'as vu la tronche du nounours? Il était là genre : « Oh la vache, j'ai une flèche dans la bouche! »

Le centaure aux lunettes de farces et attrapes a ri.

– Ouais! Trop drôle! Coup de boule, mon pote!

Les deux centaures ont chargé l'un vers l'autre et se sont heurtés de plein fouet, front contre front, puis se sont séparés en titubant, projetés chacun dans un sens par l'impact, un sourire de dingue sur le visage.

Chiron a soupiré. Il a déposé Annabeth et Grover sur un plaid à pique-nique, à côté de moi.

– J'aimerais vraiment que mes cousins cessent de se donner des coups de boule. On ne peut pas dire qu'ils aient des cellules cérébrales à revendre.

– Chiron, ai-je dit, pas encore remis du choc de sa présence, vous nous avez sauvés.

Il m'a adressé un sourire malicieux.

– Je ne pouvais décemment pas vous laisser mourir, voyons! D'autant que vous avez lavé mon honneur.

– Mais comment as-tu su que nous étions là? a demandé Annabeth.

– Anticipation, ma chère. J'ai supposé que vous échoueriez près de Miami si vous sortiez vivants de la mer de Monstres. Presque toutes les bizarreries échouent près de Miami.

– Merci! a grommelé Grover.

– Non, non, a protesté Chiron. Je ne voulais pas dire... oh, peu importe. Je suis vraiment heureux de te voir, mon jeune satyre. Le fait est que j'ai pu capter l'Iris-mail de Percy et retrouver le signal. Iris et moi sommes amis depuis des siècles. Je lui ai demandé de me prévenir de toutes les communications

280

importantes dans le secteur. Ensuite je n'ai pas eu de mal à convaincre mes cousins de courir à votre secours. Comme vous l'avez vu, nous autres centaures pouvons nous déplacer très vite si nous le souhaitons. La distance ne représente pas la même chose pour nous que pour les humains.

J'ai jeté un coup d'œil vers le feu de camp, devant lequel trois poneys fêtards montraient à Tyson comment se servir d'un lanceur de paint-ball. J'espérais qu'ils savaient à quoi ils s'exposaient.

– Et maintenant ? ai-je demandé à Chiron. On laisse Luke repartir comme ça ? Cronos est à bord de son bateau. Des morceaux de lui, en tout cas.

Chiron s'est agenouillé en pliant délicatement les pattes avant sous son corps. Il a ouvert la pochette de secours qu'il portait à sa ceinture et entrepris de soigner mes blessures.

– J'ai bien peur, Percy, que la rencontre d'aujourd'hui ait été un match nul. Nous n'étions pas assez nombreux pour nous emparer de ce bateau ; Luke n'était pas assez organisé pour nous poursuivre. Personne n'a gagné.

– Mais nous avons la Toison ! s'est écriée Annabeth. À l'heure qu'il est, Clarisse fait route vers la colonie.

Chiron a hoché la tête, toutefois il paraissait encore perplexe.

– Vous êtes tous de vrais héros, a-t-il dit. Et, dès que nous aurons remis Percy sur pied, vous devrez rentrer à la Colonie des Sang-Mêlé. Les centaures vous emmèneront.

– Vous viendrez vous aussi ? ai-je demandé.

– Oh oui, Percy. Je serai soulagé de rentrer à la maison. Mes frères ne savent pas apprécier Dean Martin. Par ailleurs, je dois avoir une petite discussion avec Monsieur D. Nous devons organiser le reste de l'été. Il y a encore tant d'entraîne-ment à prodiguer. Et je veux voir... je suis curieux de voir la Toison.

Je n'ai pas bien compris ce qu'il voulait dire, mais je me suis souvenu alors avec inquiétude des paroles de Luke... *Je t'aurais laissé prendre la Toison... après m'en être servi.*

Avait-il menti, tout simplement ? Je savais d'expérience qu'avec Cronos il y avait presque toujours un plan à l'inté-rieur du plan. Ce n'était pas pour rien que le Seigneur des Titans était surnommé Le Retors. Il n'avait pas son pareil pour amener les gens à faire ce qu'il voulait sans jamais les laisser soupçonner ses intentions.

Du côté du feu de camp, Tyson se déchaînait avec son lan-ceur de paint-ball. Un projectile bleu s'est écrasé contre un des centaures et l'a catapulté en arrière dans le lac. Le cen-taure est ressorti de l'eau en souriant, couvert de vase et de peinture bleue, et il a levé le pouce avec enthousiasme.

– Annabeth, a dit Chiron, si vous alliez surveiller un peu Tyson et mes cousins, Grover et toi, avant qu'ils, euh, n'échan-gent trop de mauvaises habitudes.

Annabeth a croisé le regard de Chiron. Un accord tacite est passé entre eux.

– Bien sûr, Chiron. Tu viens, biquet ?

– Mais je n'aime pas le paint-ball.

– Mais si.

Elle a tiré Grover par la main, puis l'a entraîné vers le feu de camp.

Chiron a terminé mon pansement.

– Percy, j'ai eu une discussion avec Annabeth en venant ici Une discussion sur la prophétie.

Aïe, ai-je pensé.

– Ce n'était pas sa faute, me suis-je empressé de dire. Je l'ai obligée à m'en parler.

Une lueur d'irritation s'est allumée dans les yeux de Chiron. Je me suis préparé à recevoir un savon, mais l'agacement a fait place à la lassitude dans son regard.

– Je ne pouvais pas m'attendre à ce que le secret soit préservé éternellement, a-t-il soupiré.

– Alors c'est bien de moi qu'il s'agit, dans la prophétie ?

Chiron a rangé les pansements dans sa pochette.

– Si seulement je le savais, Percy. Tu n'as pas encore seize ans. Pour le moment, nous devons simplement t'entraîner le mieux possible et laisser l'avenir aux mains des Parques.

Les Parques. Voilà longtemps que je n'avais pas pensé à ces vieilles dames, mais maintenant que Chiron les évoquait, quelque chose a fait tilt dans ma tête.

- Voilà donc ce que ça signifiait, ai-je soupiré.

– Ce que signifiait quoi ? a demandé Chiron en fronçant les sourcils.

- L'été dernier. Le présage des Parques, quand je les ai vues trancher le fil de la vie de quelqu'un. J'ai cru que ça signifiait que j'allais mourir tout de suite, mais c'était pire que ça. La mort qu'elles ont prédite... elle surviendra à mes seize ans.

La queue de Chiron s'est agitée nerveusement dans l'herbe.

– Mon garçon, tu ne peux pas en être sûr. Nous ne savons même pas si la prophétie porte sur toi.

– Mais il n'y a pas d'autre enfant d'un des Trois Grands !

– À notre connaissance.

– Et Cronos se reconstitue. Il va détruire le mont Olympe !

– Il essaiera, en est convenu Chiron. Et la civilisation

occidentale avec, si nous ne l'arrêtons pas. Mais nous l'arrêterons, Percy. Et tu ne seras pas seul dans ce combat.

Je savais qu'il tentait de me réconforter, mais je me souvenais de ce que m'avait dit Annabeth. À la fin, tout dépendrait d'un seul héros. Une seule décision, qui entraînerait le salut ou la perte de l'Occident. Et j'avais la conviction que les Parques m'avaient adressé une forme de mise en garde. Il allait arriver quelque chose de terrible, soit à moi, soit à un de mes proches.

– Je ne suis qu'un *enfant*, Chiron, ai-je protesté d'une pauvre petite voix. Que peut faire un misérable héros contre une puissance comme Cronos ?

Chiron s'est forcé à sourire

– Que peut faire un misérable héros ? Le lieutenant-colonel Joshua Lawrence Chamberlain m'a dit quelque chose d'approchant un jour, juste avant de changer à lui tout seul le cours de votre guerre de Sécession.

Il a sorti une flèche de son carquois et a tourné la pointe acérée pour la faire briller à la lumière du feu.

– Du bronze céleste, Percy. Une arme d'immortel. Que se passerait-il si tu envoyais cette flèche à un humain ?

– Rien, ai-je répondu. Elle le traverserait comme de l'air.

- C'est exact. Les humains ne vivent pas au même niveau d'existence que les immortels. Nos armes ne peuvent pas les blesser. Mais toi, Percy, tu es moitié dieu, moitié humain. Tu vis dans les deux mondes. Les deux peuvent te nuire et toi, tu peux affecter les deux. C'est cela qui rend les héros si spéciaux. Vous portez les rêves de l'humanité dans le royaume de l'éternel. Les monstres ne meurent jamais. Ils renaissent du chaos et de la barbarie qui couvent sous toute civilisation, cela même dont se nourrit Cronos. Il faut les terrasser encore et encore, les repousser constamment. Les héros incarnent cette lutte. Vous livrez les combats que l'humanité doit gagner, à chaque génération, pour demeurer humaine. Me comprends-tu ?

– Je... je ne suis pas sûr.

– Efforce-toi de comprendre, Percy. Car que tu sois ou non l'enfant de la prophétie, Cronos pense que tu l'es. Et après ce qui s'est passé aujourd'hui, il va finir par renoncer à te rallier à sa cause. Or c'était la seule raison pour laquelle il ne te tuait pas, jusqu'à présent, tu sais. Dès qu'il sera sûr qu'il ne peut pas t'utiliser, il te détruira.

– Vous parlez comme si vous le connaissiez.

Chiron a pincé les lèvres.

– Mais je le connais, oui.

Je l'ai dévisagé. J'oublie parfois que Chiron est extrêmement âgé.

– Est-ce pour cela que Monsieur D. vous a accusé quand l'arbre a été empoisonné ? Et pour cela aussi que vous avez dit que certaines personnes ne vous faisaient pas confiance ?

– Effectivement.

– Mais, Chiron... enfin, je veux dire ! Qu'est-ce qui pourrait bien leur faire croire que vous trahiriez la colonie pour Cronos ?

Les yeux brun foncé de Chiron étaient chargés de milliers d'années de tristesse.

– Percy, m'a-t-il dit. Souviens-toi de ton instruction. Souviens-toi de tes cours de mythologie. Quelle est ma relation au Seigneur des Titans ?

J'ai essayé de réfléchir, mais je m'étais toujours embrouillé dans les personnages de la mythologie. Même maintenant où c'était devenu d'une réalité vitale pour moi, j'avais du mal à me souvenir de tous les noms et de tous les faits.

– Euh... vous devez une faveur à Cronos, c'est ça ? Il vous a épargné un jour ?

– Percy, a dit Chiron d'une voix incroyablement douce. Le Titan Cronos est mon père.

19 LA COURSE DE CHARS
S'ACHÈVE EN EXPLOSION

Nous sommes arrivés à Long Island juste après Clarisse, grâce aux pouvoirs de vitesse des centaures. J'avais voyagé sur le dos de Chiron, mais nous n'avons pas beaucoup parlé, et surtout pas de Cronos. Je savais qu'il lui en avait coûté de me faire cette révélation. Je ne voulais pas l'importuner en lui posant d'autres questions. Je veux dire, des parents qui font honte, j'en ai rencontré des tas, mais Cronos, le maléfique Seigneur des Titans qui voulait détruire la civilisation occidentale ? Ce n'est pas le genre de père qu'on amène à son collège pour la journée d'information sur les métiers.

Les centaures étaient impatients de rencontrer Dionysos. Ils avaient entendu dire qu'il donnait des fêtes du tonnerre, mais ils en ont été quittes pour leur déception. Le dieu du vin n'avait pas le cœur à la fête quand toute la colonie s'est rassemblée en haut de la colline des Sang-Mêlé.

La colonie avait connu deux semaines très dures. Le bungalow de l'artisanat avait été réduit en cendres par l'attaque d'un *Draco aionius* (ce qui, d'après ce que j'ai compris, signifie « très-gros-lézard-dont-l'haleine-fait-tout-exploser »). Les chambres de la Grande Maison étaient pleines à craquer de blessés. Les

287

« Apollon », qui étaient les meilleurs guérisseurs, travaillaient sans relâche pour porter les premiers soins. Quand nous nous sommes réunis autour de l'arbre de Thalia, tout le monde avait l'air éprouvé et fatigué.

À l'instant où Clarisse a drapé la Toison d'or sur la branche la plus basse du pin, le clair de lune a paru briller plus fort, passant du gris au vif-argent. Une brise fraîche a fait bruisser les branches et ondoyer l'herbe jusqu'au fond de la vallée. Tout s'est intensifié : l'éclat des lucioles dans les bois, le parfum des fraises, la rumeur des vagues sur le rivage.

Peu à peu, les aiguilles marron du pin ont commencé à reverdir.

Tout le monde a applaudi. Le processus était lent, mais indéniable : la magie de la Toison s'infiltrait dans l'arbre, en l'emplissant d'une force nouvelle qui chassait le poison.

Chiron a ordonné une surveillance de vingt-quatre heures sur vingt-quatre au sommet de la colline le temps qu'il trouve un monstre capable de protéger la Toison. Il a dit qu'il allait mettre tout de suite une petite annonce dans *Olympe Hebdo*.

Là-dessus les compagnons de Clarisse l'ont portée en triomphe sur leurs épaules jusqu'à l'amphithéâtre, où elle a été décorée d'une couronne de laurier, puis il y a eu de grandes festivités en son honneur autour du feu de camp.

Personne n'a accordé la moindre attention à Annabeth et moi. C'était comme si nous n'étions jamais partis. D'une certaine façon, je crois que c'était le meilleur des remerciements, car s'ils avaient admis que nous avions filé en douce de la colonie, ils auraient été obligés de nous renvoyer. Et, pour être honnête, je n'avais aucune envie d'être le centre d'attention. Ça faisait du bien d'être un pensionnaire comme tous les autres, pour une fois.

Plus tard dans la soirée, pendant que nous faisions griller des marshmallows en écoutant les frères Alatir nous raconter une histoire de fantômes sur un méchant roi qui s'était fait dévorer vivant par des croissants et brioches démoniaques, Clarisse m'a bousculé par-derrière et murmuré à l'oreille :

– Ne t'imagine pas, Jackson, que parce que t'as été cool une fois Arès va te laisser tranquille. J'attends toujours la bonne occasion pour te pulvériser.

Je lui ai souri à contrecœur.

– Quoi ? Qu'est-ce qu'il y a ? a-t-elle demandé.

– Rien. Ça fait plaisir d'être à la maison, c'est tout.

Le lendemain matin, après que les centaures eurent pris congé pour regagner la Floride, Chiron a fait une annonce surprise : les courses de chars se poursuivraient comme prévu. Nous avions tous cru qu'elles étaient reléguées au passé, avec Tantale, mais mener la compétition à son terme nous a paru la chose à faire, maintenant que Chiron était de retour et la colonie hors de danger.

Tyson n'était pas très chaud pour remonter sur un char après notre expérience, mais il a été ravi de me laisser faire équipe avec Annabeth. Je conduirais, Annabeth nous défendrait et Tyson assurerait le rôle d'équipe de ravitaillement. Pendant que je travaillais avec les chevaux, Tyson réparait le char d'Athéna en lui portant une foule de modifications spéciales.

Nous avons passé les deux journées suivantes à nous entraîner comme des fous. Annabeth et moi sommes convenus que si nous emportions la victoire, le prix – dispense de corvée pour le restant du mois – serait divisé entre nos deux bungalows. Les « Athéna » étant plus nombreux, ce serait surtout eux qui profiteraient de la dispense, mais ça ne me gênait pas. Je me moquais du prix. Je voulais juste gagner.

La veille de la course, je me suis attardé à l'écurie. Je parlais à nos chevaux en les étrillant une dernière fois quand une voix derrière moi a dit :

– Quels beaux animaux que les chevaux ! Je regrette de ne pas en avoir eu l'idée.

Un homme d'une cinquantaine d'années en uniforme de facteur s'appuyait contre la porte de l'écurie. Il était mince, des boucles brunes dépassaient de son casque et il portait un sac postal jeté sur l'épaule.

– Hermès ? ai-je bafouillé.

– Bonsoir, Percy. Tu ne m'as pas reconnu sans mon jogging, hein ?

– Euh... (Je ne savais pas si j'étais censé m'agenouiller, lui acheter des timbres ou quoi. C'est alors que j'ai compris la raison de sa visite.) Oh, écoutez, seigneur Hermès, pour Luke...

Le dieu a dressé les sourcils.

– Euh, nous l'avons vu, effectivement, mais...

– Tu n'as pas pu lui faire entendre raison ?

– Eh ben, nous avons essayé de nous entretuer dans un duel, en fait.

– Je vois. Tu as tenté l'approche diplomatique.

– Je suis vraiment désolé. Je veux dire, vous nous avez donné tous ces cadeaux formidables et je sais que vous vouliez vraiment que Luke revienne de notre côté. Mais... il est devenu méchant. Réellement méchant. Il a dit qu'il avait l'impression que vous l'aviez abandonné.

J'ai attendu qu'Hermès se mette en colère. J'ai même craint qu'il me change en hamster ou autre mulot, or je n'avais aucune envie de revivre une minute de plus dans la peau d'un rongeur.

Mais il s'est contenté de soupirer.

– Et toi, Percy, as-tu jamais l'impression que ton père t'a abandonné ?

Oh, bon sang. J'avais envie de répondre : « Juste une centaine de fois par jour. » Je n'avais pas parlé à Poséidon depuis l'été dernier. Je n'étais jamais allé à son palais sous les mers. Et puis il y avait toute cette histoire de Tyson : pas un avertissement, pas une explication. Du jour au lendemain, boum, tu as un frère. Ça aurait mérité un petit coup de fil ou quelque chose pour me préparer à la nouvelle, pourtant, vous ne croyez pas ?

Plus j'y pensais, plus je sentais la colère monter en moi. J'ai alors pris conscience que je voulais de la reconnaissance pour la quête que je venais de mener à bien. Mais pas de la part des autres pensionnaires : de la part de mon père. Je voulais qu'il me remarque. Qu'il dise quelque chose.

Hermès a rajusté la bandoulière de son sac sur son épaule.

– Percy, la chose la plus difficile, quand on est un dieu, c'est qu'on doit souvent agir de façon indirecte, surtout quand il s'agit de ses enfants. Si nous intervenions chaque fois que nos enfants étaient en difficulté, eh bien ça ne ferait que créer d'autres problèmes et encore plus de rancœur. Mais je crois que si tu prenais le temps d'y réfléchir, tu verrais qu'en fait Poséidon fait attention à toi. Il a exaucé tes prières.

Mon seul espoir, c'est qu'un jour Luke comprenne cela en ce qui me concerne. Tu n'as peut-être pas la sensation d'avoir réussi, il n'empêche que tu as rappelé à Luke qui il était. Tu lui as parlé.

– J'ai essayé de le tuer.

Hermès a haussé les épaules.

– Les familles, c'est compliqué. Les familles immortelles sont éternellement compliquées. Quelquefois, le mieux que nous puissions faire, c'est de nous rappeler les uns aux autres que nous avons des liens de parenté, pour le meilleur ou pour le pire... et d'essayer de réduire les tueries et les mutilations au minimum.

Ça ne m'a pas paru la recette de la famille idéale Cela dit, en repensant à ma quête, je me suis rendu compte qu'Hermès avait peut-être raison. Poséidon avait envoyé les hippocampes à notre secours. Il m'avait donné des pouvoirs sur la mer que je ne m'étais jamais connus. Et puis il y avait Tyson. Poséidon nous avait-il réunis délibérément ? Combien de fois, cet été, Tyson m'avait-il sauvé la vie ?

Au loin, la conque a retenti, sonnant le couvre-feu.

– Tu devrais aller te coucher, a dit Hermès. Je t'ai aidé à t'attirer bien assez d'ennuis comme ça pour cet été. Aujourd'hui, je suis juste venu te remettre un message.

– Un message ?

– Percy, n'oublie pas que je suis le messager des dieux. (Il a sorti un bloc « signature électronique » de sa besace et me l'a tendu.) Signe ici, s'il te plaît.

J'ai attrapé le stylet avant de me rendre compte que deux minuscules serpents verts étaient enroulés en spirale tout autour. Avec un cri de surprise, j'ai lâché le bloc.

292

Aïe, a dit George.

Vraiment, Percy, m'a grondé Martha. *Ça te plairait qu'on te jette par terre dans une écurie ?*

– Oh, euh excusez-moi.

Je n'aimais pas trop l'idée de toucher des serpents, mais j'ai ramassé le bloc et son stylet. Martha et George gigotaient sous mes doigts, m'obligeant à tenir le stylet correctement, comme me le montrait mon prof de CE1.

Tu m'as apporté un rat ? a demandé George.

– Non... ai-je dit. Euh, on n'en a pas trouvé.

Pas de cochon d'Inde non plus ?

George ! l'a réprimandé Martha. *Ne taquine pas le garçon !*

J'ai signé et rendu le bloc à Hermès.

En échange il m'a donné une enveloppe bleu océan.

Mes mains tremblaient. Avant même de l'ouvrir, je savais qu'elle provenait de mon père. Je sentais son pouvoir traverser le papier bleu, frais comme si l'enveloppe elle-même avait été découpée dans une vague.

– Bonne chance pour demain, a dit Hermès. C'est un bel attelage que tu as là, mais tu ne m'en voudras pas si je soutiens l'équipe du bungalow d'Hermès.

Et ne te laisse pas décourager en lisant la lettre, mon petit, m'a glissé Martha. *Il prend ton intérêt très à cœur.*

– Que voulez-vous dire ? ai-je demandé.

Ne fais pas attention à ce qu'elle raconte, a lancé George. *Et la prochaine fois, n'oublie pas que les serpents marchent au pourboire.*

– Ça suffit, vous deux, a dit Hermès. Au revoir, Percy. Ou plutôt, à la prochaine.

De petites ailes blanches ont jailli sur les côtés de son casque. Il s'est mis à scintiller et j'ai détourné les yeux, sachant bien qu'il n'est pas sage de regarder un dieu prendre sa véritable forme divine. Dans un éclair de lumière blanche, Hermès a disparu, et je me suis retrouvé seul avec les chevaux.

J'ai regardé l'enveloppe bleue que j'avais entre les mains. Elle m'était adressée d'une écriture forte mais élégante, que j'avais déjà vue une fois, sur un colis que Poséidon m'avait envoyé l'été dernier.

> *Percy Jackson*
> *Colonie des Sang-Mêlé*
> *Farm Road, 3141*
> *Long Island, New York 11954*

Une vraie lettre de mon père. Peut-être qu'il me félicitait pour avoir retrouvé la Toison d'or. Peut-être qu'il me donnait des explications sur Tyson, ou s'excusait de ne pas m'en avoir parlé plus tôt. Il y avait tant de choses que j'espérais lire dans cette lettre.

J'ai ouvert l'enveloppe et déplié la feuille.

Deux mots seulement étaient tracés au milieu de la page :

Prépare-toi

Le lendemain matin, tous les pensionnaires s'affairaient pour les derniers préparatifs, même s'ils ne pouvaient pas s'empêcher de jeter des coups d'œil inquiets au ciel, comme s'ils redoutaient d'y voir surgir des oiseaux de Stymphale. Rien de tel. C'était une superbe journée d'été ensoleillée. La colonie commençait à reprendre son aspect normal : les prairies étaient verdoyantes, les colonnes de marbre blanc des édifices grecs scintillaient et des dryades jouaient dans les bois avec insouciance.

Mais moi, j'avais le cœur gros. J'avais passé une nuit blanche, à retourner dans ma tête l'avertissement de Poséidon.

Prépare-toi.

Non mais quand même... il se donne la peine d'écrire une lettre et il n'y met que deux mots ?

Martha le serpent m'avait dit de ne pas être déçu. Poséidon avait peut-être ses raisons de rester aussi mystérieux. Peut-être qu'il ignorait contre quoi au juste il voulait me mettre en garde, mais qu'il sentait que quelque chose de grave se tramait – quelque chose qui me ficherait à plat si je n'étais pas préparé. C'était difficile, mais je me suis efforcé de concentrer mes pensées sur la course.

Pendant le trajet qui nous amenait à la piste, Annabeth et moi, je ne pouvais qu'admirer le travail qu'avait effectué Tyson. Le chariot d'Athéna rutilait maintenant de carénages de bronze. Il avait réaligné les roues en les équipant d'une suspension magique qui absorbait les secousses : nous avions la sensation de glisser. L'attelage était tellement bien équilibré que les chevaux répondaient au plus léger coup de rêne.

Tyson nous avait aussi fabriqué deux javelots, équipés chacun de trois boutons sur la hampe. Si on appuyait sur le premier, le javelot exploserait au contact de sa cible, en libérant un fil de fer tranchant qui se prendrait dans les roues de l'adversaire et les réduirait en charpie. Le deuxième bouton dotait le javelot d'un fer de lance en bronze contondant (mais qui pouvait néanmoins faire très mal) destiné à renverser un aurige de son char. Quant au troisième, il commandait un grappin dont on pouvait se servir pour s'accrocher au char d'un adversaire ou le repousser.

Je trouvais que nous avions pas mal d'atouts de notre côté, avec ce formidable équipement, mais Tyson m'a conseillé d'être prudent. Les autres équipes avaient elles aussi plus d'un tour dans leur sac.

– Tiens, m'a-t-il dit juste avant le début de la course.

Il m'a tendu une montre. Elle n'avait rien de spécial – cadran blanc et argenté, bracelet de cuir noir – mais, dès que je l'ai vue, je me suis rendu compte que c'était l'objet sur lequel je l'avais vu travailler tout l'été.

Je n'avais pas l'habitude de porter de montre. L'heure, je m'en fichais un peu. Mais je ne pouvais pas dire non à Tyson.

– Merci, vieux.

J'ai mis la montre, dont la légèreté m'a étonné : je ne sentais quasiment pas que je l'avais au poignet.

– J'avais pas fini à temps pour le voyage, a grommelé Tyson. Excuse, excuse.

– Hé, il y a pas de problème, vieux.

– Si tu as besoin de protection pendant la course, m'a-t-il conseillé, appuie sur le bouton.

– Ah, d'accord. (Je ne voyais pas en quoi ça pourrait m'aider de connaître l'heure exacte, mais j'étais touché par le geste de Tyson. Je lui ai promis que je penserais à la montre.) Et, euh... Tyson...

Il m'a regardé.

– Je voulais te dire, enfin...

Je cherchais le moyen de lui présenter mes excuses pour avoir eu honte de lui avant la quête, pour avoir raconté à tout le monde qu'il n'était pas mon vrai frère. Ce n'était pas facile de trouver les mots.

– Je sais ce que tu vas me dire, a murmuré Tyson, l'air gêné. En fin de compte, Poséidon s'est bien occupé de moi.

– Ben, euh...

– Il t'a envoyé pour m'aider. Exactement ce que j'avais demandé.

J'ai hoqueté.

– Tu... tu as demandé à Poséidon de m'envoyer ?

– J'ai demandé un ami, a répondu Tyson en tripotant le bord de son tee-shirt. Les petits Cyclopes grandissent seuls à la rue, ils apprennent à fabriquer des choses avec ce qu'ils trouvent. Ils apprennent à survivre.

– Mais c'est cruel !

Il a secoué la tête avec sérieux.

– Ça nous apprend à apprécier notre chance, à ne pas devenir cupide, gros et méchant comme Polyphème. Mais j'avais peur. Il y avait tellement de monstres qui me pourchassaient, qui me griffaient quelquefois...

– Les cicatrices sur ton dos ?

Une larme a perlé au coin de son œil.

– Un sphinx sur la 72ᵉ Rue. Une grosse brute. J'ai supplié papa de m'aider. Et, peu de temps après, les gens de Meriwether m'ont trouvé. Je t'ai rencontré. La plus grande chance de ma vie. Je regrette d'avoir dit que Poséidon était méchant. Il m'a envoyé un frère.

J'ai regardé la montre que Tyson avait fabriquée pour moi.

– Percy ! a crié Annabeth. Viens !

Chiron se tenait sur la ligne de départ, prêt à souffler dans la conque.

– Tyson... ai-je commencé.

– Vas-y, m'a interrompu Tyson. Vous allez gagner !

– Je... ouais, d'accord, grand lascar. Nous allons remporter cette victoire pour toi.

J'ai grimpé dans le char et me suis mis en position à l'instant même où Chiron donnait le signal du départ.

Les chevaux savaient quoi faire. Nous avons foncé sur la piste à une vitesse telle que je serais tombé si je n'avais pas eu les bras enroulés dans les rênes de cuir. Annabeth se tenait à la rambarde. Les roues glissaient admirablement. Nous avons franchi le premier virage avec une longueur de chariot d'avance sur Clarisse, qui s'efforçait de repousser une attaque au javelot des frères Alatir, aux commandes du char d'Hermès.

– Nous les battons ! ai-je crié, mais j'avais parlé trop vite.

– Missile en approche ! a hurlé Annabeth.

Sur ces mots elle a lancé son premier javelot en mode grappin, interceptant un filet lesté de plomb qui nous aurait emprisonnés tous les deux. Le char d'Apollon était arrivé à notre hauteur. Avant qu'Annabeth puisse se réarmer, le guerrier des « Apollon » a planté un javelot dans notre roue droite. La hampe en a été broyée, mais non sans avoir d'abord brisé quelques-uns de nos rayons. Notre char a fait une embardée et tremblé sur ses essieux. J'étais persuadé que la roue allait céder mais non, vaille que vaille, notre char a continué sur sa lancée.

J'ai pressé nos chevaux de maintenir l'allure. Les « Apollon » et nous avancions maintenant de front. Les « Héphaïstos » nous talonnaient. Quant aux chars d'Hermès et d'Arès, qui allaient eux aussi de front, ils prenaient du retard. Clarisse et

Connor Alatir étaient engagés dans un combat épée contre javelot.

Je savais que si nous recevions un seul coup de plus à la roue, nous verserions.

– Je vous tiens ! a crié l'aurige du char d'Apollon.

C'était un pensionnaire de première année. J'avais oublié son nom mais une chose était sûre . il ne manquait pas d'aplomb.

– Que tu crois ! a riposté Annabeth.

Elle a saisi son second javelot – une sacrée prise de risque, dans la mesure où il nous restait un tour de piste entier à faire – et l'a projeté vers l'aurige du char d'Apollon.

Elle a fait mouche. Un fer de lance massif a surgi à la pointe du javelot à l'instant même où il percutait l'aurige en plein torse, le poussant contre son compagnon d'attelage et les projetant tous les deux de leur char en culbute arrière. Les chevaux, sentant les rênes se relâcher, ont perdu la tête et foncé vers la foule. Les pensionnaires se sont éparpillés dans un vent de panique tandis que les chevaux sautaient au-dessus des gradins du bord. Le char doré s'est couché sur le flanc et les chevaux sont partis au galop vers leur écurie en le traînant derrière eux.

Je suis parvenu à mener notre char jusqu'au bout du deuxième tour, malgré les gémissements de la roue droite. Nous avons franchi la ligne et nous sommes lancés dans le troisième et dernier tour de circuit.

L'essieu grinçait horriblement. La roue qui tremblait nous faisait perdre de la vitesse, bien que les chevaux répondent à tous mes ordres, avançant comme une mécanique bien huilée.

Il n'empêche que le char d'Héphaïstos gagnait du terrain.

Le sourire aux lèvres, Beckendorf a appuyé sur un bouton de son tableau de bord. Des câbles d'acier ont jailli des naseaux de ses chevaux mécaniques et sont venus s'enrouler autour de notre rambarde arrière. Notre char tout entier s'est mis à trembler, secoué par le système de treuil de Beckendorf qui se mettait en action : ses câbles nous tiraient vers l'arrière tandis que son char allait de l'avant.

Avec un juron, Annabeth a dégainé son poignard. Elle s'est attaquée aux câbles, mais ils étaient bien trop épais.

– Je n'arrive pas à les trancher ! a-t-elle hurlé.

Le char d'Héphaïstos se rapprochait dangereusement et leurs chevaux menaçaient de nous piétiner.

– Change avec moi ! ai-je dit à Annabeth. Prends les rênes !

– Mais...

– Fais-moi confiance !

Elle est passée à l'avant et m'a pris les rênes des mains. Je me suis retourné en m'efforçant de ne pas perdre l'équilibre et j'ai dégainé Turbulence.

J'ai asséné un grand coup d'épée sur les câbles, qui ont cédé comme de la ficelle. Nous sommes repartis vers l'avant avec un violent à-coup, mais l'aurige des « Héphaïstos » a tourné son char sur notre gauche et s'est placé à notre hauteur. Beckendorf a dégainé son épée. Il a attaqué Annabeth et j'ai paré son estocade.

Nous allions arriver au dernier virage. La réussite me paraissait soudain hors de portée. Il fallait que je mette le char d'Héphaïstos hors de combat, mais il fallait aussi protéger Annabeth. Ce n'est pas parce que Beckendorf était un type bien qu'il hésiterait à nous envoyer tous les deux à l'infirmerie si nous baissions la garde.

Nous avancions de front, à présent, et Clarisse, derrière nous, gagnait du terrain en rattrapant le temps perdu.

– À plus, Percy ! m'a crié Beckendorf. Tiens, voilà un petit cadeau d'adieu !

Il a lancé une pochette de cuir dans notre chariot. Elle s'est tout de suite collée au sol et mise à dégager une épaisse fumée verte.

Du feu grec ! a hurlé Annabeth.

J'ai juré. J'avais entendu des histoires sur le feu grec. J'ai estimé que nous avions dix secondes avant qu'il n'explose.

– Débarrasse-nous de ce truc ! a crié Annabeth.

Mais je n'y arrivais pas. Le char d'Héphaïstos était toujours à notre hauteur, son équipage voulant s'assurer de l'effet explosif de leur petit cadeau. Beckendorf me tenait occupé en jouant de son épée. Si je baissais la garde le temps de m'occuper du feu grec, il taillerait Annabeth en pièces et nous nous écraserions. J'ai essayé de déloger la pochette avec le pied, mais je n'ai pas réussi. Elle était bel et bien collée.

C'est alors que je me suis souvenu de la montre.

Je ne voyais pas en quoi ça pouvait m'aider, mais je suis parvenu à appuyer sur le bouton du chrono. Instantanément, la montre s'est transformée. Elle s'est déployée, le bord métallique s'est dévissé en spirale comme l'obturateur d'un vieil appareil photo, une lanière de cuir s'est enroulée à mon avant-bras et je me suis retrouvé armé d'un bouclier de combat rond et large d'un mètre, en bronze tapissé de cuir lisse côté intérieur, gravé sur l'extérieur de motifs que je n'avais pas franchement le temps d'examiner

Tout ce que je savais, c'était que Tyson avait assuré comme un chef. J'ai brandi le bouclier et l'épée de Beckendorf est venue s'y écraser. La lame s'est fracassée.

– Qu'est-ce que... ? a-t-il hurlé. Comment... ?

Il n'a pas pu en dire davantage car je lui ai asséné un grand coup en pleine poitrine avec mon beau bouclier tout neuf, l'expulsant de son char et l'envoyant rouler dans la poussière.

J'allais attaquer l'aurige avec Turbulence quand Annabeth a crié :

– Percy !

Le feu grec lançait des étincelles. J'ai passé la pointe de mon épée sous la pochette et l'ai levée d'un coup sec comme une spatule. La bombe à feu s'est décollée et propulsée vers le char d'Héphaïstos, pour tomber aux pieds de l'aurige.

Ce dernier a poussé un cri étouffé. En une fraction de seconde, il a pris la décision qui s'imposait : il a sauté à bas de son char, qui a donné de la bande sur quelques mètres puis explosé en une gerbe de flammes vertes. Les chevaux mécaniques ont semblé se mettre en court-circuit. Ils ont fait demi-tour et sont repartis en traînant le char en flammes vers Clarisse et les frères Alatir, qui ont dû faire un écart pour l'éviter.

Annabeth a tenu les rênes pendant le dernier virage. Je m'accrochais à la rambarde, m'attendant à ce que nous versions d'une seconde à l'autre mais, les dieux seuls savent comment, elle est parvenue à stimuler les chevaux et à nous faire tenir jusqu'au bout. Nous avons franchi la ligne d'arrivée et la foule a éclaté en applaudissements.

Une fois notre char à l'arrêt, nos amis se sont pressés

autour de nous. Ils se sont mis à scander nos noms, mais Annabeth a crié, couvrant le vacarme :

– Attendez ! Écoutez-moi ! Il n'y a pas que nous !

La foule ne voulait pas se taire, mais Annabeth est arrivée à se faire entendre.

– Il y a quelqu'un sans qui nous n'aurions jamais réussi ! Sans lui nous n'aurions pas gagné cette course, ni rapporté la Toison, ni sauvé Grover ni rien du tout ! Nous devons la vie à Tyson, le...

– Mon frère ! me suis-je écrié bien fort, pour que tout le monde m'entende. Tyson, mon petit frère.

Tyson a rougi. La foule des pensionnaires a applaudi Annabeth m'a embrassé sur la joue. À partir de ce moment, ça a été le grand délire. Tous les « Athéna » nous ont hissés sur leurs épaules, Annabeth, Tyson et moi, et nous ont portés en triomphe vers l'estrade où attendait Chiron, prêt à remettre la couronne de laurier au vainqueur.

20 LA MAGIE DE LA TOISON D'OR
OPÈRE AU-DELÀ DE TOUTE ESPÉRANCE

Cet après-midi restera un des plus heureux que j'aie passés à la colonie, ce qui montre peut-être qu'on ne sait jamais quand on risque de voir son monde s'écrouler.

Grover a annoncé qu'il pouvait passer le reste de l'été à la colonie avec nous avant de reprendre sa quête du dieu Pan. Ses chefs du Conseil des Sabots fendus étaient tellement impressionnés qu'il soit revenu vivant, en ayant, qui plus est, ouvert la voie aux prochains satyres qui se lanceraient dans la quête, qu'ils lui avaient accordé une permission de deux mois et remis une nouvelle flûte de Pan. La seule fausse note, justement, c'était que Grover s'est obstiné à en jouer tout l'après-midi, or ses talents musicaux ne s'étaient guère développés. Il jouait « YMCA » en boucle et les fraisiers ont fini par devenir un peu dingues et s'enrouler autour de nos chevilles comme s'ils voulaient nous étrangler. Je les comprenais, les pauvres.

Grover m'a dit qu'il pouvait dissoudre le lien d'empathie qui nous unissait, maintenant que nous étions face à face, mais je lui ai répondu que j'aimais autant qu'il le maintienne, si ça ne l'embêtait pas. Il a posé sa flûte de Pan et m'a regardé gravement :

– Mais si j'ai de nouveau des ennuis, ça te mettra en danger, Percy ! Tu pourrais mourir !

– Si tu as de nouveau des ennuis, je veux le savoir. Et je viendrai de nouveau à ta rescousse, Grov'. Tu ne me feras pas changer d'avis là-dessus.

Il a fini par accepter de ne pas rompre le lien. Et il s'est remis à jouer « YMCA » pour les fraisiers. Inutile de préciser que je n'avais pas besoin d'un lien d'empathie avec ces derniers pour savoir ce qu'ils ressentaient.

Plus tard, pendant le cours de tir à l'arc, Chiron m'a pris à part et m'a dit qu'il avait réglé mes problèmes au collège Meriwether. L'école ne me considérait plus comme responsable de l'incendie qui avait ravagé le gymnase. Je n'étais plus recherché par la police.

– Comment avez-vous fait ? lui ai-je demandé.

Les yeux de Chiron ont pétillé.

– Je me suis contenté de suggérer que les mortels avaient vu autre chose ce jour-là : une explosion de chaudière dont tu n'étais absolument pas responsable.

– Vous leur avez raconté ça et ça a marché ?

– J'ai manipulé la Brume. Un jour, quand tu seras prêt, je te montrerai comment on s'y prend.

– Vous voulez dire que je peux retourner à Meriwether l'année prochaine ?

– Oh non, a répondu Chiron en dressant les sourcils. Tu es renvoyé quand même. Ton principal, M. Bonsai, a dit – comment a-t-il formulé cela déjà ? –, que tu avais un karma pas cool qui perturbait l'aura éducative de l'école. Mais tu n'auras pas d'ennuis avec la justice, ce qui a été un grand soulagement pour ta mère. Et à propos de ta mère...

Il a détaché son téléphone portable de son carquois et me l'a tendu.

– Il est grand temps que tu l'appelles.

Le pire, ça a été le début : le « Percy Jackson on peut savoir ce qui t'a pris as-tu idée du sang d'encre que je me suis fait qui t'a appris à filer à la colonie sans permission et à partir dans des quêtes dangereuses j'ai failli mourir d'inquiétude ».

Mais elle a fini par s'interrompre pour reprendre son souffle.

– Oh, s'est-elle écriée, je suis tellement contente que tu sois sain et sauf !

C'est ça que j'adore, chez maman. Elle est incapable de faire la gueule. Elle essaie, mais ce n'est pas dans sa nature.

– Excuse-moi, m'man. Je ne te ferai plus peur.

– Ne me promets pas ça, Percy. Tu sais très bien que ça ne va faire qu'empirer.

Elle essayait de parler d'un ton léger, mais je sentais bien qu'elle était secouée.

J'ai voulu dire quelque chose pour la réconforter, en même temps je savais qu'elle avait raison. Étant un sang-mêlé, je serais toujours amené à faire des choses qui l'inquiéteraient. Et, en grandissant, je serais confronté à des dangers de plus en plus grands.

– Je pourrais venir passer quelque temps à la maison, ai-je proposé.

– Non Non, reste à la colonie. Entraîne-toi. Fais ce que tu

306

as à faire. Mais tu rentreras à la maison pour l'année scolaire prochaine, n'est-ce pas ?

– Ouais, bien sûr. Enfin, s'il y a une école qui veut bien de moi.

– Oh, nous trouverons quelque chose, mon chéri, a soupiré ma mère. Un endroit où ils ne nous connaissent pas encore.

Quant à Tyson, les pensionnaires le traitaient désormais en héros. J'aurais été heureux de le garder comme compagnon de bungalow pour toujours mais, ce soir-là, alors que nous étions assis tranquillement en haut d'une dune de sable qui dominait le détroit de Long Island, il m'a annoncé quelque chose qui m'a pris complètement par surprise.

– Papa m'a envoyé un rêve la nuit dernière, a-t-il dit. Il veut que je lui rende visite.

Je me suis demandé s'il plaisantait, mais Tyson ne savait pas vraiment plaisanter.

– Poséidon t'a envoyé un message en rêve ?

Tyson a fait oui de la tête.

– Veut que j'aille sous l'eau pour le reste de l'été. Apprendre à travailler aux forges des Cyclopes. Il a appelé ça un stage de pren... de prenta...

– Un stage d'apprentissage ?

– Oui.

Je me suis efforcé de digérer l'information. Je dois l'avouer, j'étais un peu jaloux. Moi, je n'avais jamais été invité par Poséidon sous les eaux. Et puis soudain, j'ai pensé : Tyson va partir ? Comme ça ?

– Quand partirais-tu ? ai-je demandé.

– Maintenant.

– Maintenant ? Tu veux dire... maintenant maintenant ?

– Maintenant.

J'ai plongé le regard dans les vagues du détroit. L'eau s'embrasait sous les rayons du soleil couchant.

– Je suis content pour toi, grand lascar, suis-je parvenu à dire. Sincèrement.

– Dur de quitter mon nouveau frère, m'a-t-il confié avec un tremblement dans la voix. Mais je veux faire des choses. Des armes pour la colonie. Vous en aurez besoin.

Je savais qu'il disait vrai, malheureusement. La Toison d'or n'avait pas résolu tous les problèmes de la colonie. Luke était toujours libre et continuait à constituer son armée à bord du *Princesse Andromède*. Cronos continuait à se reformer dans son sarcophage doré. Tôt ou tard, nous allions devoir les affronter.

– Tu fabriqueras les meilleures armes du monde, ai-je assuré à Tyson. Et je parie qu'elles donneront l'heure avec une parfaite précision, en plus.

– Les frères s'entraident, a déclaré Tyson en reniflant.

– Tu es mon frère. Pas de doute là-dessus.

Il m'a tapoté dans le dos, si fort que j'ai failli tomber de la dune. Puis il a écrasé une larme au coin de son œil et s'est levé.

– Fais bon usage du bouclier, m'a-t-il dit.

– Compte sur moi, grand lascar.

– Il te sauvera la vie un jour.

À cause de la façon dont il a dit ça, tellement naturelle, je me suis demandé si son œil de Cyclope voyait l'avenir.

Il a descendu la dune, s'est approché de l'eau et a sifflé. Arc-en-ciel l'hippocampe a surgi des vagues. Je les ai regardés s'enfoncer tous les deux vers le royaume de Poséidon.

308

Après leur départ, j'ai baissé les yeux sur mon bracelet-montre. J'ai appuyé sur le bouton du chrono et le bouclier s'est déployé. Des images de style grec ancien étaient gravées dans le bronze, représentant toutes des épisodes de nos aventures de cet été. On y voyait Annabeth pourfendant un Lestrygon, moi repoussant les taureaux de bronze sur la colline des Sang-Mêlé, Tyson à cheval sur Arc-en-ciel, chevauchant vers le *Princesse Andromède*, les canons du *Birmingham* faisant feu contre Charybde. J'ai passé la main sur une image de Tyson combattant l'hydre tout en brandissant une boîte de Monstres de beignets.

Je ne pouvais pas m'empêcher d'être triste. Je savais que Tyson allait vivre une expérience formidable sous l'océan. Mais il me manquerait, lui et sa fascination pour les chevaux, sa façon de réparer les chars ou de tordre le métal à mains nues, de prendre les méchants par les pieds et la tête et d'en faire des nœuds. Même ses ronflements de tremblement de terre, toute la nuit dans le lit voisin du mien, me manqueraient.

– Hé, Percy.

Je me suis retourné.

Annabeth et Grover étaient en haut de la dune. Je devais avoir du sable dans les yeux, parce que je plissais beaucoup les paupières.

– Tyson... leur ai-je dit. Il a dû...

– Nous sommes au courant, m'a interrompu Annabeth d'une voix douce. Chiron nous a prévenus.

– Les forges des Cyclopes. (Grover a frissonné.) J'ai entendu dire que la nourriture de la cafèt' était immonde. Jamais d'enchiladas, pour te donner une idée !

Annabeth m'a tendu la main.

– Viens, Cervelle d'Algues. C'est l'heure du dîner.

Et nous sommes partis vers le pavillon-réfectoire, rien que tous les trois, comme autrefois.

Il y a eu un orage cette nuit-là, mais il a contourné la Colonie des Sang-Mêlé, comme le faisaient normalement les orages. Les éclairs illuminaient l'horizon, d'énormes vagues s'écrasaient sur la plage, mais pas une goutte de pluie n'est tombée dans notre vallée. Nous étions à nouveau protégés, grâce à la Toison d'or, à l'abri dans nos frontières magiques.

J'ai eu pourtant un sommeil troublé de rêves. J'ai entendu Cronos me provoquer depuis les profondeurs du Tartare : *Polyphème est assis dans sa grotte à moitié aveugle, jeune héros, et il s'imagine avoir remporté une grande victoire. Te berces-tu de moins d'illusions ?* Le rire glacial du Titan a empli les ténèbres.

Puis mon rêve a changé. Je suivais Tyson au fond de la mer, à la cour de Poséidon. C'était une salle étincelante baignée de lumière bleue, au sol pavé de perles. Sur un trône de corail se tenait mon père, habillé comme un simple pêcheur d'un short en toile et d'un tee-shirt décoloré par le soleil. Je levais le regard vers son visage mat et buriné, aux yeux verts profonds, et il prononçait deux mots : *Prépare-toi.*

Je me suis réveillé en sursaut.

On frappait à la porte. Grover a déboulé dans mon bungalow sans attendre d'y être invité.

– Percy ! Annabeth... sur la colline, a-t-il bafouillé. Elle...

J'ai vu à son expression qu'il se passait quelque chose de très grave. Annabeth était de garde cette nuit-là, c'était elle qui protégeait la Toison. S'il était arrivé quelque chose...

J'ai repoussé mes couvertures. Mon sang se glaçait dans mes veines. Je me suis habillé en hâte pendant que Grover tentait de faire une phrase entière, en vain : il était trop essoufflé, trop bouleversé.

– Elle est allongée sans bouger... allongée sans bouger...

Je me suis rué dehors et j'ai traversé à toutes jambes la cour centrale, Grover derrière moi. Le jour pointait à peine, mais la colonie entière semblait se réveiller. La rumeur se répandait. Il s'était passé quelque chose de phénoménal. Quelques pensionnaires grimpaient déjà vers le sommet de la colline, des satyres, des nymphes et des héros qui arboraient un curieux assortiment d'armures et de pyjamas.

J'ai entendu des sabots de cheval et Chiron nous a rattrapés au galop, l'air grave.

– Est-ce vrai ? a-t-il demandé à Grover.

Grover n'a pu que hocher la tête, l'air toujours aussi abasourdi.

J'ai voulu demander ce qui se passait, mais Chiron m'a attrapé par le bras et hissé sans effort sur sa croupe. Ensemble, nous sommes partis vers le sommet de la colline, où un petit attroupement se formait déjà.

Je m'attendais à ce que la Toison d'or ait disparu mais elle était toujours là, pendue à une des branches du pin, et scintillait dans la lumière de l'aube. L'orage s'était dissipé et le ciel était rouge sang.

– Maudit soit le Seigneur des Titans, a dit Chiron. Il nous a manipulés de nouveau, il s'est donné une nouvelle chance de contrôler la prophétie.

– Que veux-tu dire ? ai-je demandé.

– La Toison d'or. La magie de la Toison d'or a trop bien fonctionné.

Nous nous sommes rapprochés au galop et tout le monde s'est écarté à notre passage. Une fille gisait au pied de l'arbre, inconsciente. Une autre fille, en armure grecque, était agenouillée près d'elle.

Le sang s'est mis à battre à mes tempes. Je n'arrivais pas à réfléchir. Annabeth s'était-elle fait attaquer ? Mais alors pourquoi la Toison était-elle encore là ?

L'arbre lui-même avait l'air en parfaite santé, gorgé de l'essence vitale de la Toison.

– Elle a guéri l'arbre, a repris Chiron d'une voix rauque. Et le poison n'est pas la seule chose qu'il a rejetée.

Alors je me suis rendu compte que ce n'était pas Annabeth qui gisait par terre. Annabeth était la fille en armure agenouillée près de celle qui était évanouie. En nous voyant, elle a couru vers Chiron.

– Elle... soudain... d'un coup...

Des flots de larmes coulaient de ses yeux, mais je ne comprenais toujours pas. J'étais trop angoissé pour analyser la situation.

J'ai sauté à terre et couru vers la fille inconsciente.

– Percy, attends ! a dit Chiron.

Je me suis agenouillé près d'elle. Elle avait des cheveux noirs coupés courts et des taches de rousseur sur le nez. Elle avait une charpente de coureuse de fond, agile et forte, et un style vestimentaire qui oscillait entre le punk et le gothique : tee-shirt noir, jean noir déchiré, blouson de cuir noir au col couvert de badges de groupes dont je n'avais jamais entendu parler.

Ce n'était pas une des pensionnaires. Je ne l'avais jamais aperçue dans aucun des bungalows. Et pourtant j'avais une très étrange sensation de déjà-vu...

– C'est vrai, a répété Grover, tout essoufflé d'avoir couru. Je n'arrive pas à y croire...

Personne d'autre ne s'est approché de la fille.

J'ai mis la main sur son front. Elle avait la peau froide, pourtant le bout de mes doigts a picoté comme s'il brûlait.

– Elle a besoin de nectar et d'ambroisie, ai-je dit.

Pensionnaire ou non, c'était indubitablement une sang-mêlé. Je ne comprenais pas pourquoi tout le monde paraissait tellement effrayé.

Je l'ai attrapée à bras-le-corps et l'ai hissée en position assise, calant sa tête contre mon épaule.

– Ben alors ! ai-je crié aux autres. Qu'est-ce que vous avez, tous ! Il faut qu'on la porte à la Grande Maison.

Personne n'a bougé, pas même Chiron. Ils étaient tous trop sonnés.

Alors la fille a respiré faiblement. Elle a toussé, puis ouvert les yeux.

Elle avait les iris étonnamment bleus – un bleu électrique.

Elle m'a regardé d'un air perdu, tremblante et les yeux écarquillés.

– Qui...

– Je m'appelle Percy, ai-je dit. Tu es en sécurité, maintenant.

– Un rêve tellement bizarre...

– Ça va aller.

– Je mourais.

– Non, lui ai-je assuré. Tout va bien. Comment tu t'appelles ?

Alors, j'ai su. Avant même qu'elle ne me réponde.

La fille a plongé le regard de ses yeux bleus dans les miens et j'ai compris ce qu'il y avait derrière la quête de la Toison d'or. Derrière l'empoisonnement de l'arbre. Derrière tout. Cronos avait fait tout cela pour amener un autre pion sur l'échiquier – *une autre chance de contrôler la prophétie.*

Même Chiron, Annabeth et Grover, qui auraient dû se réjouir, étaient sous le choc, songeant à ce que cela pouvait signifier pour l'avenir. Et je tenais contre moi celle qui était destinée à devenir ma meilleure amie ou, qui sait, ma pire ennemie.

– Je suis Thalia, fille de Zeus, a dit la fille aux yeux bleu électrique.

Remerciements

De nombreux remerciements à mes jeunes bêta-testeurs, Geoffrey Cole et Travis Stoll, pour avoir lu le manuscrit et fait de bonnes suggestions ; à Egbert Bakker de l'université de Yale pour son aide en ce qui concerne le grec ancien ; à Nancy Gallt pour la compétence de sa représentation ; à mon éditrice Jennifer Besser pour ses conseils et sa persévérance ; aux élèves des nombreuses écoles dans lesquelles je me suis rendu pour leur soutien enthousiaste ; et bien sûr à Becky, Haley et Patrick Riordan qui ont rendu possibles mes voyages à la Colonie des Sang-Mêlé.

D'autres livres

Rafael ÁBALOS, *Grimpow, l'élu des Templiers*
Rafael ÁBALOS, *Grimpow : le chemin invisible*
Artur BALDER, *Le Secret de la pierre occulte*
Dave BARRY & Ridley PEARSON, *Peter et la poussière d'étoiles*
Michael HOEYE, *Hermux Tantamoq I. Le temps ne s'arrête pas pour les souris*
Michael HOEYE, *Hermux Tantamoq II. Les Sables du temps*
Michael HOEYE, *Hermux Tantamoq III. Les souris mènent la danse*
Michael HOEYE, *Hermux Tantamoq IV. L'Élixir de rose*
Katherine MARSH, *Jack Perdu et le royaume des ombres*
Dale PECK, *Le Premier Voyage – Les Sirènes*
Dale PECK, *La Dérivante*
Lucy Daniel RABY, *L'Elfe du Grand Nord*
Laura RUBY, *Fantômes à tous les étages*
Angie SAGE, *Magyk, Livre Un*
Angie SAGE, *Magyk, Livre Deux : Le Grand Vol*
Angie SAGE, *Magyk, Livre Trois : La Reine maudite*
Angie SAGE, *Magyk, Livre Quatre : La Quête*
Angie SAGE, *Magyk Book*
Jonathan STROUD, *La Trilogie de Bartiméus I. L'Amulette de Samarcande*
Jonathan STROUD, *La Trilogie de Bartiméus II. L'Œil du golem*
Jonathan STROUD, *La Trilogie de Bartiméus III. La Porte de Ptolémée*
Jonathan STROUD, *Les Héros de la vallée*
Jeanette WINTERSON, *L'Horloge du temps*